致少年回不去的爱

一草 作品

Rhythm

of

Love

湖南文艺出版社
HUNAN LITERATURE AND ART PUBLISHING HOUSE

博集天卷
CS-BOOKY

那些过去，从未过去。

目 录
CONTENTS
......

第一章

姑娘

认识何诗诗时，我大四，她大一。

那时年少，还相信世间所有美好。

彼时我人生最大憧憬就是毕业前遇见一个美丽的姑娘，

然后和她展开一段白头偕老的爱情。

RHYTHM OF LOVE.

1

认识何诗诗时，我大四，她大一。

那时年少，还相信世间所有美好。

彼时我人生最大的憧憬就是毕业前可以遇见一个美丽善良的姑娘，然后和她展开一段浪漫感人、白头偕老的爱情。

"我将于茫茫人海中寻访我唯一之灵魂伴侣。得之，我幸；不得，我命！"没错，还是徐大师总结得精妙。

这样的梦想其实进大学时就已经存在，只是始终无法实现，并且随着时间的流逝，变得越发渺小，所有的期望，都只剩下绝望。

犹记大一时，我还自信满满，自认为才华横溢，所有人性未泯的女孩都会疯狂地迷恋上我，找个女朋友那是再容易不过的事。只是入学没几天这个梦想就被无情打击了，首先是悲哀地发现全班女孩加起来竟然不超过个位数，其次是数量不多也就算了，关键质量还不好，更要命的是：大二的师兄们正个个如狼似虎地看着，不管是瘸的还是跛的，只要是母的，一点都不挑食，压根儿没我们新生的份儿。

好不容易挨到大二，我也成了师兄，却又无奈地发现上面还有大三大四的单身狗。

到了大三，终于熬出了点小资本，有机会向师妹们展示我的傲人才华，但这时发现师妹们压根儿不喜欢啥狗屁才华，她们要么喜欢帅哥，要么喜欢钞票，我没钱又没貌，因此又耽误了整整一年。

现在大四了，怎么说也要最后一搏，擦，上大学不就是为了谈恋爱吗？没有爱情的大学还叫大学吗？如果毕业了我还是处男，那得多丢人啊！

妈的，拼了！

2

2004 年的 9 月，又是一年新生入学时，我翘首以待，望眼欲穿，祈祷这届的妹子能多几个。只是幻想很快再次落空，妹子数量一年比一年少，质量也没有任何提高，看着零零散散、歪瓜裂枣的新生女孩们，我决定不抱怨，不计较，充分总结前三年的失败教训，先下手为强，趁妹子们还没反应过来，全力以赴，确保一击必中。

战略是有了，战术也不能少，首先得找个机会把新来的姑娘们认识全了，而且不能使蛮力，否则只会破坏我英明神武的师兄形象。

我苦思冥想，却始终不得其法，只能每天在操场上看着新生姑娘们军训，期望姑娘们能够看到我，先混个脸熟。

穿着制服的姑娘们一个个英姿飒爽，青春盎然。胸部随着身体的跳跃肆意抖动着。操场边蹲着一群流哈喇子的老男孩，一个个摩拳擦掌，蠢蠢欲动。

我一连看了三天，看得眼睛痛脖子酸，第三天突然感到很绝望。我实在没有信心能从身边这群饥饿的猛男中间杀出一条血路，成功抱得美人归，真是比考研要难多了。算了，人各有命，看来我的大学生活注定要不完美了。

操场边，我悻悻地擦干哈喇子，低头走开。

"苏扬，你过来一下。"耳边突然传来一个女子的声音，相当温柔。

我兴奋地抬起头，却看到班主任老孙那张热情洋溢的胖脸，惊喜立即变为惊吓。

老孙是一位五十岁的大妈，最大的特点就是长得丑，满脸褶子，一百公斤，但老孙有颗萝莉的心，而且喜欢照着萝莉风格穿衣打扮，知道的人管那叫人老心不老，不知道的人还以为是变态呢。

平日里老孙为了显示和我们学生的关系亲密无间，每次见面时都很热情，说话时喜欢把胳膊搭在我们肩膀上，然后将全身的重量压过来，一边压还一边埋怨我们："嘿，我说你得站直咯，大小伙子腰上一点劲都没有，像话吗！"

四年来，至少有十个大小伙被老孙压过后就直接送去了医院。

我赶紧乖乖地走到老孙面前，两股战战。果不其然，老孙很热情地把胳膊伸过来搭在我肩上，身体的重量一瞬间完全释放，然后很高兴地对我说："苏扬，我正找你呢。"

我深吸一口气，紧扎马步，硬顶着两百斤的压力，强作欢颜："老孙，您老找我有何贵干？"

"放心，找你肯定有好事的。"老孙很高兴地将嘴凑在我耳边，喷出一股浓郁的口臭，"我决定委任你做新生班级的学生辅导员。"

"擦，这也可以？我没听错吧！"幸福来得太突然，我顾不上老孙的口臭，对着她拼命眨眼，生怕是幻觉。

"怎么，你不愿意？苏扬，我这可是照顾你，你要知道做辅导员对你日后找工作会有好处的哦。"

"愿意，愿意！"我连忙点头，"可是老师，我能问个问题吗？"

"嗯哼！"老孙边说边将自己的胖手遮挡在额头，然后眯着眼睛看太阳，仿佛一个娇羞的少女。

"为什么会是我？"

"晕，这还要问？因为你最没出息啊！"老孙白了我一眼，"你看看你那帮同学，一个个都心眼贼多，让他们做辅导员，我不放心。你是个老实人，有贼心也没贼胆，做辅导员最合适了。"

"好了，去吧。"老孙说完继续眯着眼看太阳，言语颇多伤感，这阳光，多美好，只奈何，黄昏将至。

"明白，谢谢。"我点头，领命而去，生怕走迟了老孙会扑到我怀里哭泣。

待走到空旷无人处，我仰天长啸："妈的，老子等了四年，终于等到这绝佳机会，这下总该发财了！"

3

回到宿舍，我立即向兄弟们宣布这个好消息，那些老奸巨猾的家伙纷纷向我表示最真挚的祝贺，说我简直太有出息了将来肯定前途无量，恭维了一番后他们强烈要求我立即请客，如果我拒绝，那就禽兽不如。

当天晚上我只好请这帮孙子在门口的湘菜馆撮了一顿，花了老子半个月的生活费。

第二天，我就急不可耐地履行职责，探视新生宿舍。哦耶，当然是女生宿舍啦！

我问老马有没有兴趣和我同去。宿舍里，除了已经搬出去的顾飞飞，老马是我关系最铁的哥们。

老马很正经地说："我不去。因为我是有女朋友的人了。"

我说："肤浅，我们是去关怀新生，帮助她们解决生活上的难题。"

老马立即一脸淫笑："有道理有道理，这下我就没心理负担了。"

我推了老马一下，斜眼说："你说实话，是不是还想再找一个？"

老马很认真地回答："时刻准备着！"

4

女生宿舍楼下，我对宿管组的大妈表明来意。大妈虽然特不情愿，却也只能无奈地放行。然后我就在宿舍外面蹲着的一群流着哈喇子的色狼艳羡眼神的注视下，大摇大摆地走了进去，如入无人之境。

我负责的新生班一共有八个妹子，住在六楼一套两室一厅的学生公寓内。我们到的时候，她们的寝室门紧闭着，老远就听到里面传来一阵阵尖叫声、大笑声……

我和老马面面相觑，不约而同地伸了伸舌头，然后又相互淫笑两声。

"冷静，我们是来关心新生的。"

"擦，我差点以为我们是来泡妞的。"

"先关心，再泡妞。"

"明白！"

我轻轻地敲了两下门，里面立刻安静了下来，很快就传来了一个雄浑有力的女高音："谁啊？！"

"开门！"面对女高音，我虽然加大了嗓门，但还是显得有点底气不足。

"来啦！"门应声而开，一个身高至少一米八的女胖子站在门口，撇着嘴，斜着眼睛看着我，满脸敌意。女胖子后面站着一群妹子，她们大多数穿着睡衣，有的拿着枕头，有的拎着公仔，有的站在凳上，有的还抱在一起，显然正在嬉笑打闹。在看到我们两个大男人站在门口时，一个个像见到外星人一样来了个时间静止。

只有一个女孩例外，伊穿着淡粉色睡衣，长发披肩，戴着浅紫色的布艺发卡，正安静地坐在窗台前，表情专注，戴着耳机，捧着红宝书，唧唧复唧唧，认真背着单词。

完全漠视我们的存在。

她是那样美丽，那样恬静，那样自然，那样清纯，浑身散发着无法言说的美好。

我彻底蒙了，忘了我在哪儿，更忘了我是来干吗的。

"老马，老马，我们来这儿干吗的？"我推了推身边正流着口水的老马，声音有点哆嗦。

"泡妞啊！"老马很认真地回答。

对，泡妞，我回过神，对女孩们微笑："同学们，不要怕，我是来泡你们——不是，来看望你们的。"

"谁怕啦？有什么好怕的？切！"女胖子一脸挑衅，"你们谁呀？来我们女生寝室干吗？"

"我是你们的辅导员，我叫苏扬。"我凛然正气。

"我叫老马，是你们辅导员——的同学。"老马一脸谄媚。

"真的？"女胖子的眼神立即由愤怒转为疑惑，显然她不相信我的话，这也难怪，我们的形象和辅导员相去甚远，新生辅导员应该是君子，最起码看上去是君子，而我们更像是流氓，所以女胖子的怀疑很正常，可是我的确是她们辅导员，于是我决定什么都不解释就那样有恃无恐地看着她。

四目相对，我的眼神坦荡如砥，最后女胖子显然被我那充满自信的眼神给征服了，只见她突然对我妩媚一笑，然后特温柔地说："哎呀妈呀，老师来都来了，还站门口干啥，快进来吧。"

差点没吓死我。

5

我和老马进屋后立即有人给我们拿来凳子送上水果，然后女孩们很规矩地把我们围了起来。

"大家好，我是你们的辅导员，你们刚到学校，肯定有很多地方不适应，生活上、学习上有什么困难都可以问我。"

"欢迎，欢迎，热烈欢迎。我们的问题可多了，一直都没人来管，这下可好了，以后遇到啥事有老师给做主了。"女胖子或许对刚才的唐突很后悔，抓紧机会讨好我。

"说吧，把你们所有的问题全都告诉我，别憋着，今天我是知无不言，言无不尽。"

"老师您贵姓？"一个满脸青春痘的女孩首先发问。

"我叫苏扬，今年大四，和你们一个系的，你们以后不要叫我老师，直接叫我苏扬或师兄就成，其实我只是你们的辅导员。"我嘴上说着，心里却在想她的青春痘为什么如此茂盛，是不是内分泌失调。

想到这里，我和老马相视一笑，这孙子肯定想得比我还淫荡。

"一样的，一样的，辅导员也是老师。"女胖子赔着笑站在一旁，样子特别像媒婆。

"还有什么问题吗？"

"老师，我想问热水在哪里打呢。"一个完全没有胸的女孩终于勇敢地问出了她心中的疑惑。

"教工食堂旁边的水房那儿可以打热水，一毛钱一壶，教工食堂你知道吗？"

女孩摇摇头，看到我惊讶的眼神，又连忙点点头。

"到底知不知道？"女孩怯弱的眼神让我充满了征服的快感，声音不由得加重了几分。

"不知道。"女孩委屈得好像快要哭了。

"就在你们女生宿舍后面两百米处。"原来吼女孩子是如此有快感的一件事。

"我们学校有澡堂吗？"又一个女孩发问。

"有，刚装修好，特豪华。"

"要钱吗？"

我瞪了她一眼："废话，当然要了，学校什么都要钱的。"

"哦！"女孩吐了吐舌头，委屈地说，"老师，你好凶的。"

女孩的示弱让我更加激情万丈，我甚至有勇气正视那个穿粉红睡衣的女孩了。然而让我不爽的是，在我强大气场的侵袭下，她依然毫无感觉，一门心思背着自己手中的单词书。

仿佛我只是空气。

我感到很失落，她究竟是什么人？为什么可以不为所动？难道她没有问题要问吗？

只是我也来不及太过伤心，因为其他女生的积极性都已经被调动了起来，一个个把心中千奇百怪的问题全都问了出来，比如哪个食堂的饭菜好吃又实惠，哪个窗口的大师傅打的菜比较多，大学里谈恋爱会不会被开除，考试可不可以作弊，宿舍里会不会有老鼠，从学校到人民广场坐什么车，学校的男生为什么那么丑，附近哪个院校男生最有钱……

连女胖子也不甘示弱，连问了三个问题，个个超级愚蠢。

我和老马兵分两路，我负责解决生活困难，老马负责进行情感答疑，忙得不亦乐乎。

我大学前三年和女孩说过的话的总和，都没那晚多。

十点半，宿管大妈在楼下拼命摇铃，杀猪似的呐喊："熄灯啦……"

"我们得走了。"我对妹子们说。

"老师，你们什么时候再来啊？"妹子们一脸依依不舍。

"这就不好说了，得听系里安排，不过你们以后有什么问题可以直接找我。"我把宿舍电话号码留了下来，然后拉着还在滔滔不绝讲述爱情理论的老马离开。

"记住了，大学不恋爱，赛过王八蛋。"老马临走前还不忘总结式地谆谆教诲。

"嗯，记住了。"妹子们集体点头，欢送我们离开。

6

回寝室的路上，老马问我："刚才为什么那么失态？"

我说："愿闻其详，有屁快放。"

老马说："你从头到尾都在看那个背单词的女孩，就算喜欢她，也不要那么明显吧，那么多姑娘呢，得照顾她们的自尊。"

我长叹一口气，说："活到现在终于明白啥叫一见钟情，这世界上原来真有一见钟情。"

老马也长叹一口气说："原来这世界也真有臭不要脸的人。"

我竟然忘记去打他，而是怏怏地说："你说我能泡到她做我的女朋友吗？"

然后不等老马回答，我很认真地对自己说："她真的太美好了，简直符合我对爱情的所有想象，所以我一定要泡到她！"

老马也很认真地对我说："原来这世上还真有癞蛤蟆想吃天鹅肉。"

7

2004 年的初秋，我立志要泡到这个我只见了一面、还不知道姓名的女孩。

这是我活到现在最有意义的人生目标。

想要打听女孩姓名自然不难，通过女胖子，我很快知道这位美女有一个很好听的名字叫何诗诗。

当喜欢一个人的时候，所有的信息都仿佛是暗示，我觉得何诗诗这个名字充满了韵味和风情，仿佛千年的冰山、地底的火焰，是那样让我沉沦。

啊！何诗诗，你是我的生命之光、欲望之火，同时是我的罪恶、我的灵魂。何——诗——诗，舌尖得向前移动两次，到第三次再轻轻堵在嘴唇前，何——诗——诗。

女胖子站在我的面前，歪着脖子傻傻地看着我："老师，你是不是病了？要不要我叫医生？"

我收回幻想，摆出威严："不得对老师无礼。"

"老师，我没有，只是你流口水的样子也太吓人了。"

"啊！"我低头，地上果然已经被我的口水打湿了一摊。

"老师，为什么你会流口水呢，难道你对我有意思吗？"女胖子色眯眯地看着我，"不过我已经有男朋友了，是我高中同学，我很专一的哦！"

我强忍着打死女胖子的冲动，警告她不要试图了解老师的内心世界，那非常不科学，因为老师的灵魂相当神秘莫测，不是她一个大一新生所能洞察的。

没料到女胖子"嘿嘿"一笑说："老师，别装了，你不就是喜欢何诗诗嘛！"

我本还想故作镇静，不过在女胖子明察秋毫的眼神中败下阵来，只得虚心请教："敢问女英雄，何以见得？"

"哎呀妈呀，这还要问？你都是这星期第八个向我打听何诗诗的人了，还何以见得呢！"

"这么夸张？"

"我说你们这帮师兄，见到美女一个个都跟狼一样，太可怕了。"女胖子一脸惶恐，"这哪儿是大学啊，分明就是动物园，野生的！"

我乐了，女胖子的这个比喻还真贴切。

接着只见女胖子一脸不屑，"我就整不明白了，那何诗诗有啥吸引人的，不就是会装吗？"

"装什么？"

"装清纯呗，你们男人不就喜欢她这样的嘛！越不理你们，你们就越觍着脸上，男人啊，就是那么贱。"

"你错了！"我认真地看着女胖子，"或许别人贪恋的是她的容颜，但我欣赏的是她的灵魂！"

"哎呀妈啊，老师，我走了，你快把我整崩溃了。"女胖子一边挥手和我拜拜，一边唠叨，"你要不是我辅导员我就骂你了，实在太恶心人了。"

我将女胖子的表现理解为嫉妒，她这种庸俗之辈岂能理解我眼中的风景？至于那些追问何诗诗姓名的人也都是烂人，我将用我的实际行动给这些烂人好好上一课，什么叫真善美。

多少人爱你青春欢畅的时辰 / 爱慕你的美丽，假意和真心 /
只有一个人爱你朝圣者的灵魂 / 爱你衰老了的脸上痛苦的皱纹

心中突然涌起叶芝的诗句，然后把自己感动得一塌糊涂。

8

经过三天三夜的认真部署，我决定主动出击，以情动人，发挥我的长处——写情书。

第一个星期，我足足给何诗诗写了二十封情书，每封不少于一万字，我的情书不但文字优美，情感真挚，而且夹叙夹议，环环相扣，层层递进，充分表达了我对她的爱意和相思之情。

"只因在人群中多看了你一眼，从此忘不了你的容颜。"

写到最后我都被感动了，仿佛自己是一个如假包换的情圣，每一笔、每一字都蘸满了我的感情，溢于纸上，漾在心头。

原来真爱竟如此动人！啊，我要讴歌所有心中有爱的人！

情书自然是通过女胖子传递了，反正在她面前我已经毫无尊严，不过只要能追到何诗诗，任何代价我都无所谓。

情书送出后，我跷着二郎腿，泡杯茶，哼着小曲，静候佳音。

以我的理解，何诗诗只要是个正常人，看到这惊天地泣鬼神的情书一定会被打动，投怀送抱只是迟早的事。

可是过去了整整三个星期，何诗诗那边都没有任何反馈，这太让人崩溃了，好比你扔了一颗石头到水里，没反应，你生气，又扔了十颗，还是没啥动静。

这已经不是夸张不夸张的问题，这明明有违常理，只要这个世界还有重力，只要何诗诗还是人类，就不可能出现这种情况。

唯一的可能是女胖子没有把我的情书给何诗诗。

因为，她嫉妒。

"哎呀妈啊，老师，士可杀不可辱，我虽然看不上那女的老装，但也不会变态得私吞你的情书，我说了，我有男朋友的。"

"不是这个意思，女胖子，不是，同学，我是说，会不会有其他可能？"

"什么可能？"

"比如你忘记啦，现在学业那么繁重，你一不留神，忘记给她了也说不定呢。"

"神经病啊！"女胖子忍无可忍，白了我一眼，"你以后找其他人吧，我丢不起这个人。"

"女胖子，同学，好人，英雄……"

9

少了送信的人，形势变得更加棘手。我决定更换打法，暗中跟踪何诗诗，先掌握她的衣食住行，然后伺机而动。

何诗诗的行踪并不复杂，除了上课，大多数时候都在寝室，她似乎没有朋友，连吃饭都独来独往，偶尔晚上也会离开学校，第二天早上才回来，我想应该是去亲戚家吧。

研究完何诗诗的生活习惯后，我开始精心谋划与她在路上"偶遇"，我想不管怎样，我都是她的辅导员，我的大名她总应该听说过，何况还有那么多惊天地泣鬼神的情书，怎么着也该有个印象分吧。

每次"偶遇"时我都精心打扮，先用口水将凌乱的头发归拢顺溜，然后装作漫不经心地出现在她面前，突然对她微笑，露出满口黄牙。

有的时候，我也扮出忧伤状，和她擦肩而过时，开始吟诗：只因为在人群里多看了你一眼，生命从此换了容颜。

有的时候，我不光吟诗，还放声歌唱：苍茫的天涯是我的爱，绵绵的青山脚下花正开。

可是不管我如何折腾，何诗诗从来就没正眼看过我，仿佛我只是空气，甚至，不过是路边的一坨狗屎。

有几次我真的很生气，恨不得半路将她拦截下来，拖到一边用强。擦，你可以拒绝我的求爱，但不能漠视我的存在。

然而仅存的理智告诉我，欲速则不达，我要忍。

我要忍，并且还要更换打法。

小样儿，情书不回是吧？偶遇不睬是吧？我来更直接的行不行！

我开始直接给何诗诗打电话。

10

每天晚上十一点，我都会准时给何诗诗的宿舍打电话。女胖子是宿舍长，电话归她接，每次听到我的声音后也不多说，就大叫一声："何诗诗，电话！"

显然女胖子还在生我的气呢。

只是每次我都没机会听到何诗诗的声音，因为电话一定会被她立即挂断。

打过去，挂断。再打过去，再挂断。

"老师，你还是别打了，她不会和你说话的。"再后来，女胖子都同情我了，"哎呀妈呀，我见过痴情的，没见过痴情到老师你这样变态的，把我都整崩溃了。"

我很难受，其实给何诗诗打电话，我并不渴望能说太多，只想亲口对她说一句：我喜欢你。

"何诗诗同学，我喜欢你，从第一眼见到你的时候就已经深深喜欢上了你。"

可是，我连说这句话的机会都没有。

何诗诗，你到底知不知道我的存在？你到底是怎样的一个女孩？

11

整整折腾了一个月后，我决定放弃。

只因在人群中多看了你一眼，从此忘不了你的容颜——想象太美，一切不过是我的自作多情。

情书不写了，"偶遇"停止了，电话不打了。

我的人生也陷入一片黑暗，虽然之前也没怎么光彩过，但有希望总好过内心一片死寂。

我愿赌服输，然而故事并未结束。

就在我停止所有的追求动作还不到两天的时候，何诗诗竟然主动找我了，她直接给我宿舍打来了电话，老马接的。

时值正午，我还在睡觉，梦里无数萌妹子在身边环绕，一个个妖艳性感，说要非礼我。我半推半就，却又想着这样会对何诗诗有所愧疚。就在又兴奋又痛苦之际，突然听到老马杀猪一样号叫："苏扬，电话！"

"不接，就说我死了。"我连眼皮都没抬，翻了个身继续大做春梦。

"起来，接，快啊！"老马因为太激动，话都不会说了，"是……诗……诗何，不，诗何……诗，不，何……诗……诗！"

老马话音刚落，我已经翻身下床，冲到电话前，中间还咳嗽了两声，清了清嗓子，一把抢过话筒，忧伤的嗓音立即轻轻响起，"嘿，你好，我是苏扬。"

"我是何诗诗。"

"明白。"

"我想和你见个面。"

"可以。"

"今晚七点，图书馆后的凉亭，不见不散。"

"哦了。"

多么简短却美好的对话啊！挂断电话，我一直抱着话筒 YY（意淫），激动之时"嘿嘿"直乐——不见不散，这简直是世上最动人的词——何诗诗竟然主动找我约会，她竟然要和我不见不散，原来她一直在考验我，原来我的情书、我的电话、我的"偶遇"已经深深打动了她，原来我的大学竟然可以峰回路转，柳暗花明，我真是太太太幸福了！

一旁的老马看不下去了，推了我一把，"苏扬，我发现你真不是一般的贱！"

"谢谢，愿闻高见！"

"你看刚才打电话，装得还挺像那么回事——明白，可以，哦了。实在太恶心了。"

"这你就不懂了吧，女人不喜欢肤浅的男人，因此得意可以，却绝对不能忘形。"我惬意地伸着懒腰，爬回床上，"好了，不和你这种烂人谈真爱了，我要好好休息，今晚对我来说，非常关键。"

12

为了从形象上提升自己，那天下午，我精心打扮了整整三个钟头。问老马借来外衣，问张胜利借来紧身裤，问李庄明借来运动鞋，还偷了顾飞飞藏在衣柜里的香水，我怕不香，于是喷了又喷，直到弄得最后能把自己熏死，这才安心。

好不容易挨到七点，我如约来到图书馆后的凉亭。

晚风习习，柳浪闻莺，正是谈情说爱的好季节。

何诗诗已经在那里了，依然戴着耳机，拿着红宝书，唧唧复唧唧，还时不时对着天空翻白眼，一脸苦大仇深的表情。

我远远地看着她，啊！何诗诗，我深爱的女孩，你是那样美丽，却又是那样寂寞，让我好想上前安慰你，保护你，告诉你，有我，你不要害怕。

一步步走近，我想应该怎样出现在她面前呢？是悄悄站在她身边沉默不语，脉脉含情，还是像蜘蛛侠一样爬上屋顶然后突然跳下来给她一个惊喜？

就在我满心遐想之际，不知道哪个孙子乱扔了块香蕉皮，老子一脚踩上去，立即"哎呀"一声，摔倒在地。

结结实实的一个狗吃屎。

何诗诗应声回头，先是惊愕，接着"扑哧"笑了起来，唇红齿白，妩媚诱人。

我完全看傻了，竟忘记了身上的疼痛，心尖涌上一阵甜蜜。

"嘿，诗诗，我来了。"趴在地上，我依然不失优雅地挥手向何诗诗打招呼，我的冷静和大气，让自己都心生敬意。

何诗诗突然脸一沉，冷冷地对我说："苏扬，你不要再骚扰我了。"

What（什么）？我心一凉，骚扰，天哪！她竟然将我的绵绵情意当作骚扰，怎么可以这样？

我趴在地上，不知道是应该站起来还是一直保持着这个大气的姿势。

"你的行为很可笑，而且毫无意义。这是我第一次找你，也是最后一次。"何诗诗显然想快刀斩乱麻。

"这就是你约我的目的？"

何诗诗没说话，点点头，然后把脸转向一边，不看我。

我笑了，爬起来，掸着身上的尘土，然后对她说："对不起，恐怕我要让你失望了。"

她疑惑地看着我。

"简单来说，我不是一个轻言放弃的人，特别在情感上，坚持一直是我的强项。"我的脸上又涌现出发自肺腑的爱意，"何诗诗，为什么不给我一个机会？你就不怕错过吗？"

"错过什么？"何诗诗满脸疑惑，"我不知道你在说什么。"

"错过这个世界上最爱你的那个人啊！"我放缓语调，一字字地回答，同时无比深情地看着她，于是这么恶心的话因为我的深情竟然变得真诚起来。

"你疯了，你了解我吗？"

"那不重要，重要的是，我喜欢你。"

"你是不是神经病啊？我说你不要那么可笑好不好？"何诗诗的表情看上去仿佛吃了苍蝇一样难受。

"我就算是神经病，那也是因为太喜欢你。"我决定将恶心进行到底。

"苏扬，我很认真地再和你说最后一句，你根本不了解我，我不是你想象的那种女孩，请你立即停止对我的骚扰。"

"谢谢你！"我突然对她深深一鞠躬。

"啊？"何诗诗吓了一大跳。

"谢谢你知道我的名字。"我再次鞠躬，"我突然觉得好幸福。"

"Shit（狗屎），我真是活见鬼了。"何诗诗已经完全崩溃。

可她脸上的无奈也那么让我心醉，我简直控制不住想拥抱她的冲动："何诗诗，我承认我还不了解你，可我又是那么庆幸我还不了解你，因为我怕当我了解你之后，就会爱得更加没有忌惮，无路可退。"

"苏扬，你能不能好好说话？"何诗诗的表情厌烦至极，"好，我问你，你到底喜欢我什么？"

"我觉得你很脆弱，我想保护你。"

"哦？"何诗诗突然冷笑起来，"你有这个本事吗？"

"当然有，我认为我是世界上最适合你的那个人。"

"那你觉得一个男人拿什么来保护女人？就凭你这副嘴脸？凭你的甜言蜜语？你有钱吗？你知道我一个月要花多少钱吗？你配爱我吗？"

我承认何诗诗的话让我有点受伤，我最见不得的就是女人谈钱，我真想不到这么粗俗的话竟然是从我深爱的女孩的口中说出来的。

"怎么了？伤自尊了？玩不起别玩。"

"我会很有钱的。"我很认真地说，"十年后。"

"笑话，那你十年以后再追我吧。"

"何诗诗，你能不能不要那么物质？现在是大学，重要的是感情，钱不是最重要的。"我也有点生气了。

"大学怎么了？大学难道就可以很虚幻地活着？大学就可以每天游手好闲，像身边的那些人一样？"不等我说话，何诗诗再次露出冷笑，口气越发尖锐，"你不觉得你们都很可笑吗？一个个活得无比幼稚，每天都不知道自己要什么，成天就知道幻想，浪费时光，还沾沾自喜，真可怜。"

"你是说女胖子同学吗？"

"是又怎样？"何诗诗流露出骄傲的表情，"不只是她，还有很多人。在我眼里，所有人都一样，那么肤浅，甚至愚蠢。"

"说得好，虽然我也有同感，但是我总觉得我们不能那么现实，否则会很累，不是吗？"

"说你幼稚，你还立即证明。"何诗诗似乎还想说什么，但最终忍住了，只是淡淡地说，"算了，我们压根儿就不是一个世界的人，我最后再说一次，请你不要再骚扰我，再见。"

然后头也不回地走掉。

我愣在原地，仔细消化着何诗诗的这些话。

大概过了一个小时，我回过神来，然后很坚定地自言自语："对不起，我一定会继续骚扰你的。"

13

"朋友，你不觉得一老爷们向一姑娘弯腰鞠躬，是很变态很屈辱很无良很可笑的行为吗？"

"觉得。"

"那你为什么还这样做？"

"因为我想缓解我内心的尴尬。"

"你的意思是……"

"唉，我还是放弃了吧。"

"那你最后发出的宣言呢？"

"就让它随风而逝。"

"好，拿得起，放得下，果然是真汉子。"

那天晚上，我失魂落魄地回到宿舍，老马明亮的眼眸在看到我的瞬间变得黯然，在听完我简单的描述后，他和我进行了如上的对话，最后安慰我，以他当代情圣的分析，何诗诗所言非虚，我和她确实不是一个世界的人，所以还是趁早了断这份相思，否则后患无穷。为了衬托他的英明和义气，老马在对话的最后不由分说将我的头往他怀里塞。

"我擦，你干吗？"我吓了一跳。

"别动，此刻你需要温暖，来，把你的脑袋深埋进我的怀抱，你就不会孤单害怕了。"老马深情地看着我，一脸的母性。

"去你的！"我怒骂，"老马你少落井下石。"

"开个玩笑嘛！"老马脸上立即换成原来那副贱贱的表情，"不过兄弟我还真的有办法安慰你，而且包你满意。"

"真的，有妹子不？"

"有，而且很多，个个很'胸猛'，有图有真相，请看大屏幕。"

顺着老马手指的方向，我看向老马的电脑，屏幕上的网页五颜六色，最上方有一行大标题：上海市第三届游戏展即将盛大开幕！标题下面则是各大游戏厂商的 showgirl（现场表演的女孩）的靓照，一个个青春靓丽，波涛汹涌，仿佛我梦里的萌妹子。

　　我笑了，老马果然是我的好兄弟，好事都惦记着我，想到这里，胸口的疼痛好像也轻了一些。

　　回到床上，我打开收音机，塞好耳机，听《相伴到黎明》。这是一档情感节目，这个城市很多因爱受了伤的男女都会在半夜打电话到电台，抒发自己的情感。有意思的是，这个节目的主持人往往不会安慰这些男女，反而会对他们冷嘲热讽，甚至辱骂，可即便如此，这些男女还特享受，一个个削尖脑袋给主持人打电话，仿佛个个是受虐狂。他们说的故事也都千奇百怪，什么乱伦啦，偷情啦，第三者啦，师生恋啦，反正没有一个正常的。

　　我听了难受，这些都是爱情，可为什么和我想象的不一样呢？谈恋爱不就是你爱我，我爱你，一辈子在一起这么简单吗？为什么一定要搞得这么复杂，这么让人无法理解呢？

　　那天夜里，我在梦里又见到了何诗诗。她化身为一只吊睛白额猛虎，扑在我身上，不由分说先把我给强奸了，然后扒开我的皮，撕下我的肉，吃得津津有味……我皮开肉绽、血流满地，居然还没有死，我试图逃脱母老虎的魔爪，奈何母老虎实在太讨厌，不弄死我又不放我走，就把我压在身下，我始终动弹不得，除了呼天抢地、苦苦哀求外，再也无能为力。

第二章

妄想

我心里在狂喊：我一千万个愿意。

可嘴上还在倔强："请再给我一个理由！"

四目相对，时间仿佛停止。

何诗诗最终风情万种对我说："因为，我比她们都漂亮。"

RHYTHM OF LOVE.

1

第二天中午，我还没从噩梦中缓过神来，老孙打来电话，让我十分钟之内务必出现在她面前。

我吓得连内裤都没穿，连滚带爬地冲到老孙办公室。老孙正在对镜贴花黄，几天没见，她又胖了不少，妆也化得更妖艳了。

"苏扬，说说你当辅导员的感受吧。"老孙一边涂指甲，一边用小眼睛瞟我。

"还行，一直谨遵您的教导，未敢越雷池半步，更未做出任何伤风败俗之事，没给您丢人。"

"不错，不错。"老孙欣喜地站起来，伸出米其林轮胎般的胳膊，搭在我的肩上，我又一次体验到泰山压顶的感觉，"要不说你有贼心没贼胆呢，连看宿舍的阿姨都说你是个老实人。"

"阿姨怎么会知道？"

"她说你统共就去了一次女生宿舍，隔壁班的学生辅导员都去了八百趟了。"

"擦，老孙，你找我来不会是为了取笑我的吧？"我突然悲从中来，"麻烦您告诉阿姨，今儿晚上我过去就不走了。"

"你可拉倒吧，我哪儿有那闲工夫？找你是有新的任务派给你。"老孙的口臭更严重了，我一不小心深呼吸了一口，差点晕过去。

"游戏展你知道不？"

"知道啊。"想起老马屏幕上的美女们，我狠狠咽下一口口水，在心里嘀咕："真的很'胸猛'。"

"想什么乱七八糟的呢！"老孙没听明白，斜眼瞪我，见我不语，接着自顾自地说，"游戏展的组委会找到我们学校，让我们出一些大一的女生到展会上做模特，每个班限一个名额。我想也不是什么大事，就交给你来处理吧。"

"好耶！"我拍手欢呼，"可是我不明白，为什么每个班只限一个名额呢？"

"唉！要不说你缺心眼呢。"老孙长叹了口气，伸出粗粗的手指头，在我头上点了一下，差点没把我点晕过去，"组委会当然希望人越多越好了，比起外面的职业模特，学生便宜啊，可我们学校的姑娘长相也忒吓人了，一个班能出一个就算奇迹了。"

"英明！"我伸出大拇指恭维老孙，"像老师您这样风情万种、美貌和涵养并存的女人实在太难得了。"

"这话我爱听，可见你还不是无药可救。"老孙眉飞色舞，伸出五根手指头，在我眼前乱晃。

我以为她要用五根手指头戳我呢，吓得跳到一边，这要是中招了，还不得活活被戳死啊!

老孙却没在意,而是继续晃悠着黑指甲沉醉地问我:"怎样,这个颜色好看吗?我觉得特别性感。"

"必须的。"我压抑着心中的激动,"老孙,我发现你不是我的班主任。"

"哦?那我是你什么人?"

"你是我的亲妈,我可以吻你吗?妈!"

"滚,少和老娘贫嘴。"老孙笑得像一朵花似的,"快去吧,明天把名单告诉我。"

"得令。"我一声轻呼,蹦蹦跳跳离开。

2

其实我并不知道自己为什么会很兴奋,在老马给我介绍之前,我连世界上有游戏展这回事都不知道,但现在我隐约感觉这事不一般,说不定会给我的生活增添新的色彩呢。

果不其然,我刚回到宿舍,就接到了女胖子的电话。

"哎呀妈啊,老师,你最近咋不找我了呢?我老惦记你了。"电话里,女胖子倍儿热情,仿佛从来没有和我闹过别扭。

"老师最近很忙,你找老师有什么事?"我脑子迅速运转,确定最近没什么事要求女胖子,于是声音立即威严起来。

"不干啥,就是想老师你了呗。咋啦,不能打电话啊!"电话里女胖子的声音假正经,还有点小风情。

"好了,快说吧,你到底找我什么事,再不说我挂电话了。"不知道为什么，只要和女胖子说话，我就充满了自尊。

"嘿，真是什么也瞒不住你，是这样啊，我说了你可不许生气，你知道游戏展不？"

"知道啊！"

"听说要到我们学校招模特？"

"哈，我明白了。你想去是不是？"

"老师英明，我确实是这么想的。你看模特都有身高要求，我不穿鞋一米八一，穿鞋得有一米九了，我觉得吧，我挺合适的。"

"好，勇气可嘉，可是你真的不怕吓到别人吗？"

"我才不怕呢，我觉得应该会有人喜欢我这种成熟的女生！"

"有道理，我重点考虑考虑吧。"

"真的啊，老师你真考虑我啊，太好了。"电话里女胖子兴奋的尖叫声差点把我耳朵震聋，"她们都说我癞蛤蟆想吃天鹅肉呢，可我就知道老师你的眼光和常人不一样。"

这也太重口味了！你不穿鞋一米八一，你怎么不说你不穿衣服还三百斤呢！挂了女胖子的电话，我强忍着恶心，心中暗暗咒骂。

只是还没缓过神来，电话又响了，又一个姑娘打来电话，竟然也是想做 showgirl 的。那天下午，我起码接到了五六个类似的电话，生平第一次被那么多姑娘恭维，恭维得我差点忘记自己还是一个刚被妹子拒绝的可耻处男。

只是心里还是有点失落，所有女孩都动心了，何诗诗却不为所动，她到底是个怎样的女孩？究竟什么才能打动她那坚硬的心？

秋天到了，天黑得越来越早，我清晰地闻到空气中飘来的悲伤的味道，一首郑智化的《落泪的戏子》随风传来，将我黯然的心映衬得无以复加。

我坐在床上，死死盯着电话，自我暗示，如果何诗诗也找我，我就不放弃对她的追求。

结果我心里刚说完，电话就响了起来，吓了我一跳，四处张望，以为见鬼了。

我赶紧拿起话筒，就听到何诗诗那好听的声音在耳边徜徉："苏扬，你好，我是何诗诗，我想见你，就现在，可以吗？"

3

还是图书馆后的小凉亭，还是一样的风景，地上甚至还有一块一模一样的香蕉皮，还是一样的我和何诗诗，但是两个人都已经换了心情。

我忧伤着情绪，悲情着脸，颓废着身体，憔悴着心情。

何诗诗明眸善睐，笑靥如花，看到我默默地走了过来，竟然主动摘掉耳机，迎上前来，倍儿温柔地问候。

"嘿，晚上好，吃饭了吗？"

我完全没有回过神来，告诉自己，这只是幻觉。

"吃饭了吗？"

我依然形容枯槁，不作言语。

"我问你吃饭了没！"何诗诗卸下淑女伪装，对我大声叫喊。

"啊！"我吓得回过神来，"你是跟我说话吗？"

"这里难道还有其他人吗？"何诗诗厉声反问，接着深吸了一口气，脸上再次浮现笑颜，温柔地说，"嘿，晚上好，吃饭没？"

"吃了，吃了。"我忙不迭地回答，"对不起，我以为你再也不会理我了，我……真是没想到，我……太紧张了，我……"

何诗诗"扑哧"一笑，"吃的什么呀？"

"鱼香肉丝、宫保鸡丁、红烧狮子头。"我脱口而出，"对了，还吃了两份肉夹馍。"

"食欲不错嘛！"

"化悲痛为食量。"我将慌乱的心情调整好，"何诗诗，你找我不会是想和我讨论美食吧。"

"当然不是，我想拜托你一件事。"何诗诗瞪大了天真无邪的眼睛看着我。

"是不是想做 showgirl？"

"你怎么知道？"

"咳，这不一下午都在折腾这事嘛！"我已经完全不再慌乱，恢复主场气势，"坦白说，你是最后一个找我的，我还以为你没兴趣呢。"

"你不会已经将名额给别人了吧？"何诗诗的表情有一丝慌乱，这让我无比满足，原来她并不是神仙姐姐，原来她也有软肋。

"是啊，给别人了，统共就一个名额，我看她们都挺认真的。"

"可恶，你给谁了？"

"你猜猜。"

"无聊，你快说。"何诗诗撕破伪装，又变得六亲不认。

"你太凶了，这可不是对话的态度。"我干脆一屁股坐在栏杆上，装模作样地欣赏亭外的风景。

"我明白了，你骗我，你根本没给别人对不对！"何诗诗狡黠地看着我。

我没摇头，也没点头，心想这个丫头还真挺古灵精怪的。

"苏扬，你把这个名额给我好不好，我比别人更需要。"

"哦？为什么呢？"我好奇地看着何诗诗，"你很缺钱吗？"

轮到何诗诗默不作声了，她赌气地坐到我的对面。秋风扫过，她的长发飘起，落叶在她身后徐徐飘零，风中那悲伤的旋律再次响起，夕阳西斜，暮色四合，光影中的何诗诗散发着无法言说的伤感，让我心碎。我恨不得冲上前去，告诉她我心里早就一万个愿意将名额给她，我这么做只是为了多和她说上几句话。

"这没什么不好意思承认的，你昨天不还说你很需要钱吗，坦白说，这次游戏代言出场费还真不少，一天两百元，三天加起来够一个月的生活费了。"

"你错了，如果为了这点钱我就和那些女人抢，未免也太可笑了。"何诗诗的脸上再次浮现出那种经典的冷笑表情。

"那你到底想要什么？"我再次觉得何诗诗像谜一样深邃。

"我要的东西很多，你不会明白的。算了，苏扬，我不想求你了，你就告诉我你到底给不给我。"何诗诗认真地凝视着我，全身戒备，仿佛我只要说一个不字，她立即转身便走，永不回头。

我心里在狂喊：我愿意，我愿意，我一千万个愿意，可嘴上还是在倔强，"请再给我一个理由，拜托！"

四目相对，时间仿佛停止。

最终何诗诗再度展开笑颜，风情万种地对我说："因为，我比她们都漂亮。"

4

尽管老马已经给我打了预防针，但当我在游戏展现场看到如此众多的美女，如此波涛"胸猛"时，还是震惊了。

2004 年前后，网络游戏正大行其道，每年的上海游戏展已成为游戏商家推广自己产品的重要舞台，商家们不惜代价找来最漂亮、最年轻的女孩为自己站台，因此女孩们也暗中比拼，一个个穿得不能再少，一个个笑得不能再媚，有萝莉，有御姐，有良家，有禁忌。

那么请体谅一个处男内心的承受力是何其薄弱，当我发现那么多美女距离我如此之近，对我搔首弄姿，我情不自禁产生强烈的眩晕感。

环顾现场，我发现有不少和我一样的哥们，他们来这里压根儿不是看新游戏，目的都很单纯，就是来看妹子的。只是我和他们还不完全一样，因为在我心中已经有一个明确的欣赏目标，那就是何诗诗。我发誓，我百分之九十的鼻血其实都是为何诗诗而流。

因为，cos（动漫角色扮演）后的何诗诗实在太太太漂亮，太太太性感，太太太诱惑了。

本来对于何诗诗的 cos 造型，我不止一次幻想过，我认为以她青春的外表、淑女的气质，一定会装扮成仙侠里的少女，不食人间烟火的那种，却没想到她第一天 cos 的竟然是性感尤物不知火舞（游戏《拳皇》中的女性角色），火红的紧身衣将何诗诗玲珑曼妙的身材烘托得一览无余。cos 不知火舞的人很多，因为造型夸张很容易吸引眼球，但传神的很少，不知火舞的身材特点太鲜明了，小脸、巨胸、瘦腰、长腿，能够符合此条件的女孩本来就不多，加上不知火舞能动善跳，能打善斗，风骚中透露出一丝凶狠，凶狠中流动着撩人，因此能够形神皆备的 cos 可谓少之又少。何诗诗的出现让现场所有雄性动物一阵喧哗，这第一眼的印象就让所有人都知道，她是 cos 不知火舞的最佳人选。除了那散发出狂野气息的性感身材，舞台上，何诗诗更是不停挥舞着红扇，呈现出销魂的表情，她吐舌，她伸手，她抖胸，她下腰，她抬腿，发出性感却又娇嗔的喊叫。

何诗诗的狂野和妖艳吸引了很多观众，喝彩声越来越大，流鼻血的人也越来越多。

台下的我已经完全被征服，如果说一个月前在女生宿舍第一次见到她，我是被她美丽的外表和高傲的气质吸引，中间多少夹杂了我个人的幻想，现在的我则完全发自内心最本质的崇拜，她点燃了我心底的火，将我彻底燃烧，我发誓，她就是我最想拥有的女神，没有之一，是唯一。

随着越来越刺激、越来越销魂的音乐响起，何诗诗的动作也越来越大、越来越诱人，男性观众们的情绪已经完全被何诗诗点燃，一个个呼喊着像禽兽一样冲向何诗诗。

人山人海中，我始终牢牢占据着最前面的位置，伸开手拼命抵挡着身后人们潮水般的冲击，我生怕他们会上前将何诗诗撕碎蹂躏。

很快何诗诗发现了我，对我回眸一笑。

我的世界瞬间安静，那是给我一个人的微笑，我知道。

谢谢你，何诗诗。

何诗诗的微笑让我丧失了抵抗力，很快我被身后的色狼们冲破防线，摔倒在地，色狼们从我身体上方迈过，冲向何诗诗，像膜拜女神一样在她身边，嘶吼，舞动。

而何诗诗面对挑衅没有任何畏惧，反而更加狂野地扭动自己性感的身体，和色狼们一起将气氛推向最高潮。

5

何诗诗火了。

第二天一大早，在去游戏展的路上，我最起码听到十个男人说专门去看何诗诗，其中有三个男人还拿了高倍望远镜，说看何诗诗的人太多，通过望远镜可以细致欣赏何诗诗的性感身体。

我很高兴，真想上前告诉他们，何诗诗是我喜欢的姑娘，还是我推荐她来这里的呢。

但我没说，我才不要把我内心的小秘密小欢喜分享给这帮白痴——他们只会欣赏何诗诗的肉体，而我却欣赏她的灵魂和肉体。

九点整，展馆大门终于开放，色狼们泄洪般拥进，又潮水般流向何诗诗所在的展台。只是让所有人吃惊的是，销魂刺激的电子乐没有了，取而代之的是伤感钢琴曲，性感狂野的不知火舞没有了，舞台上身穿白色婚纱的何诗诗安静地站着，正含情脉脉地翘首远方，是那么幸福却也那么孤独，宛如待嫁的新娘，等待远方未归的情郎。她虽然没有言语，却仿佛在你耳边情话绵绵；她虽然没有动作，却仿佛和你紧紧依偎。她偶尔泛起的微笑，如同对你诉说她的梦想；她突然滑落的泪水，又让你心生爱怜，渴望将她拥有、保护、珍藏，一生一世。

此时无声胜有声，此刻，她是真正的女神。躁动的人群慢慢安静，每个人都沉浸在何诗诗散发出的感伤之中，享受着她带来的心灵抚慰。

　　我站在台下，看着何诗诗，几欲落泪。何诗诗，我多么想冲上舞台，带你离开；我多想告诉你，有我在你不要害怕，更不要委屈。我一定会好好奋斗，出人头地，给你呵护，给你幸福。何诗诗我多么想让你明白，虽然现在我对你的爱显得很肤浅，但只要你给我机会，我将会用一生一世来证明，我是那个愿意陪你走到最后的人。我从来没有如此爱过一个人，体会过什么叫心碎，现在我已经全部明了，谢谢你何诗诗。

　　那天我站在人群中守望了何诗诗一整天。何诗诗超级敬业，中午别的 showgirl 早就躲到后台休息了，唯独她始终一丝不苟地站在台前，将单调无聊的动作认真诠释了一整天，汗水顺着她修长的脖颈流下，为了维护情绪的完整性，她擦也不擦，就这样翘首远望，像个小傻瓜。

　　到傍晚散场之际，我突然对何诗诗又多了一份感动和钦佩，觉得她小小的身体里一定隐藏着很大的能量，否则决计不会如此坚强。

6

　　第三天，也是本届游戏展的闭幕日，当我赶到游戏展的时候，发现何诗诗的展台已经被里三层外三层的人包围，游戏展俨然成了她的个人专场。不过舞台上并未见到何诗诗的身影，显然是主办方已经看到了她的价值，玩起了噱头。今天何诗诗的装扮会如何？已经成为所有人的猜想，主持人也在不停挑逗大家的欲望，一个劲儿说等会儿何诗诗会点燃所有人的热情和欲望，说完台下一帮色狼更加蠢蠢欲动，急不可耐。

十点整，何诗诗终于出场了，人群中爆发出一阵热烈的欢呼。我踮着脚努力抻长脖子，终于看到身穿女仆装的何诗诗。原来今天的她是既性感又纯洁的萝莉，拥有最无辜的眼神，最俏皮的小嘴，最雪白的肌肤，最蛊惑的黑丝，最傲人的高跟。何诗诗随着音乐节奏开始热舞，她的眼神如此销魂，动作如此撩人，让人无法分辨她究竟是淫荡还是清纯，是欲女还是女神。很快又上来了四位身材健硕的男 dancer（舞者），DJ 在现场开始搓碟，并且用喉音发出蛊惑的呼麦声。何诗诗和男 dancer 开始舞动，她扭动着身体，紧咬着嘴唇，眼神迷离，香汗淋漓。

几乎整个会场的气氛都被点燃，在最高潮部分音乐戛然而止，男 dancer 退幕，只留下何诗诗在舞台上，一个身穿西服的秃顶老男人在几个膀大腰圆的保镖簇拥下款款上台，面露微笑，和何诗诗握手拥抱。主持人介绍此人是本届游戏展的主办方之一，某某游戏公司的老板，现在他们要将本届 showgirl 女王的荣誉颁给何诗诗，并且聘请她作为下届游戏展的代言人。舞台上何诗诗几乎喜极而泣，舞台下的我同样无比高兴，看着自己喜欢的女孩可以如此风光，我也无比满足，只要她好，我就好，我为自己的高尚而感动，然后不停拍手呐喊，像一个不折不扣的白痴。

我一直守到关门，都没有机会和何诗诗说上一句话。其实我想说的不多，只想告诉她，你太累了，记得多喝水。

展览一结束，何诗诗就被一群人簇拥着，和那个秃顶老男人一起离开了。

临走前，何诗诗突然回头，目光在人群中游走，似乎在寻找什么，但并没有看到人群中毫不起眼的我。我想何诗诗一定在找我，于是我蹦跳着，挥舞着手大声说："这儿，我在这里！"

何诗诗终于看到了我，表情很奇怪。

我顾不得猜测，大声对她说："你太累啦，记得多喝水哦！"

只是人太多，距离太远，等我说完，何诗诗已经消失。我推开拥挤的人群，追了出去，看到何诗诗上了秃顶男人的劳斯莱斯幻影。

我赶紧奔到展馆一侧的马路边，骑上从火车站花七十块买的二手自行车，然后疯狂地追赶着那辆劳斯莱斯。因为游戏展刚闭幕，路上车很多，劳斯莱斯开得并不快，很快我的自行车就冲到了车一侧。透过车窗，我看到何诗诗正和秃头老男人有说有笑在聊天。我对着何诗诗大声喊："何诗诗，是我啊，我在这里呢！"

或许是劳斯莱斯的隔音效果太好了，或许是何诗诗太沉浸于和老男人的聊天，她始终没发现一侧的我。

我情急之下伸手拍打起车窗来。

何诗诗终于看到了我，脸上明显闪过一丝不悦。

我对何诗诗大声说："记得喝水啊！你真的太棒了！"一边说一边动作夸张比画喝水状。

我想何诗诗那么聪明，一定会明白我的良苦用心。

何诗诗看了我一眼，把头扭了过去。

前面路畅通了，劳斯莱斯加速，喷出一阵青烟，绝尘而去。

我还没来得及反应是不是要继续追上去，一辆黑摩的为了抢道，从我身边挤了过去，车厢狠狠擦到我自行车的后轮，我惨叫一声，重重摔倒在地。

7

"我回来了。"晚上我拖着散了架的身体回到宿舍,"哎哟,疼死老子了。"

老马正窝在电脑前打游戏,听到我的声音赶紧回头,一脸正义凛然,"怎么了这是?和人干仗了?快说是谁,我去灭了他。"

"真的假的?老马,你什么时候变得这么仗义了?"

"我擦,难道哥们一直很孙子?哥们什么时候不是最仗义的那一个?"老马激动得头上都快出现光环了,估计吹口气就能飞起来。

"好了,是我自己摔的而已。老马,我有话对你说,而且很重要。"我收起笑容,很认真地看着老马。

"我擦,你别这样看着我好不好,我受不了。"可能是我太投入,光想着酝酿情感,忘了说话,老马在被我深情凝望了半个小时后终于崩溃了,"你再这样看我,我就快弯了。"

"何诗诗,何诗诗,她……太……"我太过激动,几近哽咽。

"何诗诗到底怎么你了?"

"何诗诗她太美了,比我想象中还要美一万倍,不,十万倍,她不光长得美,而且心灵美,我真的庆幸我第一个深爱的姑娘就是她,我真的很感动。"

"说完了?"

"嗯哪。"

"这次来真的了?"

"嗯哪。"

"好吧。"老马突然长叹了口气,"孩子,你终于长大了!"

"有病!"我调侃着老马,拒绝他共同欣赏毛片的邀请,瘫倒在床上,考虑着下一步该怎么办。

下一步该怎么办呢?那一夜我彻夜难眠,何诗诗已经进入我的骨髓,如果说一开始我对她的追求还有投机成分,那么现在这已经成为我生命中最重要的事,可我究竟如何才能打动她的心?

原来真爱一个人,痛苦远远大于甜蜜!

8

第二天是星期六,我那帮猪一样的室友不睡到十二点是打死也不会起床的,而我则失眠了整整一夜,凌晨五点就起床了,然后失魂落魄地走出男生楼,没有方向地往前走。

我这是要去哪里呢?我问我自己,没有答案。

十分钟后,我来到了女生楼。呀,原来我是要来这里啊,我向往心之所向,英明!

女生楼很安静,姑娘们估计还都在做着春梦,多么美好的人生啊!

我抬头,在心里估算了一下,何诗诗的宿舍在十二楼,离我的直线距离不超过五十米。百米之内就有我心爱的人,这种感觉真好啊。

于是我闭上了眼睛,轻轻呼吸,仿佛都能嗅到何诗诗那迷人的体香。

手套、黑丝、蛊惑的眼神、充满欲望的舌头。我拼命摇晃脑袋,试图把这些画面甩掉,取而代之的是何诗诗的认真、忧伤、清纯、迷惘。

嗯,不错,我应该喜欢何诗诗这些方面,而不是那些方面。

就在我 YY 之际,我听到何诗诗的轻声呼唤:"苏扬。"

轻轻的,柔柔的,带着一点沙哑,仿佛很憔悴。

奇怪了，YY 都能如此惟妙惟肖，什么情况。

"苏扬。"又是一声呼唤。

我猛地睁开眼，吓了一大跳，何诗诗竟然站在我面前。

"你……你，我……我……"我激动得语无伦次，"早上好，早饭吃了吗……我随便溜达溜达的，没其他意思……我先走了。"

说完我扭头就走，虽然我是想见何诗诗，但见到她，我却只有惶恐。

"苏扬，你别走。"何诗诗竟然伸手拉住我胳膊，"谢谢你！"

"谢我？"

"嗯。谢谢你给我的机会。"

"千万别，没有人比你更适合了。"

"还是要谢谢的，我们找个地方吃早饭吧，我请你。"

"好啊，可是现在，会不会早了点？"我看着何诗诗，她穿戴整齐，面色发白，一脸憔悴，不像刚睡醒的样子，难道她也和我一样彻夜未眠？

难道她在思念我？

"没事，我不困的，你在这里等我，我马上就下来。"

"好，好，好！"我忙不迭地回答，看着何诗诗消失在门洞，幸福感油然而生。苍天啊，大地啊，何诗诗竟然拉我的胳膊了，竟然还要请我吃饭了，那离我追到她还远吗？不远了，胜利就在眼前，我要记住今天，今天就是我感情的独立日。

何诗诗说她马上就下来，结果马上了整整一小时，虽然我像个傻瓜一样站在女生楼下，紧张得连厕所都不敢去，但我还是幸福的。我曾经无数次听老马讲述他等待他女朋友时一脸的贱样，是那样打动我的心，我一直期待着这一天，没想到不经意就来到，而且是等待我心爱的何诗诗。

七点整，女生楼下开始有一些人，看到我很奇怪地矗立在宿舍楼正门口，一动不动，一言不发，以为我是一个变态色魔，一个个围着我指指点点，议论纷纷。

而我丝毫不以为意，很骄傲地挺直胸膛，恨不得举个牌子，亲，我在等何诗诗呢。

七点半，何诗诗终于下来了，她换了一身衣服，头发湿淋淋的，还化了淡妆。

"不好意思，我刚洗了个澡。"何诗诗走出门洞，小跑了过来，还愧疚地对我吐了吐舌头，"我头发都没顾上擦干就下来了。"

"没事，没事。"我看着何诗诗，觉得她真可爱，同时又感动，她竟然向我解释了，证明她在乎我。

"我们走吧。"何诗诗冲我明媚一笑。

"好。"我回何诗诗温柔一声。

路上，何诗诗问我想吃什么，我说随便。

何诗诗皱了下眉头，"男人不能没主见的，更不能随便说随便。"

我苦思冥想说："要不去学校附近的农贸市场吧，那里有卖生煎、小笼包还有馄饨的，价格便宜还好吃。"

何诗诗听了又皱了下眉头，说带我去一个地方，然后径直向前走去。我紧紧跟上，又不敢走得太近，感觉她的心情似乎突然就变得不好起来。

一路上何诗诗都没有说话，而我千言万语也只能憋在心底，自己和自己对话，却始终没有勇气，主动打破我们之间的沉默。

十分钟后，何诗诗把我带到一家名为浮士德的西餐厅，何诗诗说这里的芝士蛋糕非常好吃，是她的最爱。我看着充满小资气息的环境，突然产生一种强烈的羞愧感，意识到刚才何诗诗皱眉的原因——我的生活属于菜场，属于大葱蘸大酱，何诗诗却属于咖啡馆，属于咖啡加牛奶。我俩压根儿不是一个世界的人。

这话何诗诗第一次就和我说过，我却不以为然，现在想想，或许真的是我自以为是。这多少让我觉得沮丧。

9

坐定后，何诗诗问我："昨天是不是有什么话要说？"我说："是，可惜一直没让你听到。"

何诗诗一边用小勺喝着牛尾汤一边不经意地问："那你现在快说吧。"

"我就是想让你好好休息，记得多喝水。"

话音刚落，何诗诗"扑哧"一声，把刚喝到嘴里的汤喷了出来，然后用匪夷所思的眼神看着我好半天才说："不会吧你，你骑车追我，还摔了一跤，就为了说这个？"

我嘴上说："不然呢？"心里则想，擦，原来你看到老子摔跤了，都没下来，真够狠心的。

何诗诗意识到自己失态，赶紧擦干汤渍，随即又露出一副清高、不可一世的表情，"苏扬，你说我应该把你当作一个笨蛋看呢，还是觉得你很可爱呢？"

何诗诗的话让我又惊愕又心痛，我强忍着吐血的欲望，翻着白眼问她："请问有什么区别吗？"

"也对哦，笨蛋也可以很可爱，不过我想告诉你，再可爱的笨蛋也还是笨蛋。"

"不好意思，何诗诗同学，我真不知道你到底想要和我说什么。"

"其实我只想对你说两句话，第一句话，谢谢你；第二句话，你不要再对我好了，因为我们真的不是一个世界的人。"

说完后，何诗诗怔怔地看着我。

尴尬、疼痛、无助、委屈、绝望，各种情绪混在一起，让我的表情变得很奇怪，我想流露出悲伤，那样或许会获得何诗诗的同情；可我又想做出不在意的表情，那样或许我会更像一个爷们；我想放声大哭，说何诗诗你不能如此绝情，你这样生生把我拒绝还不如要了我的命；我又想微微一笑说这里的芝士蛋糕真好吃，今天的天气也不错，你说我们是不是应该感谢生命，憧憬未来，淡定得仿佛我真的有一颗强大的内心？

可是我只是一个渴望爱情却总是得不到的处男，我真的做不到不在乎，做不到说放就能放说忘就能忘。一瞬间我的情绪翻天覆地，我各种无助，各种慌乱，各种手足无措，各种莫名其妙，我甚至连声音都发不出来，只能愣在原地，傻傻地看着何诗诗，这个我深爱的女孩，离我那么近，又那么遥远。

"对不起，苏扬，你是一个好人，但你真的不是我喜欢的菜，人的口味是很难改变的，感情的事是勉强不来的，长痛不如短痛，所以请你忘了我吧。"何诗诗说了一大堆，见我没有反应，叹了口气，叫来服务员，从手包里掏出一百块钱，说了句不要找了，然后轻轻起身离开。

留下一个脆弱不堪的我，傻傻地待在原地，承受着天昏地暗。

那天我在西餐厅待了一个多小时，我想我的表情一定糟糕透了，因为最后连服务员小妹都看不下去了，小妹跑过来说："先生你没事吧？要不要我帮你打120？"

我说："谢谢，暂时还死不了。"说完深呼吸一口气，艰难挪动脚步，离开西餐厅。

我走到大街上，阳光正好，车水马龙，一片繁华热闹的景象。我看到一个戴着墨镜的老太婆正在路边栏杆上练习压腿，她向空中高高跷起她颤悠悠的左腿然后放在和她一样高的栏杆上，一连做了几个标准的下压动作之后她那布满沟壑的脸上仿佛充满了自豪。我看到路上有一个猥琐的老头正沿着街角缓慢地行走，他的面容上写满了忧愁，我猜想这个伤感的老头肯定刚刚和自己的老婆分手，他走在路上让冷风吹着一定在思考爱情的意义。我还看到一个留着长发的年轻人正躲在对面路上偷偷撒尿，撒尿完毕之后他消瘦的肩膀抖了两下似乎很快乐。我看到两个戴着红领巾的小孩子依偎在一起，女孩无比幸福无比满足，男孩无比骄傲无比坚强，我看到他们稚嫩的脸上写着的爱情是那么坚贞不渝，让我又开始相信爱情可以天长地久……

10

生活还得继续，回想过去一个多月的时光，犹如春梦一场，春梦了无痕，中间虽然也有一些风光，但整体而言，算不上精彩难忘。

那天回到学校后我大病一场，浑身乏力，上吐下泻，只能躺在床上休养，度日如年，苦不堪言。痛定思痛，病好后我发誓好好改变自己颓废的生活，将注意力转移到其他事物上，重新恢复我并不阳光但还算健康的生活。我先是决定加入考研大军，虽然已经时日无多，但紧迫感更能让我全情投入，我一口气买来大大小小数十本各科考研参考书，每天疯子一样躲进教室从早学到晚，中间只吃一顿饭，厕所都舍不得去上，就怕耽误时间。

开始几天感觉还不错，找到了高三那种不疯魔不成活的快感，只是没过一个星期就彻底泄气，原因是觉得考研实在太难了。就在打退堂鼓之际突然看到杂志上有一个叫一草的青年作家到处宣扬"大四不考研是找死，但考研是等死"，觉得话糙理不糙，顿时悲从中来。愤怒之下把所有的考研参考书通通推倒在地，然后大吼一声："去你妈的考研，老子不陪你玩了！"

教室里那帮正痛苦备考的哥们个个抬头迷惘地看着我，过了没多久集体爆发出掌声和欢呼，在他们羡慕的眼神中，我大摇大摆地离开，第一次活得那么像个爷们。

11

思前想后，我决定还是开始找工作吧，这事比考研要靠点谱，虽然我曾经立志毕业后绝不为五斗米折腰，而是背上行囊，孑然一身，四处流浪，去新疆，到西藏，上凤凰，游丽江，哪怕风餐露宿，也要追求灵魂自由。可是现在我只想找件事折腾折腾，否则只要稍微空下来，对何诗诗的思念就犹如蚂蟥一样进入血管，吞噬我的肌体，那种疼痛无法形容。

我用两天时间写了一封前无古人后无来者的求职信。别人的求职信顶多一千字完事，我写了小一万字，别人顶多情真意切表达自己渴望拥有一份工作的心情，我则夹叙夹议，从我小时候的故事讲起，描述我的人生观价值观历史观，最后得出的结论是我乃跨世纪惊天地泣鬼神的超级人才，不录用我的单位都是没有希望的企业，不录用我的HR都是白痴笨蛋。写完后我把求职信藏到了电脑最隐蔽的文件夹里，那个文件夹以前我都是用来放A片的，我怕被老马他们看到了会抄袭我的故事，尽管我很自信我的成长无法复制。

写好求职信后我又用两天时间写了一份求职简历，我发现简历这玩意儿很不好。因为不像求职信那样可以发挥，基本资料写完了就没啥好填的了，因为大学四年我竟然没有考过什么证书，也没有什么资历，除了有一顶学生辅导员的帽子看上去还不错，其他条件简直可怜，这让我有点小头疼。于是我悄悄进入老马存A片的文件夹，果然发现那里躺着一份简历，我打开，浏览，看完很生气，因为老马竟然也说他是学生辅导员，如果这还不算过分的话，老马更恬不知耻地说他是学生会主席、市优秀大学生，擦，老马连学生会和同盟会、科学松鼠会有什么区别都不知道，竟然也好意思这样写。我在老马的简历上批注，人不要脸天下无敌，老马，你的无耻用心已经被识破，可以去死了。

退出老马的电脑后我突然灵感乍现，立即打开自己的简历，毫不犹豫地在上面写上，校学生会主席、文学社社长、市优秀大学生、知名大学生创业家、著名青年作家……看着花花绿绿的十几个头衔，我顿时信心爆棚，看来不是世界五百强企业我还真是没有时间考虑呢，这样惊天地泣鬼神的求职信和简历会不会引起人才市场的轰动呢？我在求职网站找了上百家用人单位，邮件群发了过去，然后躺在床上"嘿嘿"直乐，恨不得立即就有面试电话打来。

老马刚进来，看到我的模样很是疑惑，问我，怎么了？是不是吃摇头丸了？反正兴奋得有点不正常。我说没事没事刚看到一个人特别不要脸觉得很可乐。老马一听倍儿有兴趣问谁怎么不要脸了？我说有一个白痴连学生会门在哪里都不知道也好意思说自己是学生会主席。话音刚落，宿舍里至少三个人一起蹦了起来质问我是不是偷看他们简历了，我这才知道原来我校至少有一半毕业生都是学生会主席，由此可见，学生会已经烂大街了，以后想骂谁，可以说：你是学生会主席，你们全家都是学生会主席。

12

虽然我自信满满，但现实还是让我大跌眼镜，自打发出简历后，我大门不出，二门不迈，天天躺在床上等电话，结果头两天一个找我的电话也没有，我开始慌神了，琢磨是不是简历没发出去，于是又群发了一遍。到了第三天终于有电话找我了。一接是个保险公司，让我第二天就去上班，我说，不是要先面试吗？对方说，你不需要了，我一听挺自豪，看来是我惊天地泣鬼神的求职信和简历起作用了，结果对方说，他们谁都不要面试，只要能说话会识字都能去上班。我说，那请问我的月薪有多少呢？对方说，月薪三百，外加提成，我说，那请问有没有车贴和饭补呢？对方说，屁贴都没有，一切得靠业绩说话。我又问，那你们给不给我缴四险一金？对方纳闷说，四险一金是什么玩意儿？我最后问，能不能帮我转上海户口？对方终于忍无可忍爆发了，说，你他妈十万个为什么啊？拜托，我们只是卖保险的，卖保险你懂不懂，需要装孙子的，你还要转上海户口，你是不是疯了？你个白痴。然后"啪"的一声把电话挂了。

我拎着电话愣在原地，好半天才反应过来，骂了一句然后悻悻地回到床上，刚躺下老马从自己床上扔来一本书，拿起一看，书名叫《毕业了，我们一无所有》。我问老马啥意思。老马说："最近这本书可火了，看了这本书就知道再怎么努力找工作都是白扯，表面上我们读了四年大学，拿了一张文凭，实则屁本领没学到，经济形势又不好，找工作只能将就，就别挑肥拣瘦了。"

老马接着哼哼说："你别说简历上写的是学生会主席、辅导员、大学生创业家了，就算把自己简历上写满了神童、科学家、东方不败都没戏，照样得受人蹂躏。"

老马话一说完我就知道他肯定看过我的简历了，可见我的 A 片仓库也已经被他发现，这个孙子！

第四天，我又接到一个面试电话，对方声音比较苍老，给人一种可信任的感觉，我心有余悸问对方是不是卖保险的，对方一听不屑一顾地说我们是大财团大公司，五百强的日化企业，我一听五百强精神为之一振，说五百强好我喜欢的，什么时候去面试？对方说不需要面试，直接来上班即可，只要会说话能识字即可，我说奇怪了，五百强的面试要求怎么也这么低了，但又不敢多问，怕对方再骂我白痴丧失机会，坦白说，昨天熬夜看了一草的《毕业了，我们一无所有》，成功被这哥们洗脑，决定不再挑肥拣瘦，先找个机会实习起来。于是爽快地答应了对方的工作要求，让我高兴的是，对方最后说他就是这个公司的老板，他对我的回答非常满意，许诺一定会重点栽培我。挂了电话我情不自禁哼起快乐的小曲，觉得人生简直前程似锦。

老马有点坐立不安，试探地问我："啥好事？"

我微微一笑说："小事，就是找到工作了。"

老马说："真的？"

我说："废话，不真的还煮的？明天哥们就去上班了。"

老马叹了口气说："我擦，看来多写几个头衔还是管用啊！"说完打开自己的简历，很认真地把神童、科学家、东方不败加了上去，笑得我快岔气了。

13

一夜没睡踏实，脑子里反复想的就是自己进入五百强后一路飞黄腾达，最后成为驰名海内外的企业家，不知道那个时候何诗诗会不会后悔当初无情拒绝过我，如果何诗诗后悔了我是不是应该给她一个机会告诉她这些年我一直在等她，还是觉得她已经人老珠黄我应该一脚把她踹开然后重新找个 90 后或者 00 后的小姑娘。想到这里我突然忧伤起来，我真想狠狠责怪何诗诗你为什么那么无情拒绝我，不给我一点机会，如果可以一起奋斗，那么就可以一起享受，从一而终，至死不渝，该多么幸福和美好。

可能是想得太多，第二天一大早，我头疼欲裂，挣扎着爬起来，梳妆打扮，背起公文包，出校门，在路边买了两个包子囫囵吞下，然后坐公交，倒地铁，再坐公交，花了两个小时才赶到目的地——位于闸北区的一幢老旧居民楼临街的小门脸。我怀疑自己走错了，可对照着门牌确定这小门脸就是我要找的五百强的日化企业无疑时，我徘徊在门口犹豫是不是要进去，里面突然冒出一个穿着破旧西服的老头，老头一看到我便热情地迎上来说："小伙子你是来上班的吧，快请进。"

我硬着头皮走了进去，里面堆满了廉价的牙膏、牙刷、毛巾、衣服挂。我说："请问你们真的是五百强？"

老头很自豪地说："如假包换，绝对是俺们村的五百强。"

我强忍着要晕倒的冲动问："那请问我来这里做什么呢？"

老头递给我一把牙刷说："你的任务就是到菜市场把这些牙刷卖掉，卖一把牙刷提五分钱。"老头语重心长地拍了拍我的肩膀说，"小伙子你好好干，业绩好了我每把牙刷给你提七分钱，是不是很有诱惑力？"

我用了两个小时的时间好不容易逃离老头的魔窟，老头说他等了三天才等到我一个笨蛋来上班，死活不让我走，最后我简直要哭出来给老头跪下求求他老人家大发慈悲放了我这个不开眼的笨蛋吧。老头说你走可以但需要再给我找个人，我说这没问题我认识一个哥们特别适合你这五百强的企业，然后毫不犹豫地把老马的联系方式给了他。

14

从老头那儿离开后我没有立即坐车离开，我怕回去被老马他们发现真相会无情地嘲笑我，我看时间反正还早，要不在大马路上逛逛，碰碰运气看能不能找到新工作。我边走边唱，东摇西晃，幻想会不会人品爆发，突然有一份好工作主动找上门来，想到这里我情不自禁地笑了起来。就在我心花怒放之际，突然有一个人在我肩膀上重重拍了一下，吓了我一跳。我回头，看到一个衣着夸张、戴着墨镜、尖嘴猴腮、油头粉面的光头正用一种非常激动甚至感动的眼神看着我，嘴里还叨叨絮语，"我的天哪，终于找到你了，太不容易了。"

我说："哥们你干吗啊，认错人了吧？"

光头哥们突然表情亢奋，坚定地打断我，"No，绝对没有认错人，我找的就是你，我已经在这里等了你三个月了。"

我说："你等我干吗，劫财我没有，难道你要劫色？"

那哥们不停摇头："No，No，No，兄弟你想多了，不要怕，我先介绍下自己，我是著名的星探，在我的手中打造出很多娱乐明星，江湖人称——中华第一星探皮特张。"

我说："皮特张啊，久仰久仰，可是这和我有毛关系？"

皮特张说："大有关系，三个月前我的老板让我在这个路口等待一个酷似汤姆·克鲁斯的人出现，老板说那个人将是未来的天王巨星，让我一定不能错过。我等了三个月，无数次望眼欲穿，本以为已经错过，没想到今天，竟然遇见了。"说完皮特张竟然有抽泣的感觉，看来他真是感动坏了。

我激动地问："难道，你说的人是我？"

"正是，可谓皇天不负有心人，我们终究有缘分。"

"谢谢，实不相瞒，我一直觉得自己长得很像汤姆·克鲁斯。"

"这就对了嘛！"皮特张点燃一根烟，惬意地抽着，"我不会看错人的，我可是中华第一星探。"

"可我的同学都说我长得像郭德纲。"

"那是他们鼠目寸光。"皮特张义愤填膺，"实话告诉你兄弟，我们找到你就是要打造你，把你打造成亚洲一流的影视歌三栖巨星，人气超过李宇春，片酬高过刘德华。"

"太好了，我终于知道我一直找不到工作的真正原因了，原来是安排我做明星。"我兴奋地拉住皮特张的手，"兄弟，事不宜迟，我们这就开始行动起来吧。"

轮到皮特张疑惑了，"行动啥？"

"当明星啊！"

"哦，对！不过在当明星前，我们必须进行苛刻甚至残酷的培训，时间长达几个月。请问，你有问题吗？"

"绝对没问题，我其他没有，就是时间多，而且能吃苦。"

"好，为了让这个培训效果更好，我们将邀请世界顶尖的舞蹈、声乐、造型老师，为你量身指导培训。"皮特张说得唾沫飞溅，"而你拥有这一切只需要付出一点点代价，我们的培训费原价八千八百八，今天你我如此有缘，给你八八折优惠，再抹去零头，你只需要付出七千元，就可以成为明日之星，怎样，你干是不干？"

"干，我干你××。"

15

那天下午，我一直游荡在上海的大街小巷，四处打量，突然觉得很有意思，因为我发现这个城市的闲人特别多，别看每个人好像都忙忙碌碌，但谁真忙谁无聊一看就知道，或许这和我此刻也是一个闲人有关吧，总是可以更容易也更准确去分辨人群之中哪些是闲人。

比如前面那个背着公文包的胖子，看起来好像是个上班族，但没准刚被炒鱿鱼，否则哪里有心情在同一个地方晃荡了半个小时。你再看他表情呆滞，显然在思考回去如何向女友交代，如何才能让自己的女人继续相信自己将来会出人头地，让她不要放弃他再给他一点时间去证明，当初选择他不是愚昧，不过，这可真是一件很困难的事情啊！胖子，祝福你。

　　还有那个中年男人，他哭丧着脸，显然是被自己家的悍妇赶出了家门，手上的累累伤痕说不定是被自己老婆撕咬的印迹。曾经他以为那个女人会爱他一辈子，可是才过了三年就彼此嫌弃，因为生活太现实，曾经的激情早已荡然无存。他没有太多的技能，也不善于钻营奉承，所以他一直无比尴尬地生存。他不能满足老婆提出的要求，哪怕只是吃一顿并不昂贵的西餐，所以他只能忍受老婆的辱骂和殴打，最后离家出走，憋屈得像个娘儿们。

　　我发现我身边不光闲人多且很有意思，就连这个城市本身也很特别，因为以前一直蜗居在校园里，和这个城市并没有太多的接触，上海对我而言还是非常陌生的，听不懂的吴侬软语，看不惯的石库门，拥挤的小弄堂，洋气的陆家嘴，有的太细腻我看不清，有的太遥远我看不见，有的太真实我融不进去，有的太虚幻我拔不出来。我会留在这个城市还是回老家？我会不会在艰难的现实面前低头，为了生活改变自己的个性，放弃自己的梦想？谨小慎微，唯唯诺诺，成为一个油头粉面的小市民？和千万人一起，精打细算过着日子，娶个妻子生个孩子，用半辈子的积蓄买套房子，到老的时候才发现哪儿也没去，什么也没做，像个傻子？

第三章

凤
凰

何诗诗回头，对我淡淡一笑，有点逆光。
我鼻子突然一酸，如果大雪可以封山，江河突然断流，
我们被永远囚禁在此，也未尝不好，
只要何诗诗在，于我就是全部的人生。

RHYTHM OF LOVE.

1

那天我从中午走到傍晚，从阳光灿烂走到暮色四合，从精神亢奋走到筋疲力尽，从心情明媚走到情绪压抑，头始终很疼，里面仿佛有一个不安分的小人儿，挣扎着要破壳而出，我想头疼欲裂这个成语简直太传神了。晚上八点整，我终于走不动了，一步都不想再迈出，于是一屁股坐在马路牙子上，大口喘气休息。路灯早已经亮起，晚风也渐渐大了起来，我发现每阵风过后都会飘下很多落叶，路上的行人也已裹上厚厚的大衣，我这才意识到上海的深秋已经来临。而我已经一个多月没有和何诗诗有过联系了。这样的发现让我又悲又喜，喜是觉得时间飞快流逝，我的生命中没有何诗诗也照样能过，悲是没有何诗诗我竟然还能好好地活着，由此可见我当初的诺言也只是肤浅的暗示罢了。

想到何诗诗让我彻底元气大伤，再无精力将这个城市细细打量，于是赶紧坐车回到了学校。宿舍里空空荡荡，我发现自从大四后，宿舍里的人就越来越少，每个人似乎都找到了自己生存的轨迹，活得欣欣向荣，唯独我一个人寂寞无聊，活得没有方向，没有希望。头疼得更厉害了，我不想吃饭，也不想上网，就像僵尸一样躺在床上琢磨着以后怎么办，自己会不会也像今天看到的那些闲人一样，漫无目的地在这个城市流浪。

这样的想法让我变得更加悲伤，我打开从五角场花了八十块买的旧电视，并把声音调到最大，然后像个白痴一样躺在床上看电视。一个频道在用英语说新闻，我听了半个小时，除了听明白几组数字之外，其他的都犹如天书；另外一个频道在放什么有氧操，一帮女人围着个皮球又是蹦又是跳，非常无聊；还有一个频道在宣传治疗便秘的药，号称只要吃了这神药，从此大便绝无烦恼。我把这几个台来回换了几十遍，总算消耗了不少时光。

大概十点钟，电话突然响了，本来我无论如何都不会去接的，只是电话铃声一直很坚挺，而我突然想到万一是找我的电话，万一这个电话能让我无聊的生活多点事做也不是什么坏事，于是我像神经病一样从床上蹦了起来冲到电话前。

话筒刚拿起来就听到女胖子急切恐慌的声音，"苏扬老师，不好了，何诗诗跑掉了！"

我承认听到何诗诗这三个字的时候还是为之虎躯一震，灵魂仿佛"呼啦"飞了出去然后又"呼啦"飞了回来，但我愣是没听明白啥叫跑掉了，于是我质问女胖子："到底发生什么事情了？"女胖子一开始还支支吾吾地说："也没什么，就是何诗诗没和大家打招呼就一个人跑出去了。"她们挺担心的，于是给我打电话。说完还"呵呵"傻乐两声。

我说："女胖子你他妈就别装了，一听就知道你在撒谎。首先何诗诗又不是神经病，干吗这么晚一个人出去？其次就算她是神经病一个人出去，为何你们会如此慌张？你要说你们真关心她我把头割下来给你们当球踢，快说到底发生什么事了！"

在我逻辑清晰、推理缜密的强力质问下，女胖子终于坦白说："刚才宿舍里的姑娘集体和何诗诗吵了一架，因为我们一直都看不惯她，所以联起手来把她狠狠羞辱了一顿，话说得很难听，正常人听了肯定得崩溃，结果何诗诗受不了刺激穿着睡衣当场就甩门跑了出去。我们一开始还很庆幸，觉得出了一口恶气，可越想越害怕，虽然我们并不担心何诗诗会想不通做出什么傻事，在我们眼中何诗诗活得比谁都明白和现实。可我们害怕何诗诗会遇到坏人遭到不测，因为最近世道不太好，犯罪率比较高，两个星期前隔壁化工学院一个女生被奸杀碎尸的传闻让人不寒而栗，听说那个变态色魔一直潜伏在大学城附近，如果他看到穿睡衣的何诗诗肯定会狂性大发，想也不用想必须先奸后杀。虽然何诗诗是死是活我们本来不关心，但现在要是万一何诗诗出了问题和我们都脱不了干系，罪名估计等同于谋杀，因此我们越想越害怕，又不敢报警怕把事闹大，商量后决定向你求助，我们认为你身为我们的辅导员，此刻必须责无旁贷去找到何诗诗，并且将她安全送回，否则造成的一切后果都必须由你一个人负责。"

女胖子越说越激动，最后简直是对我声嘶力竭地指控，仿佛我做了一件天理不容的坏事被她发现了，她正在路见不平一般。

我听后狠狠骂了一句，然后撂了电话就往外跑，连外套都没顾得上穿。只是奔出宿舍楼后我四顾茫然，我应该往哪个方向寻找？我们学校说大也不太大，上百亩的面积，有坡有湖有小树林，要是谁存心藏起来估计这辈子别人都找不到。只是此刻来不及细细思量，一头冲进黑夜里，开始漫无目的地寻找。

虽然我着急忙慌，但也没有丧失思考的力量，我第一站去的就是图书馆后面的小凉亭，结果那里除了一地香蕉皮空空如也。我又开始在周边寻找，围着土坡和湖边走，边走边叫，结果惊起数十对正在野战的鸳鸯。虽然这一幕让我极度兴奋，但我还是控制住了好奇心快速离开，换一个地方继续寻找。

一直找到凌晨五点，我都没有发现何诗诗，但凡我能想到的地方都找过了，再找下去只能去校外了。我又紧张又沮丧，考虑要不要报警，不过何诗诗失踪还没有超过二十四小时，报警估计也不会受理。那现在又该怎么办？头越来越疼，身子越来越冷，估计再找下去我会冻死，只好拖着筋疲力尽的双腿慢慢往宿舍走，想加件衣服再继续。

2

回去要路过凉亭，突然发现里面有团黑影在轻轻晃动，我本能反应是野战男女，我想这些人都疯了，这天都快亮了还不消停得多大的瘾啊，之前因为心忧何诗诗安危没有心思偷窥，错过了不少精彩好戏，现在干脆好好欣赏一下。于是我悄悄蹲入草丛中，举目凝望，又是一阵冷风吹过，吹散了遮住月光的云，我看到凉亭里的黑影是个长发女孩，虽然看不清女孩的脸，却能看到女孩抱腿蜷缩坐在栏杆前。女孩一只手夹着香烟，一只手握着啤酒，黑暗中烟头忽明忽暗，飘起几缕袅袅青烟，女孩身后树影幢幢，风过后女孩的长发与身上宽大的衣服随风飞舞，这让她显出几分诡异幽怨之色。我正懊恼为啥 A 片瞬间变成了鬼片，突然灵光乍现心想这女鬼会不会是何诗诗啊，可之前来这里没发现有人啊，还是当时我太急了没看清？我尝试着轻喊了两声："何诗诗，何诗诗？"

女孩闻声回头，月光下，她两行清泪，眉头紧锁，一脸忧愁，不是我的何诗诗又是谁。

"何诗诗……"我大喊，兴奋地冲到她身边，"你没事吧？吓死我了。"

"你终于来了。"何诗诗幽幽地看了我一眼。

"对不起，我来晚了。"我无比心疼，却不知所措。

"你为什么要来？为什么总是你？你为什么要阴魂不散地跟着我？你也不看看你是谁？你他妈怎么好意思？你很贱你知不知道？"月光下何诗诗突然对我怒吼。

我没有反驳，静静承受着这些伤害我自尊的言语，内心仿佛被凌迟一样。我让何诗诗骂了个痛快，在她骂累了大口喘气时才对她深情地说："何诗诗，你尽情骂吧，如果骂我你心情就能好些的话，我愿意承受。"

"谢谢，我好多了。"何诗诗发泄完，抬手仰脖，将手中啤酒一口气喝完，然后甩手将易拉罐扔到对面。我看过去，那里已经横七竖八地躺着十几个易拉罐了。

"你酒量这么好啊！真厉害。"我不是调侃，而是真心感慨，酒量好的男人我见过不少，酒量好的姑娘我还是第一次碰到。

"你真讨厌。"何诗诗嘴里说我讨厌，眼神似乎没那么讨厌了，也不知道我到底是讨厌还是不讨厌。

"何诗诗，你怎么知道我会来找你呢？"我顺势在何诗诗身边坐下。

坦白说，本来我打算一找到何诗诗就送她回去，但现在我决定先和她聊聊天，首先是我发现她没有什么异常表现，其次是这黑夜，这月光，这冷风，这凄凉，我感觉此刻和她聊天会和往常不一样。

何诗诗没有回答我，或许在她眼中我的问题永远都是那么无聊和可笑吧。何诗诗狠狠吸了一口烟，轻轻吐出，露出美丽且孤独的笑容，然后自顾自地说："她们都说我是婊子，臭不要脸，公共汽车，人尽可夫，浑身都很脏，都快烂大街了。"

何诗诗说这些话的时候很用力，咬牙切齿，几乎是一个字一个字蹦出来的，表情更是我前所未见地凶狠，甚至狰狞，可说完最后一个字她突然对我温柔一笑，吓了我一跳。

"苏扬，你说我是婊子吗？"

"什么？"我简直不敢相信自己的耳朵，"何诗诗，你没事吧，要不我先送你回去？"

"我不走，我想说说话，你陪我好吗？"何诗诗的语气几乎是哀求，如果我不是早就认识她，我真会以为自己遇到了一个女神经病。

"我当然愿意，可是你能不能正常说话？你现在这样，我害怕啊！"

"我就是在正常说话，你听不懂而已。"何诗诗又恢复了一脸冷艳，发出一声冷笑，"哼，她们以为这样就可以伤害我，做梦，我可不是那么好欺负的，我受伤害的时候，她们都还没发育呢。"

"就是，她们这样说其实只是因为嫉妒你。"

"嫉妒我什么？"何诗诗看着我，眼神空洞，"苏扬，你说说，我有什么好嫉妒的？"

"嫉妒你漂亮啊！"

"还有呢？"

"还有……还有……"我愣住了，我怎么知道女生们嫉妒她什么，我本来就是随口一说想安慰她而已。

"看，你和她们一样肤浅，你们根本就不了解我，却随便给我下定义。"何诗诗一脸愤然，又开了一罐啤酒，大口喝了起来。

"何诗诗，你别喝了，你说我不了解你，你给我机会了解了吗？"我的声音有点大，这是我第一次反问何诗诗。说完后我有点害怕，怕她生气不理我。

没想到何诗诗听后却很认真地看着我说："那好，我今天就告诉你我是什么人。苏扬你听好了，她们确实是嫉妒我，不只是因为我比她们都漂亮，还因为我比她们都成熟，比她们都活得明白，我特知道自己想要什么，而不会像她们那样浪费时间，活得不知所谓；我比她们都认真勤奋，我获得的每一样东西都不是莫名其妙来的，都是通过自己努力付出争取到的，因为我讨厌没有目标地活着，更讨厌不劳而获。两年前我就对自己说，一定要来上海，然后一定要出国。我知道这个目标并不容易，所以在她们打游戏、刷淘宝、睡美容觉的时候我都在学英语，在她们谈恋爱、逛商场、买衣服的时候我都在努力赚钱，我比她们都有野心，我最厌恶一事无成庸庸碌碌的人生，我要我的人生轰轰烈烈无限风光，只有那样才能体验活着的快感，只有那样，我才不会让我的爸爸对我失望，只有那样才会让伤害过我的人难过后悔，因为他错过了他这辈子能够遇到的最好的姑娘，他有眼无珠。"说着说着何诗诗又开始咬牙切齿起来，真不知道她为什么有这么强烈的情绪。

我真想问何诗诗她爸爸是干吗的，是怎么教育出她这个女儿的？她口中那个有眼无珠的人又是谁，给她种下了怎样的恨？但我意识到何诗诗其实并不是真的在和我分享她的内心，她只是在一次又一次地暗示自己，所以我乖乖地闭嘴，只是不停点头，给她继续讲下去的鼓励。

可何诗诗还是停了下来，淡淡地对我说："我说完了。"

"嗯，谢谢你说了这么多，让我更了解你了。"

"不用谢，因为你是否了解对我来说不重要。"

"可对我很重要。"

"随便你，你可以走了。"

"嗯……不，我想陪你。"

"你走吧，我想静静。"

"静静是谁？"

"有劲吗这样？"

"挺没劲的，但我真的很想陪你。"

"苏扬，我发现你一点都不像个男人，一点骨气都没有。"

"那只是对你，在你眼中我是什么人都不重要，重要的是我能陪着你。"

"好吧，我服了你了。"何诗诗无奈地叹了口气，突然直直地看着我，"我好冷。"

"你的意思……我可以抱你吗？"我狂喜，简直不敢相信自己的耳朵，浑身激动地颤抖起来。

"滚！你把衣服脱了给我穿。"何诗诗的话瞬间破灭了我的幻想。

"哦，好的。"此刻我身上只穿着一件薄薄的套头衫，刚才一激动还没觉得太冷，现在安静下来，已经冻得不行。

"怎么？你不愿意吗？"见我磨蹭，何诗诗有点不耐烦，"不脱算了，我不稀罕，你就看着我冻死算了。"

看到何诗诗那副半生气半傲骄的表情，我是又急又高兴，头脑一热一把将套头衫脱了下来，递给何诗诗："快穿上吧，我没事，别看我瘦，骨头里都是肌肉。"

何诗诗也不客气，将我的衣服披在身上，"真舒服。"

"谢谢！"我赤裸着上身，瑟瑟发抖，但内心甜蜜。

"你还谢我？苏扬，我说你是不是真神经病啊？这么冷的天，我穿你的衣服，让你挨冻，你应该恨我才对。"何诗诗说完眨巴着狡黠的眼睛看着我，"你现在相信我是一个现实并且狠毒的女人了吧，我只会考虑如何达成自己的目的，不会在乎别人的感受。"

"嗯，感受到了。"我抖得更厉害了，头疼得已经快麻木了。

"你别抖了，因为我不会把衣服还给你的，除非你放弃，怎样？"

"不放弃。"

"那好，这一切都是你自找的，看谁挨得过谁。"何诗诗干脆将头转了过去。

"我愿意。"我站了起来，走到何诗诗面前，"我说过，只要能让你高兴，我做什么都可以。"

"你要干吗？"何诗诗看着我，不明就里。

"我要跳舞。"我大声回答，然后开始不停跳动，真的实在太冷了，虽然我追求悲情的效果，但我也不想被冻死，虽然我长得像笨蛋，但我又不是真正的笨蛋，此刻唯一取暖的方式就是运动，所以我开始不停地跳动，拼命挥舞着胳膊，这样就能让我忘记寒冷，跳着跳着我来了点感觉，把自己从电视上看到过的各个舞种混合到了一起，一会儿是伦巴恰恰，一会儿是 Popping & locking（舞蹈的一种），一会儿是慢三快四，一会儿是斗牛桑巴。

我的动作和表情肯定很滑稽，像个小丑，但我全情投入，自得其乐，边跳还边邀请何诗诗。

何诗诗边看边无奈地摇头说："苏扬，我见过很多自以为是的男人，可你和他们还真的不一样。你不但自以为是，爱耍小聪明，而且愚蠢、固执、脸皮超厚，不过，也还有一点小可爱。"

何诗诗的话让我更加兴奋，我干脆说："那我学动物给你看吧，我学得可像了。"

"好啊，你先学大猩猩吧……哎呀，还是不要学了。"

"为什么？"

"因为我觉得你长得就很像大猩猩。"何诗诗说完竟然"扑哧"一声笑了，笑靥如花，让我陶醉。

我犹如战场上获得开火命令的战士，无比兴奋，高举双手，双腿半蹲，使劲向前伸出下巴，瞪大了眼睛，摇摇晃晃地走向何诗诗，走到她面前时还不停地拍打胸膛，发出"嗌嗌"猿啼。

何诗诗被我逗得笑出了声，前摇后晃说："小狗狗。"

我立即趴下，发出"汪汪"声，在她脚下来回蹭，不停撒娇。

何诗诗边笑边拍我脑袋，"乖狗狗，是不是饿啦，妈妈给你买好吃的吧。"

何诗诗入戏比我还要快。

3

那个清晨我给何诗诗扮演了十几种动物，几乎是我认识的全部动物，到最后我筋疲力尽，何诗诗也乐得不行，我不但不冷了，甚至大汗淋漓，头疼竟然也好了。我不知道是否有人在暗中偷窥，如果有，我相信他也一定会被我感动，在这个凄冷的深秋，在这个微寒的清晨，一个瘦子赤裸着上身，如此投入如此真诚地表演，不计形象，只为博取心上人一笑，想起这个，我都会心酸。

何诗诗一直笑一直笑，最后的最后，她说："苏扬你别跳了，我想和你说件事。"

我立即停下来，看着她。

何诗诗说："我们逃学吧，去旅游如何？"

我张大嘴巴，"啊？你说什么？"

我是真的没听懂。

"我说我心烦，想出去散散心，你陪我一起去吧。"

"那不上课了？"

"不上。"

"不怕学校处分？"

"不怕。"

"太疯狂了吧。"

"疯狂不好吗？"

"不是不好，只是我还没反应过来，太突然了。"

"别废话了，你是不敢，还是不愿意？我数三下，一、二……"

"好，我去，我去，我反应过来了。"

"这还差不多。"

"你想去哪里？"

"凤凰。"

"太好了，说真的，我一直都想去那儿呢，我们这个周末出发？"

"不，我们现在就出发。"

"啊……不会吧，这也可以？拜托，我又反应不过来啦！"

4

第一次知道凤凰，自然是在沈从文的《边城》里，知道那是一个浪漫美丽、遥远神秘的地方。再后来是在黄永玉的回忆中，明白永远回不去的地方叫故乡。接着就是大大小小的旅游帖子，凤凰华丽转身成了一个文艺小资的天堂。彼时中国有几个地方是文艺青年集体膜拜的对象，名声最大的自然是丽江、乌镇、阳朔和凤凰，我曾经以为它们应该都一样，直到都去了之后才发现彼此大不相同，各有风韵，谁也不是谁的备份。

我曾无数次幻想过去凤凰的情景，最多的就是毕业后一个人穷游，骑车或者徒步，再不然搭车也可以，总之是要极度辛苦却又极度自由的那种。从上海出发，奔江宁，再南下一路至南昌，路过长沙，游览张家界，然后入凤凰，接着一路向南到贵阳、昆明，游大理和丽江，继续往东南，进入广西境内，阳朔、北海，一路至海南，躺在三亚的海边喝椰汁，喝饱后开始北上，广东、福建，接着进入浙江，最后回到上海，这样几个月的时间可以把小半个中国旅行完，浪漫不浪漫？等恢复体力直接去西北，从成都到陕北到甘肃到宁夏，然后入藏，最后的目的地则是遥远广袤的新疆，这条线路时间会很长，少则一两年，多则一辈子，路上会遇山见水，遇险涉难，遇见狂风暴雨，遇见泥石流，遇见人情风土，遇见缘分，遇见诺言，遇见爱情，遇见九死一生，遇见悠悠乡思，遇见跟不跟我走的纠结，遇见继续还是回头的彷徨，遇见不一样的自己，遇见内心的脆弱和坚强。每一种遇见于我都是崭新的，每一种遇见于我都是期待的，因为人生本就是一场旅行，我们每天都在遇见，在路上，我们才可以把灵魂放下，活出自然。

只是我想得再多，也没想到第一次去凤凰竟然如此突然，甚至慌乱，却也是如此刺激和浪漫。那天清晨我蹑手蹑脚地回到宿舍，简单拿了几件换洗衣服，背上双肩包，写了一个字条给老马，告诉他我出去旅游了，不要大惊小怪以为我失踪。写完之后我塞到了老马枕头下，可等我刚走出宿舍门又觉得自作多情，老马这个浑蛋，我就算突然死掉了他估计也要半年后才知道吧，算了，他不仁我不能不义，何况白天我刚把他出卖给了"乡镇五百强"老头，算是扯平，想到这里我安心了不少。

按照和何诗诗的约定，我在校门口等她，虽然何诗诗说自己也只是简单拿点东西就出来，但我还是等了一个多小时。七点刚过，何诗诗一身休闲装，戴着帽子，精神抖擞地出现在我面前，哪里像一夜没睡还受了刺激的人。让我讶异的是，她拉了一个很大的旅行箱，还背了很大的一个包。我想，至于吗？不就两三天时间嘛，里面都什么东西啊，看来女人就是麻烦。

何诗诗见到我后不咸不淡地说："我们出发吧。"

何诗诗的这句话让我无比感动。出发——多么重要的指令啊，这些年我一直在等待出发，只是在起跑线上站得太久，以为那就是全部的风景，没想到我的面前，也会拥有奔腾的大河、广袤的森林，我的身边也会有美丽的女孩、温柔的声音——我们出发吧。

"好，我们出发。"我接过她的箱子埋头往前走，被何诗诗叫住了，"你干吗呢？"

"出发啊，前面就有到火车站的公交车，首班车五点就开了，现在过去没问题的。"

"不，我们打车去。"何诗诗脸上又浮现出那种鄙夷的神色。

"哦。"我赶紧伸手拦车。

很快停下来一辆出租车，我放好行李，打开后车门，何诗诗一低头钻了进去，我刚准备上车坐她身边，结果何诗诗"啪"的一声把门重重关上，然后摇下车窗指指副驾驶，"你坐前面。"

"哦。"我乖乖坐到副驾驶位置，心中又懊悔又委屈，心想我肯定又跌份了，我他妈就是一个土老帽，后面一定要加倍注意，绝不能再让她瞧不起。

5

清晨的上海很安静，出租车在南北高架上飞驰。我透过反光镜看到后座上的何诗诗，她正安静地凝望着车窗外的城市，此刻的她在想什么呢？会和我一样对这个城市有着丰富的联想吗？她未来的人生会如何？我们的未来又会怎样？是否有在一起的可能？还是说此刻的接触只是两条直线短暂的交会，从此以后就会渐行渐远，永不相见？

我情不自禁回头问："你想什么呢？"

她没说话。

我又说："要不你先闭眼休息会儿吧，不然身体会吃不消。"

她还是没说话。

我又想说什么，她却不耐烦地吼我，"别说话，讨厌。"

从她的眼神我看出这次是真讨厌。我只能乖乖地闭嘴，这个女孩说翻脸就翻脸，究竟是她太无情还是我太软弱，还是我们在一起根本就是个错误？

来不及胡思乱想，上海站已经到了，我赶紧掏出钱包付了车钱。何诗诗没有任何反应地下车了，仿佛理所当然，不过我心中总算好受了一些，觉得自己掏钱的动作挺爷们的。

因为非节假日，火车站人并不多。凤凰不通火车，我们买了到凤凰附近的吉首的票。买票的时候我又抢着掏钱，对售票员说："来两张硬座。"何诗诗说："是我提议出来玩的，还是我请你吧。"然后对售票员说："来两张软卧。"我说："那哪儿行呢，我是男人怎么可能让女人花钱。"然后问售票员："软卧多少钱一张？"售票员早不耐烦了没好气地说："五百一张。"我倒吸了一口冷气，不由自主地说："怎么这么贵啊！"

何诗诗招牌式冷笑一声说："你们男人就是虚伪，不管有钱没钱都一样。还是我来吧。"说完从钱包里掏出一沓钞票，结果又被我拦住了，我说："还是我来，软卧就软卧。"

售票员崩溃了，说："你们还买不买了？不买站一边商量去，真够磨叽的。"

何诗诗脸上挂不住了，冷冰冰地对我说："那我们 AA 好了。"然后掏出五百块递给售票员："一张。"

何诗诗拿了票转身走了，我已经没有太多时间思考到底买什么票，不由自主地也掏出五百块递给售票员，就在售票员要出票的时候，我嘴一颤抖，"一张硬座。"

6

拿到硬座票，我是悲喜交加。首先我庆幸自己太英明且临危不乱，一张火车票就省了三百多块，这几乎是我半个月的生活费了，但同时内心也有浓郁的羞辱感，觉得不够爷们，不过我很快就成功安慰了自己，我之所以不买软卧倒不完全是我没钱也舍不得花钱，更主要是我不觉得坐硬座有什么不好，同样都能到，就算辛苦也不过二十个小时，忍忍也就过去了。当然了，总有一天我会很有钱的，到时候再去我打个飞机，凤凰没机场？没关系，没有我就修建一个——阿Q式的意淫让我很快又恢复了好心情，屁颠屁颠跟上了何诗诗。

　　火车十点发车，候车期间，何诗诗买了一些水果和零食，分成两份，扔给我一份。上车时，我先送何诗诗到她的车厢，软卧条件真好啊，四个人一间，窗明几净，空气中还飘着淡淡的清香，我婆婆妈妈地对何诗诗千叮咛万嘱咐后下车再上车，随着人流挤进了我的硬座车厢，里面早已人满为患，臭气熏天。我挤了半天才找到自己临窗的座位，身边是一个比我胖两倍的黑胖子，对面是几个衣服又黑又脏的民工，脚下则是几个大麻袋，留给我的空间只有我身体的一半大。不过也无所谓，忍忍很快就过去了，我坐了进去，发现还挺舒服，黑胖子身体比沙发还软，靠在上面睡觉很有安全感。麻袋可以搁脚，怎么踩都可以。民工们都很本分，不会对我冷眼相加，我美美地吃了一个何诗诗买给我的苹果，顿时更觉得幸福，接着强烈的疲惫感袭来，我头一歪，枕在黑胖子的肩膀上，很快就进入了梦乡。

　　火车停靠在吉首站是第二天下午五点，下车的时候我骨架疼得都快散掉了，原因是我失算了，本以为背靠胖子好睡觉，结果半途中黑胖子反客为主，仗着力气大，竟然压在我身上睡了一路。要不是被老孙压了多年练就了抗压的功夫，我很有可能被活活压死。我摇头晃脑，挥舞着胳膊，忍着疼痛，走到何诗诗车厢前，把她接了下来。何诗诗似乎也休息得并不好，黑眼圈竟然加重了，不知道她又在操什么心。我心疼何诗诗，更心疼钱，买软卧还不好好睡觉享受，这不是扯嘛，以后有机会一定要好好管教管教她。

吉首火车站门口有很多跑凤凰的出租车，我俩和另外几个学生模样的游客拼了辆面包车，开始向凤凰进发。一路上何诗诗都拉着脸始终不语，而且仿佛随着离凤凰越近就越不爽，我问了几句她没有回答，我也不好自讨没趣，所幸拼车的人比较聒噪，让我的尴尬可以得到掩饰。

凤凰和吉首相距不过五十公里，可面包车在山路间跑了一个多小时还没到，四周越来越荒凉，哪里有半点文艺小资的影子。就在我心生疑惑之际，突然车一拐弯，就看到远处的山坡上灯火点点，仿似许多灯笼高悬空中，进而开始出现房屋和人群。一条大河突兀地横亘在我的面前，河水湍急，两岸有着高高低低的吊脚楼，顺着河流远处有一座造型独特的大砖石桥，然后面包车一个急刹车，司机说："都下车吧，凤凰到了。"

7

彼时不到七点，但天已全黑，透过阑珊灯火正好可以遥望整个凤凰，似乎很小，那条大河应该就是沱江吧，那座石桥显然就是虹桥，除了沱江两岸的灯火层次丰富且明亮，其他地方几乎都是灰暗的。我站在沱江边看着脏脏的路面以及更脏的江水，有点失望，"天哪，这就是我魂牵梦萦的凤凰吗？真是比我想象中差远了。"

何诗诗先是冷笑了一声，接着说了两段话，第一段话是："这不能怪凤凰，要怪只能怪你的想象。人们总爱把很多事物想得太好，然后发现和自己想的不一样，还怪罪对方。"

第二段是："你了解凤凰吗？你看到的就是它的全部吗？说来说去，只能说明你肤浅幼稚，因为你太容易下结论，这真的非常不好。"

何诗诗说完径自往前走去，留下我傻傻地愣在原地。如果不是夜色已黑，我脸上窘羞的颜色一定很难看，其实我不怕被打击，我只是突然害怕何诗诗之所以叫我一起来只是为了有一个随时可以发泄的对象，而不是真的想让我陪她游玩。从上车后的种种迹象表明，很有可能是这种情况，也就是说我天真地以为我和她的关系有了转变，然而实际上一切美好依然只是我的想象。

只是来不及多想，何诗诗已经消失在我的面前，我提着她的箱子赶紧追上前去，何诗诗仿佛对这里很熟，因为她一直没看风景，也没有看脚下的路，而是一会儿左拐一会儿右拐，顺着山坡上上下下，仿佛在寻找着什么。最终她在虹桥北侧的某处山坡上停了下来，那里有一家客栈名叫：相思。

何诗诗说："今晚我们住这里。"

我说："好啊，这地方看来不错，我们……开一间房？"

何诗诗狠狠地瞪了我一眼，然后对前台小姑娘说："我想入住三楼的'诺言一生'，谢谢。"

小姑娘查了下电脑说："抱歉，'诺言一生'已经有人入住了，其他房间可以吗？"

何诗诗脸上明显流露出失落，沉吟了好半天才落寞地点头说："那随便吧，不过'诺言一生'如果空出来了麻烦立即告诉我，我要换进去。"

　　说完，何诗诗办理了登记，从我手中接过箱子，然后独自上楼去了。我则郁郁地上前办理入住，小姑娘问我要哪间房，她们现在还有"浪漫一生""恩爱一生""感动一生"都空着。

　　我没好气地说："别整那些虚头巴脑没用的，给我开间最便宜的。"

　　小姑娘温柔一笑说好，然后给我房卡，我一看，好嘛，我的房名叫"孤独一生"。八十元一晚，比其他房间都便宜一半，估计是这个名字太不吉利了。

　　我虽然不喜欢，不过也无所谓，好话固然好听，但日子能过成啥样还得靠自己，世上那么多人，白头偕老、至死不渝、到老相伴的又有几个？背叛离弃的又有几个？

　　我爬上二楼，推开"孤独一生"的房门，里面条件挺好，阳台下面就是沱江，打开窗户立即传来附近酒吧喧嚣的吵闹声，阳台上还吊挂着一个秋千，我坐了上去，摇摇晃晃，心想是先休息呢，还是去找何诗诗，邀请她夜游凤凰。虽然理智告诉我何诗诗现在心情不好，邀请估计没戏，但总有一种冲动让我想试试看，万一何诗诗答应了，那该多浪漫啊。我决定碰碰运气，立即从秋千上跳下，简单梳洗后换了身衣服，兴致勃勃地来到何诗诗住的"厮守一生"。我深呼吸了两口气，轻轻敲门，里面没有声响。就在我疑惑何诗诗是不是不在时，门开了，何诗诗像僵尸一样站在门前，脸色苍白，毫无表情，只是两只眼睛又红又肿，显然刚刚痛哭过。

　　我说："何诗诗你怎么了？是不是哪里不舒服？"

　　何诗诗则答非所问："你有什么事？"

　　我心中说想邀请你出去玩，嘴上却说："没事，没事，就是想看看你，你要不方便我就先走了。"

何诗诗没说话，不由分说直接将门关上了，从头到尾表情没有变过。

我又在门外徘徊了半天，直到服务员警觉地过来问需不需要什么帮助，才悻悻回去。

躺在床上，联想何诗诗这两天的表现，总觉得怪怪的，仿佛隐藏着巨大的秘密，但又无从问起。何况一和她说话，就会遭受打击，让人郁闷，加上两天一夜火车上的过度劳累，我竟很快昏昏睡去。

8

第二天早上我被敲门声吵醒，以为是服务员，就去开门。因为在宿舍习惯了，总喜欢穿着内裤到处走，换了个地方也没反应过来，等打开门发现竟是何诗诗。何诗诗的表情比昨天丰富了不少，看到我只穿了条内裤脸上居然立即出现了害羞的表情，让本来尴尬的我竟然得意起来，"何诗诗，我曼妙的身材就这样被你看见了。"

何诗诗娇嗔地说："去死，谁要看你啦！肚子上全是肉。"

我还想贫两句，何诗诗转身走了，边走边说："快起床吧，我在楼下等你。"

我以光速穿好衣服，牙也没来得及刷，脸也顾不上洗，就冲下了楼。

何诗诗正弯腰逗着门口的小黑猫，阳光穿过群山，透过森林，越过江水，投射在她的身上，让何诗诗身上的色彩层次分明。我站在她身后悄悄观察了她一会儿，此刻的何诗诗轻盈、真实、纯洁，有着说不上的美好。我忽然很感动，情不自禁地唤了一声："何诗诗。"

何诗诗回头，对我淡淡一笑，有点逆光，但她的笑容发出了比阳光还炽热的力量，让我眩晕。我突然眼眶一热，鼻子一酸，如果眼前的何诗诗能够永远如此恬静自然，如果我们能够永远如此相敬如宾，如果老天突然降下大雪，如果大雪可以封山，如果江河突然断流，如果我们被永远囚禁在此，也未尝不好，因为无论如何只要阳光在，空气在，何诗诗在，对我就是全部的人生。

9

我和何诗诗在隔壁的小店里吃了点米粉，然后顺着沱江往下游走，何诗诗虽然话依旧不多，但至少不像昨天那样对我不理不顾的，她的情绪虽然依旧不高，但至少她已经在照顾我的情绪，面对我讲的一些并不好笑的笑话，她还会报以无聊的笑容。甚至在一阵较长沉默的当口，她突然对我说："苏扬，对不起。"

我吓了一跳说："什么情况？"

"我不应该对你态度那么不好的，你又没做错什么。"

"拜托，你不要这样反复无常好不好，我会吃不消的。"

"哦？现在就吃不消了？"

"不是这个意思。"

"那是什么意思？你想放弃了？"

"怎么会？其实我想说，我没问题的。我没什么强项，除了脸皮厚，所以你尽管打击我吧，只要你高兴，嘿嘿。"虽然我也觉得这话一点也不好笑，甚至有点委屈，但不知为何还是傻笑了两声。

结果何诗诗还真配合，立即冷冷回了句，"我看你不只是脸皮厚，关键是贱，你们男人都很贱。"

我看她又来了，跟发癫痫一样，时好时坏，吓得赶紧转移话题，"何诗诗，我们就这样干走吗？"

何诗诗点头说："是啊！"

我说："要不要到哪里去玩呢？比如租条船泛舟沱江，或者去附近的猛洞河漂流，或者去沈从文故居也行，总比在这儿傻走强。"

何诗诗的回答让我大跌眼镜。何诗诗用一种无辜的眼神看着我，然后反问："为什么要去玩？谁说我们是来这里玩的？"

"啊！我们来这里不是玩是干吗？"我是真的hold（把持）不住了，跳到何诗诗面前，瞪大眼睛看着她。

"唉！"何诗诗突然长长叹了口气，叹得百转千回，叹得我心又软了。

"我也不知道为什么要来，我以为这辈子我都不会再来了，可是我控制不住，每年都会过来，都会住在同一家客栈同一个房间，走同样一段路程，看同样的风景。"

我越听越糊涂，敢情何诗诗不是第一次来凤凰啊，难怪她那么熟悉，以前她是和谁一起来的？现在那个人又在哪里？

就在我胡思乱想之际，突然听到何诗诗在我耳边轻轻地说："苏扬，你不是一直想知道我的故事吗？想知道我到底是一个怎样的女孩吗？"

我看着她说："你已经告诉过我，你成熟勤奋，现实冷酷，目的性极强，知道自己要什么。"

何诗诗点头，"是的，这些都是现在的我，可是你想知道过去的我是什么样子吗？你想知道为什么我会变成现在的我吗？"

"我当然想知道，我想知道你的全部，你的过去、现在和未来，只是我不会勉强你。在你想说的时候，我会安静聆听；在你心烦的时候，我会默默走开；在你需要保护的时候，我会第一时间出现；在你想发泄的时候，我就是你最好的受气包；在你无聊的时候，我愿意学动物逗你笑；在你悲伤的时候，我愿意把胸膛给你倚靠。我不奢望成为你的骄傲，也不想成为你的负担，我只想成为你生命中的存在，或许渺小，但很真实。多年以后当你回顾一生，你或许忘记了很多轰轰烈烈，忘记了很多风起云涌，但你忘不了有我这样一个卑微却真实的存在，曾经在你我青春最美的时光里，对你真挚热爱，默默付出。如果可以这样，我已经心满意足，并且感恩。我会对老天说，谢谢你，让我遇见何诗诗，遇见我人生中最美的女孩，让我可以对她好，让我这辈子都不再有遗憾。"

我不知道为什么我突然能一口气说这么多，这么煽情，有可能是情深所致，有可能是环境使然，有可能是我言情小说看多了记住了其中的某一段。但这些都不重要，重要的是我说了出来，而且是那样情真意切，在何诗诗最渴望倾诉却又最迟疑的关口，我的话让她感动并且不再犹豫。

"谢谢，苏扬，我都快被你说哭了。"何诗诗说完，眼圈真的一下子就红了。

"你还想不想听，我还能说两个钟头，昨儿夜里刚从电视里学的。"

"你讨厌，不理你了。"何诗诗破涕为笑，然后走到前面江边的码头，坐在了高高的台阶上面。

我赶紧追上，在她身边坐了下来。阳光就在我们正前方，沱江波光粼粼，山间炊烟袅袅，当地的妇人们在江边洗衣，用棒槌敲打着河面，一切是那样真实，又那样虚幻。

"你说是不是男人的情话都那么动人？明明知道是假的，明明知道当不了真，可为什么还是想听？"何诗诗凝视着江水感慨，似问非问。

"你是在说我吗？"

"所有男人，当然也包括你。"

"何诗诗，我想你一定受到过深深的伤害，导致你现在的不信任。"

何诗诗竟然没有否认，竟然还点了点头，这是否充分暗示，她的内心已经向我打开？如果说即将呼啸而来的倾诉是高潮，那么刚才所有的对话都是前戏，何诗诗可真是一个内心坚硬情感淡漠的女孩啊，直到现在才放下对我的防备，倾诉她隐秘凛冽的曾经。

就在我以为何诗诗要深情倾诉之际，她突然很认真地问我："对了，苏扬，你知道我是哪里人吧？"

我蒙了，我还真不知道她是哪里人，因为这对我而言并不重要，所以一直没打听。

我实话实说："不知道。"

结果何诗诗生气了，"哼！看来你还是不够关心我。"

我又紧张又好笑，紧张是生怕我酝酿到现在堪称完美的前戏被这个小插曲突然打散，而错过了这次估计永远都没有这么好的机会了；好笑是觉得女人真的太有意思了，不管是谁，不管什么时候，都渴望被关注被呵护。对于男人，山盟海誓的诺言可能也就是随口一说，而对于女人，任何一个眼神都不能示错。男人在乎的只是当下和结果，女人在意的是过程和感受；男人说你伤害我千百次没关系，只要一朝拥有，所有苦痛都可以既往不咎，女人说你对我好一辈子也不够，我要的是天长地久，你犯一次错你所有的好都将一笔勾销。只是女人大多还很作，喜欢欲说还休，擅长表里不一，你如果在她不需要关心的时候强加关心，她会说和你不是一个世界的，没有这个必要，你如果在她需要你关心的时候，关心过头了，她又说你限制了她灵魂的自由，这不是她要的关系，整到最后你都不知道该如何对她，真恨不得打她一顿，然后怒斥一声"老实点，再作揍死你"才过瘾。

　　我通过内心一阵复杂而缜密的 YY，迅速调整好我的情绪，偷偷瞅何诗诗，或许她只是习惯性反问，看来情绪并没有受到太大的影响。看着江水又百转千回地长叹了一口气后，何诗诗终于开始了她艰难而曲折的诉说。

第四章

往
事

"再见了，张掖；再见了，家乡；
再见了，爸爸；再见了，妈妈；
再见了，我的十八岁，再见了，
我残忍而破碎的青春。"

RHYTHM OF LOVE.

1

　　"我是甘肃人，家在河西走廊中部一个名叫张掖的小城，张掖有着
悠久的文化历史，是丝绸之路的必经之路。我很爱我的家乡，虽然它
不大也不繁华，但它真的很漂亮。'不望祁连山顶雪，错将甘州当江南'
说的就是我们张掖。

　　"直到现在，我来到了上海，也走过了那么多地方，可是我梦到得
最多最美的地方还是张掖。在那里，我有着非常幸福美满的童年时光，
这得益于我爸爸对全家的照顾和对我无微不至的呵护。我爸爸是张掖
的常务副市长，他是一个很坚强很有主见也很有能力的男人，在我心
中他是完美的，是无人可及的。我在很小的时候就对自己说，长大了
一定要嫁给一个像爸爸一样的男人，如果找不到，宁可终身不嫁。

　　"爸爸在张掖的口碑非常好，因为他人很好，对同事好，对父母兄
弟姐妹好，对我妈妈好，对我更好。爸爸的工作能力也非常强，他是

常务副市长，所以什么事都管，爸爸在任的那几年，张掖的经济发展速度很快，大家都说是我爸爸的功劳。总之我的童年有着最幸福的家庭，身边总是有着别人羡慕的眼神还有奉承，不管我要什么都能在第一时间得到，不管我遇到怎样的麻烦，我爸爸都能替我解决，不让我受半点委屈。我天真地以为人生本来就是如此美好，充满了鲜花、掌声和赞美，这一切直到十六岁我高一入学前才突然破灭……"

2

"我记得很清楚，那是一个星期天的下午，有着和现在一样的温暖阳光，我正在院子里预习高一的课程，妈妈在厨房里张罗着晚饭，空气中弥漫着我最喜欢吃的红烧带鱼的香味。爸爸坐在院子里一边听戏一边看报纸，边看边催促我快点做作业，做完就和妈妈带我去买衣服。爸爸说我上高中后就是大孩子了，得打扮得成熟一些，这样老师和同学才能更快更好地认可我。爸爸总是无微不至地照顾着我，不会错过我成长中的任何细节。现在想想那是个多么美好的下午啊，一家团聚，其乐融融，生活充满了幸福和希望。就在这时，大门突然被推开，进来好多警察，为首的警察和爸爸没说几句话就带走了他。爸爸走得很匆忙，甚至连眼镜都没来得及拿，不过他从头到尾都很平静，出大门的时候他还转身看了我一眼。就一眼，可我终生难忘，那眼神包含了太多太多，足够我回味一辈子。

"爸爸的事轰动了全城，检察院很快指控爸爸贪污受贿多年，总金额吓死人。我当然不相信，因为从小到大爸爸一直都告诉我要做一个诚实善良正直的人，不为利益所动，不因威胁而动摇，我爸爸怎么会做出犯罪的事情呢？从小到大爸爸都很节俭，虽然爸爸位高权重，但我们家的生活只是小康水平，没有任何奢侈，我真的不相信也无法接受这个事实。我和妈妈都坚信爸爸是被冤枉的，是被他的仕途对手搞垮的，加上爸爸为官这些年触犯了很多人的利益，树敌很多，现在他落难肯定是被阴谋报复。

"妈妈四处求人，想尽办法终于获得了短短十五分钟的探视时间。在冰冷的收押室里我见到了爸爸，虽然才隔几天，但爸爸已然苍老了至少十岁。妈妈一个劲地哭着问爸爸这一切到底是不是真的，只要他说不是，妈妈就算拼死上访也要把他救出去。我死死盯着爸爸，心中疯狂呼唤希望爸爸摇头说这不是真的，是被冤枉的，可我看到的却是他缓缓点头，那一瞬间我眼前一黑，信仰瞬间崩塌。天哪！原来我爸爸真的是罪犯，原来这么多年他一直瞒着妈妈和我在贪污受贿，原来他说的一切都是虚伪的谎言，原来他高大伟岸的身影背后竟然是那么卑鄙龌龊，原来男人的话都是那么虚伪，原来再美好的事物都只是表象，真相都是那么残酷！"

3

"可是他是我爸爸啊！这个世界上对我最好也是我最重要的人，不管他到底是怎样的一个人，我只知道我爱我爸爸，我不能没有他。我无法控制自己的情绪，紧紧抓着爸爸的手，质问他为什么要这样做？为什么要欺骗所有人？爸爸也哭了，面对我的时候他再也无法控制自己的情绪。爸爸说他贪污受贿只是想等我长大后把我送到国外，他说他走上仕途的那一刻就知道他已经身不由己，他能做的事其实并不多，这些年他看到这个世界有太多的不公平，这个社会有太多的问题。他痛心疾首，他想改变，但他发现他根本无能为力，再大的官都无能为力。他看到有人家破人亡，有人流血牺牲，有人上不起学，有人找不到工作，有人看不起病，有人莫名其妙被抓，有大桥突然倒塌，有列车追尾，有人喝水也中毒，有牛奶生产日期随便改，有重度污染，有自家房屋被强拆，有城市下雨就被淹，有各种光怪陆离的不靠谱，有各种匪夷所思的不讲究……他默默目睹着这一切，却找不到解决的方法。

"爸爸哽咽着说女儿我爱你，无论如何我都不想让你承受这些苦难，所以等你高中一毕业我就会把你送出国去，并且把你在国外这辈子的积蓄都准备好，确保你不受半点委屈和伤害。爸爸说这些的时候越来越亢奋，仿佛他又变成了一位好领导和一个好父亲，然而最后他再次号啕大哭。他自顾自地说：'我不怕坐牢，这是我应得的报应，可我没法再照顾我女儿了。她还那么小，就算我能活着出来，我也错过了我女儿那么多年的成长，我不但不能照顾她，还要连累她，让她抬不起头来。女儿，我对不起你啊！'爸爸痛哭的样子让我很心疼，奇怪的是，我突然没有了眼泪，我已经知道了真相，我也知道了生活远远不是我想象中的那样简单和甜蜜，我要考虑的是如何面对这一切，并且解决剩下的麻烦，我真的好讶异我会突然变得那样冷静和理性。我拉着已经快哭死过去的妈妈说：'时间到了，我们走吧。'然后对爸爸说：'爸，你保重，我和妈妈会好好的，我们会一直等到你出来的那一天，再见。'"

4

"虽然生活还得继续，可是我的生活已经支离破碎。爸爸没有了，幸福没有了，赞美没有了，家产也全都没有了，反而是嘲讽和白眼多了不少。妈妈虽然是成年人，可这些年她在爸爸的呵护下一直养尊处优，变得比我还天真，现在面对生活的骤变，她比我还不能适应，很快积郁成疾，只能住院疗养。而我也变成了一名寄宿生，我的高中是省重点中学，人很多，同学都是从各个学校考进来的优等生，在那里我感到了前所未有的压力。当然压力大对当时的我而言其实不算坏事，最起码让我觉得生活不那么空虚。我讨厌空虚，因为一闲下来我就会胡思乱想。

"高一第一学期我的生活还算平静，在我的刻苦努力下，我的成绩也能维持在中等，我也刻意和所有人保持距离。我知道在他们眼中我不光彩，因为我有一个贪污犯爸爸，可是我也不愿意对他们低三下四，因为人格上我没有比他们矮小。我以为我会一直如此平静地生活下去，直到我高中毕业，离开我的家乡，却没想到高一寒假刚开始，我就遇见了他，开始了我人生至今最无法承受的痛。"

5

他比我大很多，是我利用寒假时间在校外打工的公司的领导，最初注意到他只是因为他长得很像年轻时候的爸爸，特别是笑容，让我感到又温暖又安全。他很爱笑，所以我总是不由自主地看着他。让我高兴的是，他似乎也在人群中第一眼就看到了我，因为我能感受到他的很多笑容都是给我一个人的。我开始关注他、接近他，慢慢发现他不但成熟乐观，而且工作能力很强，仿佛没有可以难倒他的事情，让人特别有安全感。也就是那个时候我知道其实他是有家庭的，不过他的爱人和孩子都还在他老家，他一个人在张掖生活。这让公司里很多喜欢他的女员工很兴奋，他的单身宿舍里总是有女孩以请教问题的名义待在那里不肯走，当然这些也都是我装作不经意听别人说起的。听的时候我感觉酸酸的，应该是吃醋了，心里还有点责备他，觉得他太随便了。我也很想到他宿舍找他聊天，不过我不敢，自尊心也不允许我这样，我就在远处注视他，感受他对我的每一个微笑，足够温暖我一整天。在那段孤寂的岁月里，他的笑容几乎可以算作我最为珍视的礼物。真的，我一点都没有奢望太多，经历过生活的打击后，我其实挺害怕也很拒绝拥有幸福，因为我总觉得幸福都是假象会突然消失，留下难以承受的痛。

"只是我不是生活的导演，我的人生永远无法按照我的希望发展。我站在人群之外，他却拨开人群向我走来。我告诉自己不要在意，他却向我伸出双手，给我关爱，他似乎知道我的故事，因为他总是给我很多鼓励，告诉我一切都会过去，一切都会好起来的。不知道为什么，如果别人这么说我只会觉得虚伪恶心，可这些话从他口中说出来却是那么让我安心。我们的关系越来越暧昧，是一种只有我们才能体验的暧昧，在别人眼中或许我们还是陌生人，在我心里他却成了精神寄托。或许我挣扎又禁忌的眼神刺痛了他，那年大雪纷飞的平安夜，在璀璨灯光下，他竟然向我表白了。他说他第一眼看到我的时候就爱上了我，因为我的眼神纯净又复杂，他说他看到了疼痛和怯弱，也看到了倔强与坚强，这让他很心疼。他说十七岁的我承受了太多不属于我这个年龄的压力，他想为我减压，好让我寻回一个十七岁少女的天真和快乐。他还说在认识我之前他一直以为自己不会为哪个女人真正心动，包括他的爱人也只是父母的安排，他愿意为那个女人负责，但他对她真的没有爱，而现在生活中虽然有很多女孩主动示爱，但他压根儿无动于衷、心如止水，直到看到我，才重拾青春的悸动和懵懂，重燃激情和冲动。他说这一切都是上天安排好的命运，我俩是对方逃不过去的宿命，我们都是生活可怜的人，遇见彼此就要负责将对方拯救。

"他的甜言蜜语让我很感动，他真挚含泪的眼神让我不得不选择相信，况且那时候我真的需要一个厚实的胸膛，让我抵抗爸爸离开之后的黑暗世界，因此我选择了相信他，相信他给我编织的美好未来。我开始和他偷偷交往，白天继续在人群中默默欣赏他。他真的好帅，浑身散发着成熟男人的味道，偶尔还有一丝历经风霜的沧桑感，这些都像极了我的爸爸。他的深情和细腻更让我痴迷，我开始相信遇见他是老天对我受到伤害后最好的补偿，我的人生还是多彩的，我对未来又充满了信心和期待。"

6

"就这样我们的感情越来越炽热，高一结束后的那个暑假，他突然说要带我私奔，真的吓死我了，可是我又觉得很刺激很向往，他真的要放弃自己打拼多年拥有的一切带我浪迹天涯吗？如果这是真的，那我也愿意放弃所有，只要每天和他在一起，一分一秒都不分开。我激动得彻夜未眠，幻想了一整夜。我幻想我们会去哪里流浪，幻想什么时候给他生一个宝宝，幻想以后安心当一个全职主妇，每天做好晚饭等他下班回家吃，幻想晚上入睡前我会给他轻轻按摩唱着歌哄他入睡，他在我的怀里会恬静得像个孩子。我想了很多很多，结果第二天一大早他来接我看到我的黑眼圈时吓了一跳，等知道原因后用手在我头上

揉了揉说：'我的笨诗诗，我只是想带你旅游啦，美其名曰私奔而已。'
虽然当时我有点失落，但还是很开心，因为只要能和他在一起，眼前
就是最美的天堂。我问他要带我去哪儿，他说带我去凤凰，那是他的
偶像沈从文的家乡，多年前还是少年的他第一次彻夜通读《边城》时
就痴迷上这个边陲小镇，并发誓一定要带着自己的'翠翠'去那里。
这些年他走过人山人海，经历世事浮沉，却始终没有找到自己的'翠
翠'，就在他以为那只是少年时期对爱情美好的幻想，只是伟大文学作
品点燃的虚妄，就在他心灰意懒决定接受生活给予的平淡和荒芜之际，
他突然看到了我，重新点燃了他对爱情对美好的欲望。所以他迫不及
待要带我来这里，来这个萦绕在他少年情怀里的凤凰，犹如一个信徒
万水千山走过只为那一眼的真诚朝拜。

　　"我们是坐长途大巴过来的，一路上他都紧紧拥着我，和我一起
看着窗外的风景，看着黄土地慢慢变黑，看着荒凉的平原渐渐绿树成
荫，他说旅行多好，让我们不会故步自封，让我们的人生得到拓展，
他还说有我多好，让他的生命重新焕发青春，而我什么都没说，我只
在意和他的点点滴滴，他在身边，世界和我无关，因为他已是我全部
的世界。我们坐了两天两夜的车终于来到凤凰，刚下车我就爱上了这
里，因为这里有着浓郁的人间烟火，一点都不虚幻，我看着山间升起
的袅袅炊烟，看着沱江上洗衣洗菜的妇女，看着古城里安静怡然的苗
族老人，看着巍峨庄严的大山和孤寂的虹桥。我突然有想哭的冲动，
这里是那么安静，仿佛躲避人间已经千年万年，这里又是那么喧闹，
爱恨情仇一点也不少，如果能够一辈子待在这里那该多好！我终于控
制不住自己的复杂心情，压抑了很久的委屈瞬间爆发，我在他怀里
大哭了一场，告诉他我已经深深爱上了他，告诉他他是我的信仰我

的命，告诉他我希望一辈子和他在一起。那夜，就在我们入住的相思客栈的'诺言一生'里，他深深吻着我，对我许下了永不分开的承诺。他还发誓说一定会给我幸福，不再让我受苦。那夜我毫不犹豫地把自己的第一次给了他，我相信这是我人生中做过的最伟大的决定。在凤凰的三天，也是我最快乐的三天，我们泛舟沱江，我们探幽寻古，我们长峡漂流，我们对月当歌，我们像真正的恋人一样毫不避讳地爱着，我们像真正的夫妻一样幸福地生活着，我的笑声超过了爸爸出事后一年时光的总和，而我在他的疼爱下更是感受到前所未有的快乐。总之我是幸福的，幸福得那么真实，那么深刻，就算现在想起，也宛若在眼前。"

7

"我天真地以为这一切都可以延续，这一次谁也没法夺走我的幸福，却没想到生活再次欺骗了我，高潮之后就是枯萎，盛夏过后便是晚秋。从凤凰回去后他突然对我很冷淡，一开始我还以为他忙，我坚信我们的诺言一万年不变，直到一个月后他正式向我提出分手，没有确凿的理由，只有淡淡的一句：'对不起，我们不是一个世界的人，你忘了我吧。'我当然知道这是虚伪的借口，我当然不会就这样罢休，我紧紧抓着他的胳膊不让他走，就像当年我追问我爸爸到底有没有犯罪一样，我需要的只是一个真实的答案。

"面对我的纠缠不休，他终于恼羞成怒了。他指责我给了他太大的压力，让他不自由；他嘲笑我是一个没大脑的白痴，竟然天真得想纠缠他一辈子。他说自己已经错过一次，选择婚姻就足以让他懊恼终生，他不会再让自己的灵魂被哪个女人羁绊，他说在凤凰我表现出的依赖让他害怕，他怕随着时间的流逝我对他的依赖会加深，最后会连累他一起沉沦，因此他要悬崖勒马，长痛不如短痛，早分手早安生，从此我俩各不相犯。他继续追求他要的潇洒人生，我也可以找到一个愿意终生厮守的爱人。看着他表情阴冷地说完这些话，我的心完全冰冷下来，我知道他说的都是真的，我知道一切都已经无法挽回，我在内心给我们的爱宣判了死刑，他在我的眼中突然变得那么丑陋，让我恶心到窒息，我头也不回地跑掉了，我再也不想看见这个人，永远都不想看见。"

8

"分手后，我的世界完全崩塌了，我不停地哭，没日没夜地哭，眼睛像漏了一样，时时刻刻都在流眼泪。我把自己关在宿舍里，三天三夜滴水未进，像个死人一样躺在床上，三天后我的身体已经极度虚弱，可肉体上的痛和内心的痛比起来简直九牛一毛。我真的看不到未来看不到希望，我真的对人生不再抱有任何幻想，我爸爸离我而去已经带走了我的半条命，现在他抛弃我又将我剩下的半条命活活扼死，我活着还有什么意义？我决定自杀，我拿起刀想也没想就朝手腕割去，滑稽的是，我虚弱得连自杀的力气都没有，血流了一床，伤口却没深到致命，上完晚自习回来的同学吓坏了，赶紧报警把我送到医院。我被抢救了过来，在医院躺了整整两个月，其间很多老师同学过来看我，他却始终没来。班主任问我到底发生了什么事情，我始终一言不发，因为那个时候我还深爱着他，我怕说出来会耽误他的事业他的人生，就这样我以我十七岁的身体承受了所有的痛所有的罪。

"出院后学校怕我再做傻事，就派了一个女同学整天陪着我，现在想想学校这样做还真救了我，否则我真的会承受不了再自杀。那些天我表面上和正常人没有太大区别，可内心深处却时刻犹如火山喷发一样备受煎熬，我想不通为什么那么好的爱情说没就能没，我想不通为什么那么好的人说变就能变，我想不通为什么他从头到尾都没有来看过我一次安慰我一句，变得那么绝情那么残忍，我想不通为什么到这个时候这个地步了我还在挂念他，我他妈的还深深爱着他，我是有多贱啊！可是我什么都不能做，我连自杀都不可以，我只能像个白痴一样傻傻地看着前方静静流泪，一流一整天；我只能在夜深人静的时候承受那快要把我撕碎的痛，突然像只濒临死亡的兽发出可怕的哀号。我怕吓到我的室友，只能用被子紧紧裹住身体，然后在里面拼命摇头张牙舞爪地在自己身体上咬着抓着，让肉体的疼痛来暂时缓冲内心无边无尽的煎熬。"

9

"我没有死，我坚强地活了过来，我用了整整一年的时间才让自己有勇气再次面对这个现实残忍的世界，我又自我催眠了半年才让我对人生又有了点期待。从那个时候开始，我就对自己说，这世界压根儿就没有真爱，没有诺言。男人都是骗子，不管他多么道貌岸然，多么才华横溢，都抵不过一颗自私虚伪的淫恶之心。也是从那时候开始，我发誓要离开张掖，离开西北。我要考到中国最时尚最繁华的地方，然后再从那里出发，去世界最时尚最繁华的国家，实现我爸爸对我的期望；我要靠自己的努力，像候鸟一样，飞到世界最温暖的中心，寻找属于我的幸福，而不是忍受贫瘠，被命运掌控。

"只是留给我的时间已经不多了，再过半年就要高考，过去的一年半我每日犹如梦游，根本没心思学习，成绩早就一塌糊涂，再这样下去，不要说出国，连离开张掖都是痴人说梦。我吓得浑身哆嗦，开始警醒，没日没夜地学习，过去数年我承受的苦痛也不是一无是处，因为这些经历让我变得很残忍，不光对别人，对自己也一样。我不再接受任何借口，只要我明确了目标就一定要完成，哪怕粉身碎骨。那些天我每天最多只睡四个小时，除了吃饭喝水上厕所，所有时间都用来学习，看书看得恶心了也强迫自己继续。就这样我的成绩在短短四个月内突飞猛进，高三前的最后几次模拟考试，我都能稳稳进入学校前三十名，高考我更是发挥超常，成功考到了上海，考到了我们学校。所有人都愕然，连我们校长都认为这是一个奇迹，到处演讲说他创造了一种新式高考冲刺学习法，只要半年就可以让一个差生脱胎换骨考进重点院校，我就是最有力的证明。

"高考录取分数线下来后，我们所有上榜的同学集体邀请老师们聚餐。那天真的很热闹，压抑了三年的同学们都尽情宣泄，学生和老师们一起大口喝酒，一起互相打闹。那天我收获了很多人的祝福，不管平时对我好的还是看不惯我的人，都对我真心佩服。我获得了前所未有的满足感，原来通过自己的努力征服别人是那么快乐。那天我真的喝了太多酒，带着报复般的快感，醉倒前一秒我觉得自己真的自由了，我的前十八年拥有过许多幸福，也承受过很多痛苦，很多人爱我护我，也有很多人骗我恨我，不过这些都已经不再重要，我完成了自己的涅槃，酒醒后我将离开这个地方，从此一去不返，在这块土地上发生的所有恩怨，通通一笔勾销。

　　"再见了，张掖；再见了，家乡；再见了，爸爸；再见了，妈妈；再见了，我的十八岁；再见，我残忍而破碎的青春。"

第五章

大
醉

我看着已经疯狂的何诗诗，心慢慢凉了，
何诗诗困在自己编造的逻辑中无法突围，
她的理由强大且有力，虽然于别人而言尽是荒谬，
但对她自己而言却是永恒真理。

RHYTHM OF LOVE.

1

那个阳光很好，风景很美的上午，我听何诗诗边哭边回忆自己的故事，心中感慨万千，除了渐渐明了她为什么会成为现在这样的女孩，也感慨自己的成长虽然平淡，却未尝不是一种幸福。

我出生在江苏扬州一个普通的教师家庭，父母为了省事干脆给我取名苏扬。我性格温和，个性中庸，还有点小懦弱，与世无争。这让我从小就风平浪静地过着安稳的日子，循规蹈矩地成长着，没有获得太多耀眼的记录，也没有经历任何苦难的生活，小富即安是我对生活全部的企图。我想如果何诗诗的这些遭遇发生在我身上，身为男人的我肯定都无法承受，由此可见何诗诗其实是个坚强的女孩，值得有人为她牺牲，虽然她极有可能选择永远都不再信任。

我不知道何诗诗为什么选择告诉我她的全部，是没有把我当外人还是因为我只是一个陌生人，因为陌生人最安全。我只知道听了何诗诗的故事后，我不但没有心生畏惧，反而更加爱她，因为我理解她所有的苦痛，所有的无助，所有锋芒背后的不容易，所有坚硬背后的软弱，此刻我真想把她拥入怀中，告诉她我要好好爱她好好照顾她，可是我很快打消了这个可怕的念头，因为就在同样的地方，一个男人说了同样的话然后将她深深伤害，我如果也这样做也这样说只会让她对我更加反感。更何况，我拿什么去爱她？我和她真的不是同一个世界的人，虽然我无比不待见这句空话套话，但又不得不承认这句话杀伤力巨大，可以抹去所有的爱恨，仿佛什么都没有滋生。

何诗诗终于不再哭泣，她轻轻问我在想什么。

我说："我想我应该已经知道自己该怎么做了。"

何诗诗"哦"了一声，说："可以告诉我吗？"

我迟疑着，不知道应不应该告诉她我已经决定不再打扰她，今晚我就想离开，从此以后我只在她背后注视着她，暗中祝福着她，而不会给她带来任何麻烦，这是我深思熟虑后能够为她做的全部，以我目前的道行和能力，真的无法让她重燃爱火，无法给她她想要的幸福。我深呼吸了两口气，决定不再逃避，只要我说出来，一切都可以了结，我又可以轻装上阵，做一个没心没肺的平民，过着不咸不淡的生活。

只是我话还没来得及说出口，就看到何诗诗脸上滚下豆大的汗珠，她的脸色突然煞白，声音也颤抖起来。她撑着双腿试图站起来，只是刚起身又立即弯下腰，拼命捂着肚子痛苦万分地说："肚子，我的肚子好痛，啊……"

2

"何诗诗，你怎么啦？"这突如其来的一幕吓得我手足无措。看到何诗诗捂着肚子喊痛几欲昏倒的模样，我再也不多想，一把抱住她，将她托了起来，然后向岸边跑去。我边跑边大声说："何诗诗你不要害怕，坚持住！我这就送你去医院，你不会有事的！"

何诗诗在我的怀里疯狂地喊着好痛，脸部因为疼痛已经扭曲变形，眉头紧锁眼睛瞪圆，额头青筋暴露。突然我的胳膊传来一阵剧痛，原来何诗诗疼得无法忍受，竟然用尽全力狠狠地掐着我的胳膊。我疼得差点将何诗诗扔出去，等反应过来后屏气凝神，咬牙强忍，又继续向前冲去。

古镇上游人很多却没有医院，我抱着何诗诗犹如困兽，在人群中不停地发问："医院在哪里？请告诉我医院在哪里啊！"然后顺着不同人指示的不同方向东突西奔了好久才找到通往凤凰新城的道路。何诗诗已经痛得半晕过去，眼睛无神地看着我，连掐我胳膊的手也没有了力量。我拦下一辆出租车对司机大声说："快送我们去医院，快！"

十分钟后，出租车在凤凰第一人民医院门口停下，我抱着何诗诗冲进了医院急诊室。医生在紧急诊断后对我说："急性阑尾炎，得立即做手术。"

何诗诗已经醒了过来，疼痛似乎也缓轻了些，她对我摇头说："我不想做。"

何诗诗说她害怕，她觉得自己会死在这里。

我安慰她："傻丫头，阑尾炎只是一个小得不能再小的手术。虽然疼起来要命，但做起来很简单，而且肯定安全。"

何诗诗疯狂摇头说："不是这样的，我有不祥的预感，我的病绝对不会是阑尾炎这么简单。"何诗诗哀声求我，"苏扬，求求你，带我回张掖吧，就算死，我也要死在家乡，死在父母身旁。"

我说："何诗诗你肯定是疼糊涂了，真的不会有事的，我会一直在你身边照顾你，直到你康复为止。"

我们的对话让医生很不爽，医生说："你们是不是偶像剧看多了？在医院谈情说爱？你们到底做不做手术了？"

我们同时回答。

何诗诗说："不做。"

我说："做。"

医生蒙了，说："什么情况？我到底听谁的？"

何诗诗对医生说："听我的，他又不是我什么人！"

我对医生说："听我的，我是她男朋友。"

我说这句话的时候是如此坚决，坚决得连何诗诗看我的眼神在我强大的气场下都慢慢柔软。

我第一次在何诗诗面前如此强大，我不知道自己是哪儿来的勇气，但我知道我只想保护她。

我深吸了口气，缓缓对医生说："我把我女朋友的生命看得比我的命都重要。她受了太多的苦难，我不会再让她受半点苦，所以这个手术我们一定做，现在她受点苦，把阑尾割除，以后就再也不会因它而痛苦，否则留在体内，迟早都是隐患。"

医生乐了，说："小伙子，你别对我说啊，这些话你应该讲给你女朋友听。"

我低头，深情地看着何诗诗："相信我，你会好起来的，一切都会过去，我知道我没有资格说这些话，但我说的全是真心话，求求你，相信我。"

何诗诗的眼泪又流了出来，她闭上了眼睛，慢慢点头。

医生似乎也被感动了，说："小伙子你够痴情的，肯定是偶像剧看多了。好了，别煽情了，你赶紧去缴费吧，下午就做手术。"

3

手术费加住院费要三千块，我没带那么多钱，赶紧找了部公用电话给老马打电话求助，电话里老马特兴奋地说："你他妈在哪儿旅游呢？老子我发达了！一个世界五百强找到了我，说让我去工作呢，你说我到底去不去啊？"

我打断他说："快别他妈废话了，赶紧给我打三千块，回去就还你。"

老马说："你要那么多钱干吗？我账上也没那么多钱。"

我说："那你就赶紧去借，我这儿有急用，这些天发生了太多事情，回去再和你说。"

老马还想和我讨论下他去五百强工作的事，我已经不耐烦地把电话挂了。走出电话亭，我突然有一种长大了的感觉，我告诉自己，从现在开始，我要变得冷静、积极、高效，至于那些想对何诗诗说的话，等她身体好了再说不迟。

老马向来不靠谱，我心里一点底都没有，不过这一次他还真让我刮目相看，没过半小时我就收到了他打过来的钱，我顺利缴了手术费和住院费，然后又买了一些水果和营养品，在手术室外静静等候。阑尾炎的确是个小手术，从头到尾不过四十来分钟，何诗诗从手术室里被推出来的时候精神有点恍惚，可能是麻药还没过劲的缘故，不过她的思维应该还是清楚的，因为她看到我一脸悲伤苦大仇深的表情时，还有心情说了我一句："讨厌，我又没死掉。"

我说："看到你受罪就难受。"

她说："那你这几天就好好照顾我吧，你要说话算数。"边说边伸出手。

我点头，也伸出手，却不知道该不该握，我渴望，但害怕，所以愣在半空中。

何诗诗低声说："抓住我。"

我立即紧紧握住何诗诗冰冷的手，并将之放入我的怀里取暖。

何诗诗，如果可以，我愿意照顾你一生一世。

可是我知道，等你身体好了，一切都会结束。

你依然是那个历尽风霜、高高在上、志存高远的女王。

我依然是那个经历简单、一无所有、胸无大志的小白。

我们之间的距离，绝不会因为此刻的感动而消失，回到上海，我们都将回到现实，原来我还可以装疯卖傻，死缠烂打，可是现在我知道了你的故事，我连装傻的理由都没有了。何诗诗，我会找准自己的位置，寻找合适的存在，默默地爱着你，不再给你带来任何麻烦。

何诗诗，我的这些心思，你又何时能知？

4

我真的不知道何诗诗会不会知道我的这些心思，她关不关心，我只知道在何诗诗术后恢复的那一个星期我们是简单而快乐的，我退了回去的车票，安心陪何诗诗养病。何诗诗似乎也不再想那些让自己心烦的事情，每天都过得恬静而安逸，开始几天她还不能下床，我就在床前给她端茶倒水，陪她聊天，她如果不想说了，我就看着她休息。我总是看不够她，因此很多时候她睁开眼睛都会愕然地发现我还保持着不变的姿势看着她。同病房的病友们都夸我人好，说何诗诗好福气，找到如此情深义重的男朋友，现在靠谱的男孩不多了，得好好珍惜。何诗诗笑笑也不解释，仿佛默认了我们的关系。

后面几天，何诗诗能下床了，我租了个轮椅，每天推着她到沱江边看流水，晒太阳，我们之间的谈话依然很少，但能感觉到两颗心很静。有的时候我会给何诗诗唱歌，说起来唱歌可能是我唯一有天赋的技能，不管什么旋律我听上一两遍后都能够唱出。何诗诗最喜欢的歌手是王菲，最喜欢的歌曲是《红豆》，最喜欢的歌词是那句：有时候，有时候，我会相信一切有尽头，相聚离开都有时候，没有什么会永垂不朽。

何诗诗说这是她宿命的写照，每次听到这句的时候都会想哭，可还是那么想听，于是我会一直一直唱这首《红豆》。很多时候她都在我轻轻哼唱时安静地睡去，我会继续吟唱，然后推着她轻轻走过美丽而悠长的沱江。

术后第七天，何诗诗伤口恢复得很好，顺利拆了线，我们买了回程的车票，走前最后一次来到沱江。何诗诗面对着江水伸开双臂，闭上了眼睛，犹如鸟一样沐浴在江风中，阳光在她身上洒下，让她通体透明，过了好半天她突然睁开眼睛，双手聚拢在嘴边，对着江水大声叫喊："我想留下来！我不回去了！"江水不语，而群山则留下了她的回音，她转过身来，已经泪流满面。

何诗诗张开双手，突然扑入我的怀里，紧紧将我拥抱，哽咽着说：

"这些天我真的很宁静。苏扬，你是个好人，谢谢你。"

5

回程的火车上何诗诗依然是软卧，我依然是硬座，我们之间的交流依然不多。到了上海站，何诗诗叫了一辆出租车问要不要一起回学校，那冰冷的表情明显表示我只是客套问问而已。我说："不了，我坐公交车。"何诗诗也没强求，只对我淡淡地说了一句"再见"，然后就自己先走了。

虽然我已经做好了足够准备，但面对何诗诗呼啸而来的冷漠还是觉得心疼，我拖着疲惫的步伐走到公交车站，等了好一会儿才等到公交车，然后晃晃悠悠坐了半天才回到学校。

老马看到我回来特别高兴，说有特大喜讯告诉我。我问是不是"五百强"的事，老马说正是，他已经去面试过了，并且和那老头相见恨晚，两人整整聊了十个小时，彼此情投意合，喝酒立誓一起做一番惊天动地的大事。我看着老马唾沫飞溅神采飞扬真怀疑自己穿越了，我询问了几句确定老马和我见的是同一家公司同一个人无疑，于是只能感慨世界真奇妙。老马说自己压根儿没给这家公司投简历，因此现在这一切都是命运的安排，他老马注定今生飞黄腾达不可一世，说完还用同情的眼光看着我安慰我面包总会有的，找工作一定不能急，只要人品好，工作主动找上门，他是最好的证明等等。

老马可能是太想我了，喋喋不休还想说些什么，我却爬上了床说太累了，想先睡觉。

老马突然眼珠一翻说："对了，我刚在网上看到一个很给力的帖子，里面还有你熟人呢，你想不想看呀？"

　　我狐疑说："啥帖子?"然后赶紧下床冲到老马电脑前。老马登录的是一个境外中文网站,需要翻墙才能浏览,上面总是有各种国内网站看不到的消息,大多涉黄涉政治。我看到老马已经点开了一个名叫"游戏展 showgirl 援交价目表"的帖子,上面说现在游戏展的 showgirl 接受援交已经是公开的秘密,游戏展表面上是推荐游戏,暗地里则是选拔援交少女,然后由专门的公司组织进行配对援交或者包养。帖子上面还罗列了数十名援交女郎的资料、收费标准以及可以提供的服务,看着花花绿绿的女孩照片还有触目惊心的服务项目,我的心慢慢往下沉。人气和收费越高的援交女郎越排在后面,我足足看了十分钟才看到最后一页的最后一个女孩,我一个字一个字地默读着这个女孩的资料:何诗诗,十九岁,在校大学生,身高一米六八,三围分别为八十五厘米、五十八厘米、八十五厘米,每星期可以服务两次,每次收费两千元。

　　我边读边说不可能,肯定是重名了,然后颤抖着点开照片,很快出现在我面前的正是让我魂牵梦萦、让我快乐痛苦的何诗诗,照片上的她穿着性感的三点式,双手紧握在胸前,淡淡微笑却明显忧伤地看着前方,犹如一个找不到天堂的天使,那么蛊惑,又那么让人心疼。

6

　　老马得意地显摆:"怎么样,我厉害吧,这个网站一般人进不去的。"

　　我没有说话,脑子里满是,怎么会这样,怎么会这样,何诗诗怎么会这样?

　　老马继续没心没肺地调侃:"我说哥们,是不是感觉特恶心?你喜欢的是一只鸡呢！说实话，我第一眼看到她就知道不是什么好东西，特能装，他妈的，有啥好装的啊，不就是我们没钱吗？有钱她就服帖了，让她干吗就干吗，擦，就是一只小鸡。"

我突然勃然大怒，猛地站起来对老马大吼："去你妈的，你他妈有种再说一遍。"

老马愕然："你发什么火啊？我又没有瞧不起你。"

我说："反正不准你这么说何诗诗。"

老马也生气了："我为什么不能说，她能卖，我就能说，擦，我明天让全校人都知道。"

我已经忍无可忍，生平第一次朝别人挥舞了拳头，用尽全力。

老马被我打蒙了，很快从地上爬起来，咆哮着说："苏扬，你竟然为了一个女人打你的兄弟，你他妈还是人吗？"然后疯了一样还击。

我压根儿没躲，老马的王八拳一拳拳抢在我脸上，火辣辣的，竟然不疼，还挺舒服。

我说："老马，对不起，我不配做你兄弟，你打死我吧。"

说完我突然哭了起来，我蹲下，紧紧抱着头，痛苦万分："我擦，怎么会这样？怎么会这样？她为什么要这样做？"

老马也愣住了，好半天才长叹一口气说："作孽啊，早知道你这么当真投入，就不给你看了。"然后转身离开了。

7

我已经没有力气上床，干脆躺在地上，这些天发生的事情太多，我的脑袋已经有点反应不过来，但还得细细琢磨，回忆倒带，将所有线索结合，我终于明白何诗诗为什么苦苦请求我一定要让她去游戏展做 showgirl，终于明白她说这次机会对她很重要的深层含意，终于知道她在游戏展上如此卖力表现堪称完美背后的动力，终于知道游戏展闭幕时带走她的老板意欲何为，终于知道第二天清晨在女生宿舍楼遇见她神情憔悴是因为刚做了些什么，终于知道她说自己是一个目的性很强的女人所言非虚。何诗诗确实工于算计，并且执行力超强，她正在下一盘很大的棋，可是她这样做的目的究竟是什么？是自甘堕落？是为了报复那个男人？还是有着其他可能？

无论如何，本来我已经下定决心不再继续纠缠何诗诗了，因为我知道那是一场没有胜算的战役，何诗诗的幸福不是我能够给予的，可是现在我又改变了主意。是，我确实没有本事让她相信，也没有本事让她能够过上她要的生活，可是她现在在作践自己，在进行一场危险的游戏，稍有不慎会将自己毁掉的。我不能坐视不理，我一定要将她拯救，等她悬崖勒马后我再从她生命中消失不迟。

想到这里，我内心又充满了大男子主义英雄情结，并且为再次找到和何诗诗交往的完美借口而欣喜不已。

8

我决定第二天就找何诗诗深聊一次，我自信可以说服她，不过在和何诗诗聊天前，我得先和老马谈一次，无论如何，刚才我先动手是我不对，老马虽然人有点神经兮兮，但这些年一直是我最铁的哥们，我有事他从来都没有袖手旁观过，我的大学爱情梦是没什么指望了，不能再失去我的好兄弟。

　　我足足等到十二点，老马都没有回来，我只能去找他。找老马不像找何诗诗那么费劲，这孙子吃喝拉撒的行踪我通通掌握，这么晚不回来，用脚趾也能想到他在附近网吧通宵打游戏。果然，我刚走进我们经常玩的网吧，就看到老马正全神贯注在玩《帝国时代》，我拿起老马面前的烟，点燃一根。老马看了我一眼，没说话，继续狂打游戏，感觉鼠标都快被他按坏了。我就在旁边静静看着老马，等一局过后，老马把耳机一摘，鼠标一扔，对我说："走，喝酒去。"

　　我们校外有很多通宵营业的大排档，除了不健康，价格和口感都没的说。大排档的主人基本上都是夫妻，偶尔也有一些姐妹花店主，那么她们家生意保准火爆，学校里的小伙子们一个个如饥似渴，几乎每晚都钻进姐妹花的排档里，一边喝酒吃肉，一边和姐妹花店主瞎贫。姐妹花们也不吝啬，荤的素的都能接，不怕你来，只要你有，兵来将挡，水来土掩，颇有龙门客栈里金镶玉的风韵。几年一晃，大一的孩子变成了大四的老菜皮，玩笑是越开越过分，有的时候还动手动脚，还有人对姐妹花投入了真感情，于是等毕业后离校多年，教书育人的师长是早已记不得了，唯独姐妹花的风情犹在心头，咂摸一下，酸酸的，甜甜的，还有点疼。

　　我和老马本来想去一对四川姐妹花开的排档喝酒。那对姐妹花里的妹妹长相酷似汤唯，和其他姐妹花店主不同的是，她有点冷，不太会接我们的话，有的时候玩笑开重了，她还会脸红，然后娇羞地说我去看菜好没，逗得我们一个个倍儿有满足感。而姐姐则开朗大方，风情万种，并且能说会道，特有眼力见儿，和她说话都会产生一种幻觉，好像在和她恋爱。这对一冷一热的姐妹花几乎涵盖了所有男生喜好的种类，是全校男生集体 YY 的对象，因此她们家的生意也一直最好。没做几年两人就分别在上海买了一套房子，然后找的老公也都有头有脸，据说日子过得挺幸福，姐妹俩的故事给我们这些屌丝上了一堂励志课。

那晚我和老马过去的时候已经人满为患，无奈只能到隔壁的一对安徽夫妻开的排档，里面竟然一个人也没有，夫妻俩都哭丧着脸，仿佛谁都欠他们两百块。我点了几份小炒，对店主说："再来四瓶纯生，冰的。"老马打断说："来八瓶。"我瞅了老马一眼，然后说："那就八瓶。"

菜还没上来，我和老马已经对吹了四瓶，却一句话都没说，仿佛谁心中都憋着一口气。等喝到第三瓶的时候，我感觉有点急了，再这样喝下去我就得醉了，何况我找老马又不是拼酒的，于是我想向老马先道个歉，只是我刚开口，老马就打断了我。老马大手在空中一挥，一脸豪情："苏扬，你放心，我不会把何诗诗的事情说出去的。"

"不是，我……"

"这跟我没关系，我告诉你，我还真没那个空，明儿我就去上班了，五百强，老头特喜欢我，我有的是事情做，我告诉你。"我这才发现，老马舌头已经有点大了。

"老马，我找你不是为了这事。"

"你拉倒吧，你不是为这事你能主动找我？你多牛啊，为了一女的能打你最好的兄弟。苏扬，你还有良心吗？我对你多好？哪次考试我不给你创造作弊机会？没有我你早退学了。不说远的，就前两天你突然问我借钱，擦，我也没有啊，我二话没说，宿舍挨个儿借个遍，都快借到隔壁宿舍楼了，你还打我，真是伤透我的心了。"老马看来是真伤心了，一边说一边喝酒，排档灯光朦胧，我总觉得他眼眶都红了。

我按住老马的手，说："老马，你对我是很好，我一直庆幸能遇到你这样的兄弟。这次呢是我不对，我他妈这几天经历的事有点复杂，都快把我整成神经病了，我也挺痛苦的。不说那么多废话了，我干了瓶中酒，你就原谅我吧。"说完，我一仰脖，把手中新开的一瓶酒一口气喝完。

喝完后我通体舒畅，过了理智的临界点后，人的酒兴反而高了起来，我对老板高声说："再来八瓶，还有菜快点上，都没人，还这么慢，不像话。"

老板显然不乐意了，但看我们酒喝多了的样子，也没多说话，转身拿酒去了。

老马听完我的表白心情似乎好了一些，一边喝酒一边调侃："苏扬，你够可以的啊，旅游一趟胆肥了，不但敢打我，还敢凶别人了，你不怕他们在菜里吐两口痰，给你吃吗？！"

我说："我不怕，再恶心的我都吃过，再憋屈的我都做过，我他妈现在什么都不怕，擦，我算个屁啊，我屁都不是，我他妈一天到晚只知道为了别人想，我他妈够贱的了。"

说这些话的时候我想起了何诗诗，酒壮人胆，强烈的委屈涌向心头。何诗诗，我那么爱你，在我心中，你冰清玉洁，你怎么会自甘堕落，做这种皮肉生意呢？我他妈以后怎么好意思说我爱的姑娘太美了太有气质了太有内涵了太有志向了太完美了，可她是个小姐，你让我怎么说得出口啊，何诗诗？

仰脖，抬头，又是一瓶见底。

新上来的八瓶啤酒分分钟又被我干掉三瓶，我喝得眼睛都已经直了，心情却是前所未有地舒畅，我压抑了太久，需要发泄，酒是最好的载体，喝了酒后我不再怯懦，我可以直面自己内心所有的压抑和无助，仿佛是另外一个人，正对自己进行无情的批判，越是批判得严厉，自己越是痛快。

后来老马都吃不消了，说："好了，别喝了啊，我原谅你了还不行吗？我压根儿没生你气，我们多少年的兄弟啊，真是！"

我推开老马，说："你滚开，跟你他妈有毛关系，你懂个屁啊……老马，你说实话，我他妈爱的人竟然是个小姐，你是不是特别瞧不起我？我他妈还天天渴望给小姐幸福，渴望让小姐相信真爱，是不是很贱？"

老马眼睛一眯，脖子一横，"你是很贱，不过我没有瞧不起你，我他妈哪里有资格瞧不起你？我他妈比你更贱你知不知道……擦，你最起码还有一个爱的姑娘，我他妈连个 YY 的对象都没有。"

我说："你别他妈饱汉不知饿汉饥，站着说话不腰疼了，你他妈都有女朋友了，还 YY 个屁啊。"

老马突然大笑起来，边笑边摇手，"哈哈哈哈，没有，都是假的，我骗你们的，我他妈压根儿就没有过女朋友，哪个妹子会看上我啊？我他妈那不是爱慕虚荣吗？怕你们瞧不起，希望你们觉得我牛 ×，就编了一个，哈哈，没想到你们还都上当了，你说，我是不是很贱啊？！"

"擦，你他妈是够贱的，好，从现在开始我是天下第一大贱人，你是天下第二，咱俩……真是他妈好兄弟，来……好兄弟，喝一口。"

老马也乐了，拍打着桌子说："说得好，我们都是贱人，谁他妈也别装牛 ×，来，贱人苏扬，贱人老马再敬你一瓶。"

那晚我们到底喝了几瓶酒，对我而言多少年来都是个谜，我只知道是我喝得最大的一次，也是最酣畅淋漓的一次。从某种角度来说那顿酒解救了我，让我直抒胸臆，没有憋屈死。后来我在床上躺了三天三夜都没力气下床，第四天走出宿舍时顿觉神清气爽，颇有重新活过来的感觉。

9

我来到教学楼，坐在前面的花圃台阶上，一边抽烟一边等何诗诗。今天下午她在这里有两节必修课，此前我电话打到她宿舍，女胖子告诉我何诗诗从凤凰回来后第二天就搬走了，据她无敌可靠的消息应该是和一个高帅富到校外同居了。女胖子说这话的时候很得意，说看来那天晚上发动集体和她吵架是对的，因为以前她还老装清纯，现在干脆公开了自己放荡的生活，真够嚣张的。

如果是以前我肯定会立即破口大骂女胖子一顿，但这次我只是随口说了一句"你牛×"就挂了电话。没办法，既然何诗诗已经不住宿舍，就只能在教室门口堵她了，虽然我也觉得这样做影响有点不好，但想对她说的话必须说完，这对我而言责无旁贷。

四点整，下课铃准时响起，我冲进了教学楼。何诗诗上课的教室就在一楼，我站在教室后门，透过门上的玻璃看到何诗诗正低头收拾着课本，长发遮盖住了她秀美的脸庞，她衣着时尚，气质优雅，将身边的女孩映衬得犹如丑小鸭。她没有急着离开教室，而是等人走得差不多了才一个人匆匆出来。

"嗨！"何诗诗刚走出教室我就轻轻叫她，声音有点颤抖。

何诗诗压根儿没抬头，继续往前走，她这么忙到底是要去干啥呢？是忙着去卖吗？等待她的客人将会是怎样的？老头还是残疾人？一个还是一群？我无法控制地这样想象，无法控制地因此而悲伤。

"何诗诗！"我加大了声音。她应声而停，抬头，看到我后脸上掠过一丝惊讶，客套地说："苏扬，好巧！"

"不巧，我是专门来找你的，我可以和你聊会儿吗？"我决定开门见山。

"哦？"她迟疑，看得出来她在挣扎。

"拜托了！有很重要的话对你说，就半个小时。"我几乎是在哀求了。

"现在不行！"她瞬间稳住了情绪，又拿出一副女王的表情，"要不明天中午十二点，我们浮士德见。"

"能不能……"

"不能。"她不耐烦地打断我，"如果你等不及，就算了，我还有事，先走了，拜拜。"说完，她伸出手对我随意摆了两下，却透露出说不出的美好风情。

我真是痛恨我自己啊，都这个时候了，刚被人像打苍蝇一样无情拒绝，还有心思欣赏她的美，由此可见，我真不是一般的贱！

可是没办法，不管何诗诗是什么人，不管她说什么话，做什么动作，我都会立即沉沦。现在我能做的只是苦苦地等。回到宿舍，我躺在床上，看着时间，心想何诗诗现在应该回到高帅富给她安置的家里了吧，现在高帅富应该也到了吧，何诗诗应该正在洗澡吧，接着应该给高帅富脱衣服了吧，现在两人应该滚床单啪啪啪了吧。她的技术是不是很好呢？会有快感吗？他们一夜几次？是做完就立即收钱吗？整个过程她会想到我吗？她会知道我正像一个变态似的思念着她，幻想着她的一举一动吗？

10

就这样我生生挨到第二天上午，早早来到浮士德咖啡馆，要了一杯柠檬水，然后焦灼不安地看着门口，等待何诗诗的到来。如我所料，十二点时我连何诗诗的影子都没看到，我一直等到一点半，才看到戴着大墨镜、提着宽大皮包的何诗诗款款而来。何诗诗坐在我面前，浓郁的香水味立即传来，是那种我以前路过高档商场时才能闻到的香水味，眼前的何诗诗哪里有一丝学生模样，完全是如假包换的白富美。我看着何诗诗，想着不过十天前我俩还在千里之外的凤凰一起看风景，紧紧拥抱，现在回到上海又变得如此陌生如此冷漠，嘴角不由自主一阵苦笑。

何诗诗摘下墨镜，说："不好意思，我来晚了，有点累，多睡了会儿。"

我心想：可不得累嘛，战斗了一夜，看来这钱也不好赚啊。

何诗诗从包里拿出一个牛皮袋递到我面前，"还给你。"

我打开一看，是一沓钱，我问何诗诗："什么意思？"

"我的手术费和住院费，我还没好好感谢你呢！"何诗诗一边说一边翻菜单，"今天我请客，你想吃什么？"

"不用了。"我把钱递还给何诗诗，心想这钱应该是男人们刚给她的卖肉钱吧，好像还残留着她的体温呢，这钱我他妈可不能要。

何诗诗抬起头，她似乎发现了我的一丝异常。而我也没有躲避她的眼神，我的目光有一丝愤怒，还有一丝埋怨，就这样直勾勾地看着她。

"啪！"何诗诗把菜单重重丢到了桌上，挑衅地问，"苏扬，你想怎样？"

"不想怎样！"我热血上涌，眼神没有一点怯弱。

"你不是有话要对我说吗？那就快说。"何诗诗在我的逼视下竟然退缩了，"等会儿我还有事。"

"好，听说你已经搬出去了。"我本来想说的是"你迷途知返吧"，但不知道为什么一张口却是这样一句不痛不痒的话。

"是啊，搬出去了，我不想和那些女人一起生活。"何诗诗很大方地承认，"你不会是想劝我搬回来吧，那没可能的。"

"你和别人同居了？"

"怎么会？我自己租的房子。"何诗诗笑了，说不上是冷笑还是自嘲，"再说了，我又没男朋友，和谁同居？"

我没有说话，我在酝酿着待会儿究竟该如何捅破这层窗户纸，固然应该直接，可我总不能直接说："何诗诗，你别当小姐了好不好，你迷途知返吧。"

"原来你找我就为说这个啊，我还以为多大的事呢！"何诗诗显然放松了不少，她柔柔地斜靠在沙发背上，点燃一根烟，继续挑衅地问我，"苏扬，我说你是不是没事闲的？你别怪我说你又自作多情自讨没趣，你有什么资格来过问我的生活？你是我什么人吗？啊！对了，你是我的辅导员，你总不会要告诉我学校规定在校生不能在外租房子吧。"

"你放心，我肯定不会拿校规来吓唬你。何诗诗，我知道你一直看不起我，但你也别小看了我。"何诗诗的挑衅让我热血上涌，我也冷笑着对她说，"你当然可以在外租房子了，谁他妈也没法干涉你，但何诗诗你扪心自问，你租房子的目的到底是什么？只是因为不待见那些面目可憎的女人？别装了，你租房子是为了更好地接待男人吧，何诗诗！"

我的声音有点激动，这些压抑了许久的话终于喷薄而出，大快我心，原来对女人吼是这么爽的一件事。

"苏扬，你说什么？我不明白。"何诗诗突然像只刺猬绷紧了身体。

她的反应再次让我心疼，我想当年她在得知自己爸爸入狱，自己初恋突然说分手时应该也是这副紧张不安的表情吧。我的语气一下子软了下来，近乎哀求："何诗诗，你的事我都知道了，我不想说什么大道理，我只想说你不能再执迷不悟了，那些男人玩弄的是你的身体，而你消耗的却是你的灵魂，这样下去你会越陷越深，最终会毁了自己的。"

何诗诗脸色一会儿青一会儿白一会儿红，仿佛武侠高手在修炼内力大循环，就差头顶冒烟了。过了好半天她才喃喃地问我："你为什么会知道？还有谁知道？"

没等我说话，她又自言自语："算了，谁知道已经不重要，在我决定这样做的那一天，我就应该想到会有这样的结果。"

我还是没说话，何诗诗的反应没有我想象中的强烈，这似乎也是她心智成熟的重要表现。她大口喝着杯中的柠檬水，似乎在努力调整着自己不安的情绪，过了好一会儿才惨然一笑对我说："苏扬，我可能真的是前世欠了你什么，为什么总是你？"

我也无奈地笑了，我说："这句话我也想对你说，为什么总是我？我以为我们不会再有瓜葛，从凤凰回来我就已经做好了决定，你还记得那天在沱江边，你问我想明白了什么吗？那时候我就想明白了，我注定不可能拥有你，因为我压根儿不是你喜欢的那种男人，我更没有能力满足你的欲望，给你幸福，我最应该做的就是悄悄离开，躲得远远地祝福你。可是，我突然发现你的秘密，我告诉自己不能无动于衷，我不能只是袖手旁观，哪怕我没有能力将你拯救，我也要放手一搏，因为，我知道我是在对你好，我知道这样做是对的。"

"谢谢，你现在一定觉得我很脏吧，说真的，我挺不愿意让你这样以为的。"两行泪水从何诗诗的眼睛里涌了出来，"虽然我早就不在乎别人怎么看待我，但你和别人不一样，虽然我也知道我们没有可能，但我挺想在你心中留下一个完美的形象的。"

"没有，我不觉得你脏，我只是舍不得你，我心疼，你知不知道？我希望你快乐，我希望你幸福，我希望你一辈子都可以快乐幸福地活着！"这些都是我的心里话，我感觉我也快哭了。

"谢谢，我会的。苏扬，其实我没打算一直这样做，我早已经计划好了，到明年夏天，我就收手，到时候我就会离开中国，没有人会知道我的事的。苏扬，你答应我，不要告诉别人好吗？求求你了。"

"你放心，我不会告诉别人，只是你能不能答应我，从今天开始你就收手，你搬回来，我会替你搞定宿舍的事情，不会有人欺负你的。"

"不行，真的不行啊！"何诗诗边哭边摇头，"我答应你，最多还有半年，半年后我一定不会让你失望的。"

"为什么？"何诗诗的回答已经让我失望了。

"钱，我需要很多钱，苏扬，你知道我一定要出国的，可是你知道现在出国需要多少钱吗？五十万啊！爸爸进去后我们家所有的钱都被法院没收用来还债，到现在还欠好几十万外债，我拿什么去留学？我除了靠自己的身体还有什么办法？我真的是一点办法都没有。"何诗诗双手插入自己的长发中，表情极度痛苦，"你以为我真的自甘堕落？你以为我会喜欢和一个又一个陌生男人上床？你知不知道那些人有多变态，每次和他们做的时候我都感觉很恶心，觉得自己是世界上最肮脏的女人，可是他们有钱，他们迷恋我的身体，他们舍得在我身上花很多很多钱，只有他们可以让我在最短的时间拥有五十万，让我拥有出国的资格，我真的没的选择。"

"是，你说的都没错，可是出国真的对你那么重要吗？你不觉得把所有的问题都建立在这个基础上很荒谬吗？"

"不荒谬，我一定要出国，因为这是我爸爸对我唯一的期望。"

"好，那你为什么不能等到大四，然后通过正常途径考取国外的大学，如果能拿到奖学金，根本用不了多少钱的。"

"我当然知道，可是我等不及，我一天都不想待在这里，只要待在这里我就会想起我爸爸，想起那个伤害过我的人，想起所有让我不爽让我恶心的事情。如果能早一天，哪怕我少活一年都愿意。"

"那你就想办法赚钱啊，你可以去打工啊，你可以去做家教啊！难道只有现在这样一条途径？"

"笑话，打工才能赚几个钱？你现实一点行不行，你打工一辈子都抵不上有钱人一天赚得多，他们一顿饭的钱能让你十年都花不完，打工赚钱出国真的不现实的。"

"那照你这么说，除了出卖自己的肉体，就没有其他途径了？"

"对，我把所有的途径都想过了，真的没有其他办法，一开始我也抗拒，可后来我想明白了。我年轻，漂亮，但需要钱，他们年老体衰，却有很多钱，所以我们各取所需，公平交换。你想想，小姐多了去了，但也不是每个人都值我这个价钱，对很多人来说，就算出来卖，要想半年赚到五十万也是痴人说梦。因此我拥有的一切依然是靠我自己努力换来的，就算做小姐，我依然是最优秀的那一个，我没什么好后悔的。"

11

我看着已经疯狂的何诗诗，心慢慢凉了。何诗诗困在自己编造的逻辑中无法突围，她的理由强大且有力，虽然于别人而言尽是荒谬，但对她自己而言却是永恒的真理。这个世界就是这样，每个人都信守着自己的生存法则，坚信正确无疑，并且死活不让别人入侵，于是这个世界每天都有无数光怪陆离的悲喜剧，你会感慨为什么会有女人开车把人撞了反而会脱光衣服躺在救护车前，你会感慨为什么有老人摔倒在地，好心人搀扶反而被讹诈，你会发现有女明星公布恋情结果无人祝福，因为大家觉得那个女人很贱，你会发现有男明星一次又一次玩弄女孩但就是有人说那是真的汉子……如此种种，早非一句命运就可以解释的。

　　我知道多说无益，反正该说的我也说了，我已问心无愧，我再次将钱递给何诗诗说："你那么需要钱，这钱你就留着，祝你幸福。"然后起身离去。

　　我分明看到何诗诗突然伸出手在空中抓了抓，最后胳膊无力垂下，她还给我一个凄美的笑容。

　　这个画面一直定格在我的心头，很久很久。

第六章

重
逢

除夕那晚，我趴在窗前，看着满城烟火，
孤独喝着小酒，然后把烟头弹到空中，
看着红红的烟蒂划过黑夜，算作给自己的祝福。
许完愿我沉沉睡去，等醒来已是阳春三月。

RHYTHM OF LOVE.

1

冬天很快来了，我们也开始做毕业设计，从此每天宿舍和教室两点一线，两耳不闻窗外事，日子过得倒也轻快。老马已经去"五百强"上班了，本来我以为他干不了几天就会回来，没想到他越干越有劲，说老头许诺他一年后就让他做华北大区总监，并且会给他价值几百万的公司干股，因此对于未来，他信心满满。宿舍里另外几个兄弟也基本上落实了工作，不管是留上海，还是回老家，总算有了归宿，只剩下我还漂着，似乎也不着急，乐悠悠地过着小日子。寒假我也没有回家，就待在宿舍里，就每天看书，打游戏，思考人生。

除夕那晚，我一个人趴在窗前，看着满城的烟火，孤独地喝着小酒，一根接着一根抽烟，然后把烟头弹到空中，看着红红的烟蒂划过黑夜，算作给自己的祝福。祝福自己来年可以找到一份称心如意的工作，祝福自己来年可以谈一场轰轰烈烈的恋爱，祝福自己不再愚蠢可以活出精彩，祝福所有的梦想都能成真。

许完愿我就沉沉睡去，等醒过来已是阳春三月。

2

3月大地开始回暖，春意已然盎然。我实在无聊，决定尝试尝试网恋，虽然此前我对这种行为一直不耻，觉得特别不靠谱，而且肤浅，可现在眼瞅着大学就快结束，自己的梦想还未实现，常规手段肯定不现实了，不如"自甘堕落"网恋一次，说不定有意外惊喜呢。

很多事情一旦花心思去做，效果总归不错，我充分发挥了自己文笔好且不要脸的特长，很快就和网上几个姑娘聊得热火朝天，偶尔的一瞬，我竟然产生了爱上她们的感觉，甜言蜜语张口就来，海誓山盟随口就说。本来我以为对何诗诗的爱已经病入膏肓，没想到现在还有余力疯狂，这让我又欢喜又慌张。

网恋只是手段，目的还是现实中在一起。三月下旬我开始频繁见网友，期待丰收。我见的第一个网友家住徐汇区，芳龄十八，职业为护士。是和我在网上聊得最情投意合的一个，我们也打过很多次电话，每次她都用悦耳迷人的嗓音暗示我她是个漂亮妹子——清纯超过林青霞，性感气死麦当娜，更重要的是，她还对我一见倾心，强烈意愿以身相许，和我在这个美丽的城市开展一场美丽的爱情，为此我兴奋过度导致连续失眠了好几晚。直到后来我和她在人民广场的大屏幕下见了面——当时大屏幕还没被拆除，那可是上海网友见面的圣地啊——事实证明，这个女人欺骗了我，而且情节极其严重，这个我心中的超级无敌美少女只是个身高不到一米五，脸上纵横着疙瘩和暗疮，鼻孔里还长黑毛的丑丫头。此外，非常值得交代的是，她完全没胸脯，因此刚开始我几乎不能判断出她是个女人。

那次见面我惊吓不轻，回去休养了好几天才恢复对网恋继续憧憬的勇气。后来，我又陆续见了几个网友，却悲哀地发现她们个个长得千奇百怪，一个比一个造型怪异，仿佛全上海最丑的女人都让我见到了，几次受伤后我开始对网络彻底失去信心，再也不轻言见网友。

毕业前关于爱情唯一的希望就此破灭，生活仿佛一潭死水，永无改变，偶尔冒出几个泡泡，算作高潮。

3

4 月伊始，校园里又是一番姹紫嫣红，姑娘们早早穿上了短裙和黑丝袜，性感地招摇过市。小伙子们则露出雄壮的肌肉，在球场上拼抢。而在校园各个隐蔽的角落，横七竖八躺着废弃的安全套，就连空气中都弥漫着浓郁暧昧的味道。

啊！多么美好的 4 月！

可是这么美好的 4 月却和我无关，毕业设计已经到了最紧要的时候，我每天都闷在制图室里画图，一画就是七八个小时，直到大脑缺氧，头昏脑涨之际才出去溜达。溜达时我喜欢背着手，弯着腰，那种姿势最自在，天气越来越暖和了，可我还穿着冬天的厚棉服，头发蓬乱，满脸胡子，顺着操场一圈一圈地走，偶尔对着迎面走来的姑娘呵呵傻笑，吓得姑娘们尖叫逃跑，从中我获得了不少快感。突然一只足球蹦到我面前，然后就听远处一个同学对我大声叫喊："大爷，麻烦把球踢过来，谢谢。"

大爷？我的天啊！

4

从上次的不欢而散到现在，我一次都没见到过何诗诗。女胖子倒是偶尔还会找我，却绝口不提何诗诗，我也懒得问。不过从女胖子口中我知道姑娘们酷爱阶级斗争，何诗诗走后她们很快就树立了新的敌人，竟然就是此前大义凛然的女胖子同学。女生们一致反映女胖子为人刻薄阴险，爱好挑拨离间，平时不注意卫生，体味五里地外就能闻到，手脚还不太干净，逮着谁的东西都当自个儿的使，总之人人厌恶。女胖子实在找不到人倾诉，只能找我，因为我竟然还有时间和心情听她白话。

女胖子总爱一把眼泪一把鼻涕地问我："哎呀妈呀，老师，你说这日子还咋过啊？她们就是欺负人，要不我退学算了。"我听了之后也不安慰，就"呵呵"直乐，每次都乐得女胖子浑身发毛，以为自己在和一个神经病说话。

我以为毕业前再也见不到何诗诗了，我甚至以为这辈子可能都见不到她了，再过两三个月就毕业了，何诗诗也出国了，从此我们真正天各一方了。也不知道何诗诗到了她梦寐以求的资本主义国家是会消停些，还是会继续祸害洋人，想想这些觉得还挺有意思的。

4月底的一个黄昏，我照例在制图室画了一天的图，画到最后自己都恶心了，赶紧住手，然后来到操场上溜达。今天的天气格外好，操场上的帅哥美女也格外多，我心情也非常不错。迎面走来了一个高个儿女孩，我因为没戴眼镜，加上好几天没洗脸，眼屎遮盖住了目光，所以看不太清女孩的长相，光从身材判断应该是个性感姑娘。于是走近时我照例露出满嘴大黄牙对着女孩"嘿嘿"一笑。我本以为姑娘肯定会吓得尖叫逃跑，然后就会让我真心愉悦，这是我每天都要做的游戏，屡试不爽，也是那段荒芜寂寞的岁月里，我最深的依赖。可是这次那个女孩不但没尖叫逃跑，反而在我面前站住了，不但站住了，而且叫了我一声，不但叫了一声，还叫对了，女孩说："苏扬，你好。"

我吓了一跳，赶紧用手将眼屎擦去，定眼一看，擦，女孩竟然是何诗诗。

5

一瞬间我是悲喜交加，喜的是我竟然又见到了何诗诗，见到她我还是那么紧张激动，悲的是本来我就不帅，但至少还能看，可现在的样子和老头差不多，简直寒碜死了。可我总不能说何诗诗你等会儿，我先回去洗个澡，理个发，刮了胡子，换身衣服我们再来相遇吧。唉！本来上次和她最后一次谈话时我多少还算潇洒，现在好了，一下子又回到原始社会了。

我愣在原地胡思乱想，可何诗诗看着我的邋遢模样，以为我身受重伤，她不无关心地问我："苏扬，你怎么变成这样了？发生什么事了？"

我尴尬地笑了笑，手不由自主在头上抓了抓，结果一下子抓出一大团污垢，我吓得赶紧弹掉。然后决定还是立即回去洗个澡，理个发，刮了胡子，换身衣服再过来，于是转身就走。

"苏扬，你站住。"何诗诗竟然追了上来，拦在我的面前，质问，"你为什么要走，难道你就那么讨厌我吗？"

"不是……我……"我张口，发现太久没说话了，声音都不能顺利发出来，然后又不由自主吐了一口浓痰，正好吐在何诗诗脚前。

"好，我明白了。"何诗诗吓得往后连跳两步，粉脸一变，"苏扬，算你狠，我知道你会讨厌我，可你也用不着这样嫌弃我吧。"说完跺跺脚，转身就走。

我知道她误会了我，于是再也顾不上太多，赶紧追上前去，结果还没走两步，一个足球又滚到我面前，差点绊我一跟头，然后又听到上次叫我的那个白痴远远对我说："大爷，麻烦把球踢过来，谢谢。"

我气得一脚把足球踢向天空，然后愤愤骂了一句："大爷你大爷。"再回头一看，操场的跑道上满满是人，哪儿还有何诗诗的影子？我不甘心，到处寻找，围着操场跑了好几圈，一连认错了好几个姑娘，也没再看到何诗诗，最后只能无奈作罢，心想：算了，到底没缘分，本以为会死灰复燃，没想到是回光返照。

就在我决定放弃离开时，突然听到身后传来一句幽怨的话："别找啦，你个大笨蛋，再找一万年你也找不到我。"

我回头，发现何诗诗就站在我身侧，噘着嘴，可又分明在笑。

我也笑了，手又不由自主在脑袋上抓了抓，结果又抓出一团污垢，这次我怕又误伤到何诗诗，吓得赶紧又塞回原处。

何诗诗娇嗔地说："好几个月没见了，你还是那么笨，我一直在看台上看着你，可你就是找不到。"

我说："拉倒吧，我逗你呢，再说了，你就确定我在找你？"

何诗诗说："当然确定了，因为你是苏扬，而我是何诗诗啊！"说完得意扬扬地看着我，一副吃定我的样子。

我不好意思地说："真没想到还能见到你，真巧啊！"

"不巧，我是专门来找你的。"何诗诗说完一脸臭屁，"我一找就找到你了，不像你，笨死了。"

我"呵呵"一笑说："难得，难得，请问有何指教？"

何诗诗又不乐意了，她说："我怎么感觉你那么敷衍呢，是不是我主动了，你就瞧不起我了？"

我彻底无语了，我想何诗诗你和我非亲非故，你也说了我不是你什么人没有资格管你，所以我就躲得远远的，结果又不对了，你到底要闹哪样嘛！可是我不敢说，我怕再把何诗诗气走，天晓得，对于她的突然出现，我有多快乐。

于是我认真地看着她说："何诗诗同学，我谢谢你还记得我，你知不知道我其实一直在等你找我，为了这一天我时刻准备着呢。"

何诗诗满意了："这还差不多，我找你是希望你能陪陪我，和我说说话。我现在真的挺烦的，有点不知道该怎么办了。可是我一个朋友都没有，我想来想去，这些话只能找你说了。"

6

我提议去浮士德，吃她最喜欢的芝士蛋糕，何诗诗却说想喝酒。我说那好办，然后带何诗诗来到校外的那家湘菜馆。

菜还没上来何诗诗就开始喝上了，也不说话了，头一仰就是一杯，表情也变得忧伤起来。

想想刚才她找到我的时候不还挺开心的，敢情那是伪装，怕我不答应陪她吧。唉！说来说去，她还是那个工于心计的姑娘。其实她想复杂了，不管何时何地，只要她一句话，我什么都会答应的啊！

何诗诗的酒越喝越快，脸色也越来越难看，喝着喝着眼泪都快掉下来了。

我一把抢过她的酒杯，"好了，别喝了。你不是有话对我说吗，你倒是说啊。"

何诗诗哀怨地看着我，带着哭腔对我说："苏扬，我出不了国了。"

"为什么？上次你不还说肯定没问题的吗？"这的确是一个让我很讶异的消息，虽然我还挺高兴。

"我没赚够钱，我以为我肯定能够赚到五十万，我太高估自己了，那些男人都很现实，一分钱都不愿意多给，我恨他们！"

"你……还差多少？"

"十五万，你知道吗？有一个老头本来已经答应，只要我陪他一个月，他就给我十五万，我真的好高兴，我逃学陪了他整整一个月，差点被学校开除，可是他最后扔给我五万块说已经对我很好了，如果我不高兴尽管去告他！"何诗诗细眉上挑，咬牙切齿，"真不要脸，可你说我有什么办法？我怎么告他？我说警察叔叔，他天天睡我还赖账，没人性，警察叔叔，你帮我主持正义吧。"

何诗诗一边控诉一边表演，看来已经快进入醉酒状态了。

"哈哈，警察不以为我是个神经病啊！"何诗诗咕咚咚又灌下一瓶，"总而言之，男人都是骗子、贱货，不得好死。"

我沉默不语，脑子里飞速算着我能凑齐多少钱，我算了好几遍，把方方面面的可能都想到了，悲哀地发现怎么算加起来都超不过五千块。虽然杯水车薪，但聊胜于无。于是，我对何诗诗说："我后天先拿五千块给你吧。"

何诗诗听了突然哈哈大笑了起来，好像刚听到一个可笑至极的笑话，何诗诗呛我："苏扬，你拉倒吧，五千块你也好意思说出口？有屁用啊！放心，我不会要你钱的，我找你可不是来借钱的，我想借钱就不找你了，你又没钱，五千块，哈哈哈，真好笑啊！"

　　奇怪的是，面对何诗诗的无情嘲讽，我竟然一点感觉都没有，我想是我已经适应了，而且她说的也是实话，我确实没有钱，这没什么好失落的。

　　"但是我想和你聊天，每次我不爽的时候，我第一个想到的就是和你说话，说完我就舒服了。苏扬，你可比那些有钱的男人好多了，你就像……就像……我的闺密一样，对，你是我最好的朋友。"何诗诗嘀咕了半天，终于找到我在她心中的定位。

　　我说："谢谢你啊，给的地位还挺高。"

　　"怎么啦，不愿意啊？"何诗诗的眼神又挑衅起来，"苏扬，我知道你想做我男朋友，可是这没可能的，你根本受不了我。"

　　"我知道，我知道，咱不说这个行吗？"我心想这个问题还有什么好再提的呢？如果这是哥德巴赫猜想，我他妈早八百年前就证明了无数次了。

　　"你不知道，你才知道多少事啊，你就知道自以为是，你以为我什么都告诉你了？做梦吧，我的故事多的是，说出来吓死你。"何诗诗突然像母兽一样对我龇牙。

　　我没说话，我知道她已经完全醉了。我以为，喝醉酒的女人都会很疯狂，酒精赐予了她们疯狂的力量，她们会像最变态的暴露狂那样打开自己，将所有的欲望和痛苦尽情释放。

　　此刻的何诗诗果然变得很疯狂，眼神说不清楚是得意还是痛苦，是无所谓还是很在乎，总之她突然直勾勾地看着我，声音很大，大得整个餐厅都能听到——

　　"苏扬，我打过五次胎，你能接受吗？

　　"苏扬，我和三百个男人上过床，你能接受吗？

　　"苏扬，我可能永远都不能生孩子了，你能接受吗？

"苏扬，我这辈子都不会再爱任何人了，你能接受吗？"

整个喧闹的餐厅瞬间安静了下来，所有人的目光都齐刷刷地看着这个长相甜美却披头散发的女酒鬼，以及女酒鬼身边那个其貌不扬面如死灰的我。

仿佛他们都在期待着我回答到底能不能接受。

时间静止了，空间凝固了，人们期待的只不过是高潮后的一句回答，至于高潮本身，是正是邪，是对是错，其实可以忽略。

在众人的逼视下，我鼓足了勇气说："我……能……吧！"

我确实可以，经过这么多事，何诗诗就算被毁容，就算身染艾滋，我相信我都可以接受。

因为在我心中，何诗诗已经是我的信仰，而不是一具美丽的皮囊。

人群中一片哗然，只是表情各异，有人摇头叹气，显然认为我骨气尽失不配当男人；也有人鼓掌，显然认为我心胸宽广是个真汉子；几个激动万分的女服务员甚至集体欢呼："结婚，结婚！"

"可是我不能！"女酒鬼何诗诗突然嘶声厉喊，她似乎把现场当作了话剧舞台，正在做落幕前最后的独白。她痛苦地哀号着："我不能接受我自己，不能接受自己失败，不能接受自己出不了国，我受了那么多苦，付出了那么多，如果最后还是出不了国，那我所有的努力都白费了，我的人生就是失败、耻辱。"

人群中又是一阵哗然，显然他们也以为在看话剧，并且逐渐明白了情节。

我再也坐不住了，立即买了单，然后搀扶起何诗诗，"你喝醉了，我们回去吧。"

何诗诗却赖着不走，她还想继续耍酒疯，像个小丑一样逗别人。

我不由分说将她扛到肩上，大步向外走去。刚出门口，风一吹，她就"哇"的一声全吐我后背上了，一边吐还一边拼命蹬腿，像哭又像在唱歌："我不会放弃的，我一定还会回来的，I will be back，yeah！"

已是午夜，我背着何诗诗走在大街上，四顾茫然，去哪儿呢？何诗诗住在什么地方我不知道，这个样子回学校也不合适，可就这样背着也不是个事，一路上很多人已经侧头注意，弄不好还真会把警察叔叔招惹过来。饶是我自诩应变能力强，可现在这种情形我还真是第一次遇到，手足无措在所难免，思前想后还是决定送她回去，我说："何诗诗，你住哪儿，我打车送你回去吧。"

何诗诗一听又开始蹬腿说："我不回去，我没有家，你讨厌啊！"边说还边掐我。

我强忍着疼痛又问："那你说去哪儿嘛！"我想以后一定不能让女人喝酒，再美再可爱的女人喝完酒都是神经病，不可理喻。

何诗诗听后胳膊一抬指着左前方，我顺势看过去，一家快捷酒店巍然矗立在眼前。

7

这是我第一次和女生开房，没想到还是一个女酒鬼。开房时我还有点紧张，但前台见怪不怪的眼神给了我不少力量。推开房门，我先把何诗诗扔到了床上，然后立即到洗手间脱去我的外套，上面全是何诗诗吐出来的污秽，熏死人了，我用水简单冲洗后回到床前，何诗诗已经昏睡过去。我想起看过的很多狼友写的帖子，讲述他们是如何把姑娘灌醉，然后拖到房间滚床单的。他们说喝醉酒的女人就和死人一样，随便你怎么玩弄都无动于衷。

我贪婪地看着何诗诗，干咽了口唾沫，心想，我要不要也尝试一下？可我很快就否定了这个欲望，我对自己说苏扬你他妈虽然不是什么好东西，但你不能对何诗诗这样，因为你对她是真爱，你这样虽然得到了她的身体，可是得不到她的心，只会让她更厌恶你，朋友都没的做了，还是忍忍吧，要不到洗手间自己解决一下，也好过乘人之危。

主意拿定，我转身要去洗手间，却听到何诗诗在我身后呼喊："抱抱我，求求你快抱抱我。"

我愣住了，回头，床上的何诗诗已经翻转过身来，双手伸向空中。

对于何诗诗的要求，我一向无法自拔，这次也不例外，我迟疑地在她身边躺下，轻轻搂住她的细腰，而何诗诗早就像水蛇一样紧紧缠绕在我的身上。

"吻我！"这是何诗诗对我下达的第二个指令。

我再次犹豫，不是我不想，也不是我不敢，而是我怕何诗诗搞错了人，照现在这个情形很有这个可能，说不定她把我当成了那个伤害她最深的初恋情人。

"苏扬，我要你吻我，快吻我。"何诗诗的话彻底打消了我的顾虑，事实上，她说完这句话后已经化守为攻，将脸凑到我的面前，长发覆盖住了我的脸庞，重重的呼吸打在我的脸上。她的嘴准确而有力地找到正确的方向，然后将她柔软而灵活的小舌头伸进我的口腔，宣布夺走了我的初吻。

她是如此疯狂，如此一气呵成，如果不是那弥漫整个房间的酒气，你一定会以为这是她预谋好的一场游戏，游戏还在继续，而且越来越刺激。我开始还略显被动地回应着她的吻，等反应过来的时候开始疯狂褪去自己和她身上的衣服，这个时候我已经顾不得紧张，也顾不得任何理性的思维，我只知道我爱这个女人，我要拥有她，没有什么力量可以将我和她分开。

整个过程何诗诗都紧闭着双眼，嘴角流露出享受的笑容。很快何诗诗犹如婴儿一样赤裸裸地呈现在我的面前，我们终于做到了坦诚相见，裸体的她是那样圣洁，那样不真实，却又那样清晰，触手可及。那一瞬间我竟然有点看呆了，停止了下一步的动作，这个我幻想了千日万日的场景，一朝成真，我突然不知道应该怎么办，是像绅士一样细细品味，还是如野兽一样疯狂进食，我完全迷茫了。关键时刻，是何诗诗再次伸手援助，打消了我的顾虑，替我指明了方向，助我完成了人生的第一次灵与肉的交合。

8

是的，这是我的第一次，说恶心一点就是我的初夜。关于这个初夜我曾经有过无数次可笑的想象，比如我想身体会不会很痛，经验丰富的你肯定会嘲笑我的浅薄无知，但是事实上我真的为此担心了很久，并且差点成为心理负担。我曾问老马这个问题，结果老马听错了，老马以为我问女孩子第一次会不会很痛呢，于是他一边用手在我胳膊上拧一边说："不要太痛啊，就像这样痛……"

现在，我终于知道我的担心是多余的，不但不痛，而且是前所未有地快乐。虽然我是一个如假包换的雏儿，但我已经看过 N 部黄碟，洞晓每个姿势每个动作，此刻何诗诗就是最好的检验对象。而作为一个和三百个男人上过床的姑娘，她表现出的技术让人真心称赞，醉酒并没有影响她的发挥，反而大大刺激了她的战斗力。只有你想不出的技术，没有她做不出的动作，她像个饥饿的母兽，一边疯狂呻吟，一边将身体扭曲成各种匪夷所思的姿势，配合我一次又一次的进攻，实现一次又一次完美的着陆。

那个疯狂的夜，我感觉把二十年来的积蓄全部掏空，最后我们都昏死过去。等醒来的时候已经是正午时分，阳光透过厚厚的窗帘洒在我裸露的身上，我摸了摸身旁，空空如也，我惊起，然后听到洗手间传来的流水声，过了没多久，何诗诗裹着浴巾走了出来，看到我，很自然地招呼："早！"

我却很不自然，心中涌出重重的愧意，我说："何诗诗，对不起！"

她冷笑："你有什么对不起我的？"

我说："你昨晚喝多了，我……我……没能控制住。"

何诗诗突然脸色一沉："你知道就好，现在你有两个选择，要么给我钱，十五万，一分钱不能少。"

我没说话，我不知道何诗诗这到底唱的是哪出戏，不过如果她真的想要钱，也未免太狮子大开口了吧，何况她知道我没钱的。

"要么我就告你强奸。"何诗诗说完恶狠狠地盯着我。

"对不起！"我垂头丧气，"不管怎样，事是我做的，我敢做敢当。"

"哈哈哈……"何诗诗突然笑得花枝乱颤，她一边擦拭头发一边说，"苏扬，你真傻假傻啊，瞧把你给吓的，强奸我？你还真以为你那么能耐啊？借你两个胆试试！"

我疑惑不解地看着她，我是真的糊涂了。

何诗诗拉开厚厚的遮阳窗帘，阳光透过一层薄纱罩在她身上，她扯掉身上的浴巾，青春的胴体立即散发出炫目的光彩。她回头，因为逆光，我看不清她的表情，只听她柔声说："笨蛋，你以为昨晚我真醉得不省人事？我是自愿的。"

"啊？"我简直不敢相信自己的耳朵，难道烂醉如泥的何诗诗也是装的？那她还有什么是真的？她为什么要这样做？

"苏扬，你对我太好了，我想报答你。"何诗诗突然说出了偶像剧里的狗血台词，吓得我差点从床上摔下去。

"谢谢！"除了这句话我不知道说什么。

"好了，现在我安心多了，感觉不欠你什么了。"何诗诗故作轻松地耸耸肩，声音却有点颤抖。

我思绪极乱，不知道如何作答。

"从此以后，你我各不相干，井水不犯河水。我就算死了也不会找你，你也不要再来关心我，我们已经没有关系了。"

我依然一动不动，一个大胆而疯狂的念头突然涌向心头。

"苏扬，想不到你也真够现实的。"何诗诗开始慢慢穿衣服，"你不会一直就在等着和我上床吧。"

我依然没有任何反应，脑海里却在飞速盘算。

"我说，是不是现在觉得特满足啊？满足得连话都不会说了，你要是就图和我上床，你早点和我说啊！犯不着演那么长的戏，我本来就是出来卖的，你是熟人，我给你打个折不就完了，费这事干吗？"何诗诗冷嘲热讽。

经过一番剧烈思考，我心中已经拿定主意，虽然我的外表依然没有任何反应。

何诗诗突然冲了过来，抓住我的胳膊，狠狠咬了一口。

"啊……"我疼痛难忍，爆发出一阵狮子吼，灵魂回窍。

"去死吧！男人就没有一个好东西！"何诗诗说出这句经典台词后，

拿起地上的挎包就要往外冲，可见她真的气急败坏了。

"何诗诗，不要走！"我突然发出有力的毋庸置疑的呼喊，在她打开门的一瞬间。

等她停步、回头，再看到我的时候，我已经单膝跪倒在地。

当时我身上没有衣服，因此我的动作一定很滑稽，但我的眼神是真诚而炽热的，我生平第一次做到了未语泪先流。

"何诗诗，我爱你，做我的女朋友，好吗？"

何诗诗匪夷所思地看着我，眼泪也流了出来，继而她疯狂摇头："不可能的，苏扬，你为什么还要提这个要求？你明明知道我们不可能的。"

"是，我知道，我很早以前就知道，所以我一直都做好失去你的准备，所以每天我都只是在默默等待你的消息，从不敢主动，就是因为我知道我们之间不可能。我真傻，我从来都没有勇气去向你当面表白，我忍受着思念你的痛苦，忍受着随时都可能没有你消息的煎熬，忍受着眼睁睁看着你那么无助却不知道如何帮你的愧疚，这一切的一切都是因为我给了自己一个前提——我们不可能。你也很傻，你受了那么多苦，你被男人深深地伤害，你也在自己心中种下了一个牢笼，总是暗示自己不可能再找到真爱，所以你总是习惯性拒绝，拒绝别人，也拒绝自己。你以为不开始就不会再有结束，不再投入就不会再受到伤害，可是你毕竟是个女孩啊，你已经承受了太多的委屈，你已经有着太多的不容易，可你再怎么强大，也只是一个十九岁的女孩，你需要有人呵护，你需要有人关爱，你需要有人和你谈心，你需要在自己苦闷的时候有人陪你流浪，在你生病的时候有人把你照顾，在你不爽的时候有人为你出气，在你筋疲力尽的时候拥着你幸福地入睡。"

何诗诗瘫倒在地，用手捂着嘴，呜呜哭泣，我知道我已字字如针，刺进她的心里。

何诗诗的反应给了我足够的鼓励，我心中压抑多时的表白继续喷涌而出："而所有的这些我都做到了，我虽然不帅，也没钱，不是最好的那个人，但我是对你最好的那一个。何诗诗，我相信你也是喜欢我的，是不是？你喜欢我，所以你更加痛苦更加挣扎，你怎么也无法接受自己再去喜欢一个人，所以你会故意逃避，可是你的眼神告诉我这一切都是真的，何诗诗，你为什么不能给自己一个逃出去的窗口？窗外可能是万丈深渊，但也可能是明媚的天空，与其在黑暗中痛苦，还不如勇敢一跃，我会和你一起飞翔，不管地狱还是天堂，你的身边永远都会有我，永远！"

如果说昨夜我用自己的身体给了何诗诗一次又一次的高潮，那么现在我用自己的表白让何诗诗再次陷入癫狂，一个女人的灵魂和肉身都被你征服，那么她没有任何理由再将你拒绝。我听到何诗诗"哇"的一声大哭，然后一头扎进我的怀里，她的手指甲在我后背上狠狠地抓着，肯定抓出了道道血痕，以此表达她此刻复杂而剧烈的心情。我强忍着疼痛紧紧将她拥抱，我希望能够给她战胜自我的力量，已经到了关键时刻，何诗诗能否重燃爱火，重拾信心，在此一举。

"答应我，做我的女朋友，我们好好恋爱。"我在她耳边再次坚定不移地发出爱的呼唤。

何诗诗在我怀里胡乱地点头，哭泣声越来越大了。

我露出心满意足的笑容，从来没有一次像现在这样让我感到幸福。

"不要……"还没等我反应过来，何诗诗突然大叫一声，用力将我推倒，然后自己哭着跑了出去。

前后不到五秒，怀中的何诗诗就完全消失在我的眼前，留下裸着身体、傻傻坐在地上的我，目瞪口呆。

第七章

幻
灭

"何诗诗，你带走的不只是我的眼泪，
还有我对爱的信心，我究竟要过多久，
才能再像爱你那样去爱另外一个人，
还是永远都不会再有真心去爱的能力？"

RHYTHM OF LOVE.

1

　　落寞地回到宿舍，我琢磨了整整一下午，过去的二十四小时发生了太多的事情，我竟然神奇地告别了处男生涯，并且是和我最爱的女孩，那么疯狂那么完美，更神奇的是我竟然向我最爱的女孩表白了，关键时刻我超常发挥把自己都感动了，最最神奇的是女孩接受我的求爱然后突然又拒绝了。我不是想不通这一切为什么，我只是觉得很神奇而已，而且我希望把神奇延续，让神奇变成生活的一部分。

　　晚上我把老马等兄弟们都叫到身边，认真地对他们说："兄弟们，还有一个多月我们就毕业，从此天各一方了，想想这是多么让人伤感的一件事，为了让我们的青春留下浓墨重彩难忘的回忆，毕业前你们想不想和我一起做一件疯狂的事情呢？"

　　老马他们听了都很激动，然后集体摇头说不想。

老马说:"安全第一,别疯狂过头毕不了业。"

我说:"你们这帮孙子太现实,这样好了,你们想不想看我做一件很疯狂的事情呢?"

老马他们"嘿嘿"一乐说:"这个可以有,我们最喜欢把你当疯子了。"

我说:"没问题,明天我就会是最疯狂的人,不过兄弟们得配合,每个人先借一千块给我。"

老马说:"我擦,你要那么多钱干吗?你不会是想去买欢吧,对了,你还是个处男呢,得,这事还真有点小疯狂,我们得支持。"

我说:"老马你拉倒吧,哥哥我已经成功告别处男生涯了,哥哥明天要做的事情可比买欢浪漫多了,你们都听好了,明天我们一起来演一出疯狂且浪漫的毕业大戏。"

我把我的构思和大家伙细细说了,每个人都很兴奋,特别是老马,说听了我的方案就有流泪的冲动,他一定会好好表现。我再三叮嘱各位千万保密,然后自己兴奋了一夜睡不着,就等着我人生最浪漫最疯狂的时刻来到。

第二天一大早,我们分头行动,到虹江路的花卉市场、董家渡路的服装市场和城隍庙小商品批发市场买来各种道具,运回学校后精心布置好。中午十二点整,下课铃声准时敲响,学生们潮水般从教学楼里拥出。何诗诗习惯性地低头走在最后面,突然她发现前面拥挤的人群发出一阵惊叹声,然后自动让开一条大道,大道的尽头首先看到的是两只很大很大的心形氢气球,各自悬挂着一面条幅,一面写着"何诗诗我是真心爱着你",另一面写着"请你做我的女朋友吧"。她面前的地上则出现一块长达数十米的红毯,红毯上满是玫瑰花瓣,这还不算震撼,震撼的是红毯尽头站着五六位服装统一的男生,一水儿衬衣西服，扎着领结，倍儿精神，最中间是一个精瘦的小伙子，捧着九百九十九朵玫瑰花，双目含情，翘首以待。

小伙子看到何诗诗后，面露微笑，双目含泪，开始深情独白："何诗诗，我爱你，请接受我的爱，做我的女朋友吧。"

何诗诗不知所措，愣在原地。她还没有反应过来，男生们整齐划一、雄浑有力的声音响了起来。

"何诗诗，苏扬爱你，请接受他的爱，做他的女朋友吧。请让我们，还有现场的所有人，一起见证这美妙的时刻吧。"

集体朗诵开场后是分人朗诵，第一个出场的是老马，老马显然有点紧张，因为他嘴一张就说错了。

"啊！何诗诗，我是那么爱你，擦，不对，苏扬是那么爱你，请你接受他的爱，做他的女朋友吧。第一次见到你的时候，是在女生宿舍，你是那么与众不同却又让人一见钟情，从那天开始他相信缘分，而你就是他缘分的唯一。"

"啊！何诗诗，苏扬是那么爱你，请你接受他的爱，做他的女朋友吧。那天回去之后，他开始失魂落魄，鼓足勇气后决定追求你，他绞尽脑汁，用尽全力，却无法换来你的正眼一视。在他心中，你是神秘的，是圣洁的，是高不可攀的，是充满魅力的，你犹如冬日里的暖阳，夏日里的凉风，那么让他痴迷，却又让他捉摸不定。"第二个发言的是张胜利，张胜利嗓音很低沉，闭上眼睛你会以为他是主持人。

"啊！何诗诗，苏扬是那么爱你，请你接受他的爱，做他的女朋友吧。给你的情书你不回，唱给你的歌谣你不听，打给你的电话你不接，他六神无主，每天失落，活着也像死去，他祈祷上天可以明了他对你的真情真意，哪怕只换回你的刹那微笑，也是对他最大的肯定。"现在朗读的人是顾飞飞，顾飞飞为了我专门回到学校助阵，他说话虽然有点娘，但好在情真意切，感觉他说到最后的时候声音都在颤抖，效果好得一塌糊涂。

············

一个哥们接着一个哥们朗读着，真诚诉说着我和何诗诗过往的点点滴滴。如果说何诗诗一开始还有点拒绝，甚至反感，慢慢她开始动容，这从她面部表情的变化可以清晰地看到。然而更加动容的是围观的女生，特别是何诗诗班上的女孩们，她们紧紧围在何诗诗身后，仿佛是她的后援团，其中尤以女胖子最为激动，自从她也被孤立后似乎变得多愁善感起来，更是对何诗诗多了一些惺惺相惜。此刻女胖子早已 hold 不住，泪流满面，浑身颤抖，两只小胖手轮番擦泪，极具视觉冲击力。

在所有兄弟们都朗读完后，我开始最后的总结。我手捧玫瑰慢慢走上前，眼神的焦点始终在何诗诗的脸上，走路的姿势沉稳而有力，走到离何诗诗一米距离时，我单膝跪地，真诚而不突兀，我嘴角露出浅浅笑容，痴情而不轻浮，我内心最重要的表白呼之欲出。

"诗诗，其实已经对你说了太多的话，却发现想对你说的话永远都说不完，每次说的时候我都很紧张，因为都怕是最后一次，再也没有机会让你知道我心中最真实的呼唤。亲爱的诗诗，在遇见你之前，我一直渴望遇到一场刻骨铭心的爱情，我以为爱情就是两情相悦，你侬我侬，简单得不能再简单。我太天真了，原来爱一个人除了感受浪漫和甜蜜，还会体味残酷和痛苦。亲爱的诗诗，谢谢你让我把这些感受通通经历，也正是经历了所有的这些，我才更加坚定我对你的爱，更加明白自己要做什么，所以，此刻我鼓足勇气，告诉自己这是我的使命，神圣的使命，我要做你的男朋友，我要给你幸福，我要照顾你一生一世，我有这个能力和信心，亲爱的诗诗，我是那么爱你，请你接受我的爱，做我的女朋友吧！"

说完，我将玫瑰花缓缓举过头顶。

何诗诗没有伸手去接，因为她已经哭得不行。

全场男生女生已经沸腾，集体高喊："在一起，在一起，在一起！"

鲜花、掌声、祝福、喝彩、感动、泪水……在如此强大的攻势下，坚硬的磐石也会动容，更不要说血肉之躯的何诗诗了。在经过漫长的一分钟等待后，我终于看到她露出了幸福的笑容，一边擦眼泪，一边点头，然后伸手接过我的玫瑰花。

人群中爆发出更热烈的欢呼。

"抱一个，抱一个……"这是女生们的心声。

"亲一个，亲一个……"这是男生们的呼喊。

我站了起来，紧紧抱着何诗诗，此刻的她在我怀里犹如最温驯的小鸟。何诗诗闭上了眼睛，长长的睫毛上还挂着泪水。我也闭上了眼睛，然后低头在她的额头深情一吻，于是便拥有了整个世界。

2

我和何诗诗恋爱了，我竟然和何诗诗恋爱，我他妈竟然成为何诗诗的男朋友了。

如果学校要评选年度十大新闻，我的求爱一定会入选，其实我知道大家关注的倒不是形式本身，而是女主角何诗诗太漂亮，男主角我则太平庸，这给了数以千计的男人强烈的暗示：只要你坚持，只要你够胆，只要你放下尊严不要脸，癞蛤蟆吃天鹅肉绝不是传说，白痴苏扬就是最好的榜样。

不过很多人肤浅地以为我只是靠教学楼前的那场浪漫求爱就突然追到何诗诗的，于是短短一个星期内，教学楼门口就发生了七八场各式各样的求爱仪式，不过他们虽然模仿了我的形式，却没有学到我的灵魂，最后结果也大多啼笑皆非，徒增一笑而已。

是的，我和何诗诗恋爱了，别人眼中的我是幸福的，可是身为当事人的我并不轻松，因为此前我完全没有谈过恋爱，一直想象不出恋爱的时光到底是什么模样，而何诗诗虽然阅人无数，但也从没有正儿八经恋爱过。所以一开始我俩都显得有点紧张，有的时候话说着说着都会笑出来。

我说："何诗诗，为什么我俩还这么冷静啊？恋人之间不是应该很炽热的吗？是不是哪里出了问题？"

何诗诗很认真地想了半天，然后说："有可能，别人都说自己眼中的男朋友像王子，可我眼中的你还是像猪头。"

除了开始有点刻意外，整体来说我们的恋爱还是很浪漫很甜蜜的。我几乎是用自己的生命爱着何诗诗，虽然那么青涩，甚至有点笨拙，但也充满了质感和力量。

比如何诗诗很爱吃一种新出来的街头炒冰，我觉那玩意儿不好吃又不卫生，就是自来水加香精，可何诗诗她就是爱吃，甚至痴迷。面对我的反对，何诗诗正好以此证明她眼中并非只有那些华而不实的高消费，也有接地气的人间烟火。何诗诗总对我说吃炒冰就和找男朋友一样，最关键不是营养和卫生，而是喜不喜欢。何诗诗这样一比喻，我立即就明白了，我不就是那个炒冰吗？虽然只是个地摊货，但就是对她胃口。想到这里我对炒冰立即燃起了强烈的爱意，觉得那是世上最美好的食物。只是当时卖炒冰的地方并不多，离我们学校两站地有个小门脸，何诗诗最爱吃他家的杧果炒冰，每次我总会到那里买一杯，然后飞快奔回学校。这个时间得掌握得恰到好处，快了炒冰容易化，慢了让何诗诗等更不行。于是每每放学前半个小时，我会冲到炒冰店，十分钟后捧着杧果炒冰飞快跑回学校，待我赶到教学楼门口站定时差不多正好铃声响起，这样只要再等五分钟就会看到我美丽的女神何诗诗款款走出来了。然后赶紧递上将融未融的炒冰，看着她大大吃上一口，甜意立即沁上我的心头，美极了。

只是也不是每次都能把时间把握得那么好，有时候何诗诗的授课老师会拖堂，我拿着炒冰在外面左等右等也不见她出来，看着手中炒冰慢慢融化心急如焚，于是内心开始斗争，是继续等还是立即回去买杯新的。一旦决定买新的，就拿出百米冲刺的速度，一路上祈祷何诗诗不要突然下课，原本来回小二十分钟的路程十分钟就跑完，人则累得想昏厥。回来后如果何诗诗还没下课，则庆幸自己决定特英明，如果下课了看到何诗诗噘着嘴一脸委屈，就立即道歉，还不能告诉她真正的原因，因为恋爱中的女孩只看结果，不管理由，更何况看到何诗诗生气撒娇对我而言也是一种享受。

很多时候，我看着何诗诗明眸善睐，唇红齿白，青春时尚，美丽性感，我就会莫名其妙眼眶湿润。我心想，这么优秀这么美好的女孩怎么会属于我呢？她一定不会属于我，她只是上帝交给我暂时保管，可是我那么贪心，我想要永远占有她，我该怎么办？

3

自从成功抱得美人归后，我和何诗诗几乎每天都要约会，绝大多数时候还是在学校，我们牵手走过花前月下，一起在食堂吃饭，一起到图书馆看书，一起到电影院看电影……和校园里所有的恋人一样，闹中取静，享受着甜美的二人世界。

不相信爱的人一旦沉溺于爱反而更单纯，何诗诗和我在一起的时候，她眼中的世界只有我，而我却还打量着整个世界；她早已不在乎流言蜚语，我却还竖着耳朵四处留神，因为我知道始终有无数双眼睛在背后悄悄打量着我们，然后是无数的咒骂和艳羡，而这些都让我感到无比自豪，仿佛此前为这份爱受再多累、吃再多苦也都值得。

每天在学校约完会后我们会各自回去，何诗诗虽然在校外有自己单独的住所，但我们并没有同居，何诗诗曾经提出让我也搬过去，这样每天能多七八个小时在一起。我虽然也很想，但还是拒绝了，我嘴上没说原因，心中其实是讨厌那里。因为那里留宿过太多的男人，在她的床上我会情不自禁地联想。何诗诗似乎也明白，被我拒绝了两次后也就不再争取，不过似乎也不生气，只是发牢骚："老公啊，我发现你还真不是一般的小气呢，而且真够大男子主义的，不过既然做了你的女朋友，我也没什么好抱怨的，等下个月房租到期，我就搬回学校吧。"

我说："我可不是小气，只是太在乎你；我也不是大男子主义，只是太爱你。等一毕业我就租房子，到时候我们就可以每天在一起啦。"

何诗诗幸福地点点头，然后用手捏着我的脸说："嗯嗯，我会等到那一天的。"

4

盛名之下，其实难副。恋爱也一样，虽然我们之间你侬我侬，但内心的芥蒂其实一直都在，不面对不表示不存在，反而随着最初激情的逝去变得越发尖锐。

芥蒂当然是我们对未来的规划存在着不可协调的矛盾。我希望何诗诗能够安心留在国内，等我上班挣钱后就可以养她。可是何诗诗依然执意要出国，虽然因为财力受阻，她无法按照意愿这个暑假就离开，但梦想从未破灭，而且越发坚定，只是她已经答应我绝不会再靠身体换钱，从做我女朋友的那一刻开始她就解甲归田，做一个真正的良家。

我相信我的这个要求并不过分，我自问可以做到对她的从前不在乎，但对于今后首先要求彼此忠诚，所以第一天，我便认真提出了这个要求，这也是我对她的唯一要求。

一开始我还很忐忑，怕她会拒绝我，因为这几乎是断了她两三年内出国的路，没想到何诗诗听完后不假思索就答应了，她还说就算我不提，她也会这样做。何诗诗请我放一万个心，承诺身为我的女朋友，绝不能容忍自己背叛出轨，因为她深知被背叛是多么痛苦，她已经承受了这样的痛，不会让我再受到同样的伤害。那一瞬间我感动万分，觉得自己真是爱对了人，我激动地向她承诺自己毕业后一定会发奋努力，脚踏实地，好好赚钱，早日送她前往梦想的国度，这将是我工作的唯一动力和目标。

何诗诗听了笑笑，伸手摸摸我的脸说："谢谢，有你真好！"

我知道她其实并非因我的承诺而动容，因为在她眼中我短时期想赚够她出国的钱无非是痴人说梦，对此我虽然失落，但也不敢反驳。刚毕业的我月薪才一千五，一年不吃不喝也攒不到两万，靠这种速度得等到猴年马月。正经来钱快的唯一可能就是自己创业，可我压根儿就不是做生意的料，更没有什么核心技术和资源。除此之外还有什么办法能够实现财富的迅速积累呢？我思来想去，惊讶地发现最简单最高效的竟然只有卖身，我想要不干脆让我去做援交算了，就不晓得我这种质量的男人有没有富婆要。这显然是一个黑色幽默，在强大的经济压力下，我再次感受到了个人的渺小和无助，也再次理解了何诗诗的不易。对此，何诗诗似乎还没有我在意，她不停地宽慰我不要太纠结，现在先别想这些让人郁闷的事，她回头再好好琢磨琢磨，反正自己一定会有办法的。

我感动于何诗诗这样为我着想，为我减压，同时也疑惑何诗诗的"自己一定会有办法"，她会有什么办法呢？她又会做出什么让人匪夷所思的事情吗？不知道为什么，自从成为何诗诗的男朋友后，我反而变得更紧张，更多疑，更加大男子主义。

总之，在毕业前拥有何诗诗的日子里，我是幸福的，我也是不安的；我是激情的，我也是无助的，我患得患失，还斤斤计较，我很快就明白原来恋爱的滋味，并不只是甜蜜，而是五味俱全。

我以为这样的情绪和生活会一直延续，直到毕业，然后开启一段新的人生，可能很苦，应该很累，但我也已经做好了准备，以爱之名，我决定为了我和何诗诗的幸福未来好好打拼，却没想到变化突如其来，让我和何诗诗都无法防备。多年以后，当我历经人情世故，感受岁月变迁，我才明白，生活中所有看似突然的转折，其实都是最合理的命运安排。

5

月底，我以辅导员的身份最后一次出席院里组织的工作会议，院长破天荒亲自主持。在长达两个小时的会议上，院长首先用大量的褒义形容词对自己进行了尽情的赞美，表示我们学院在他英明的带领下发展神速，已经跻身国内一流学府，照此速度发展，再过两年，北大、清华必将俯首称臣，追齐耶鲁、哈佛也只是时间问题，现场爆发出阵阵热烈的掌声。

会议的最后，院长激动地宣布自己上个月出国考察的成果，在他卓有成效的公关下，我院已经成功和美国某知名大学结成兄弟院校，今后双方除了加强科研教学合作外，更要加强人才的交流。从今年开始，每个系都要挑选一名最优秀的学生前往美国交流深造，所有学费由学校承担，对方学校还负责提供高额奖学金，而且如果毕业成绩优异，可以继续留美考研读博。总之对于想出国留学的同学而言，是一次绝佳的机会。院长在描述完这次合作的战略意义以及美好前景后再次强调一定要派出最优秀的学生，不但成绩好，还要思想好，形象好，总之一定要能体现我院的精神气质。院长最后要求第一批交流生的挑选工作即日开始，系里先负责上报候选人名单，他将亲自主抓此项工作，并决定最终人选。

听完院长废话连篇的工作报告，我只记住了委派交流生出国这一点。一开始我特别兴奋，觉得何诗诗出国有戏了，后来想想这事似乎和她关系不大。虽然何诗诗的成绩很好，但毕竟还是一名新生，竞争力有限。遗憾的同时我又莫名地高兴，自从我和何诗诗对未来达成共识后，我已经认定要靠我的努力完成何诗诗的梦想，因此思前想后，决定向何诗诗屏蔽这条信息，免得她又多想，节外生枝。

那天晚上我照例和何诗诗进行约会，不知道为什么我兴致很高，吃饭的时候我说了很多甜言蜜语，不知道为什么何诗诗心事重重，很多次欲言又止，菜也没怎么吃。

我说："老婆你是不是哪儿不舒服？"

何诗诗皱着眉头先说没有，接着又补充一句："就是心里难受。"

我说："你看你果然有心事，那快说出来吧，不管有多苦，请你不要一个人承受。"

结果何诗诗突然将筷子一扔说："苏扬，我要的不是这种感觉。"

这话不轻，我吓了一跳，赶紧停止吃饭，专注地看着她，关切询问到底怎么了。何诗诗眼圈一红说她感觉自己变了，变成自己厌恶的那种人，因为她原来目的明确，方向简洁，做事只求结果，为达目的，不择手段，可现在变得多愁善感，优柔寡断，想说什么不敢说，想做什么不敢做，感觉非常不爽。

我听后稍微放心了，"呵呵"一笑说："那你现在想做什么就尽管做吧，我都支持你。"

何诗诗说："我现在想打你骂你离开你，你也支持吗？"

何诗诗看着目瞪口呆的我说："我不是和你开玩笑，我一直以为你是真的对我好，可是我越来越发现你不但自私而且大男子主义还非常腹黑，你明明知道院里有委派出国的机会，可从见面到现在已经两个小时了你提也不提，你是不是生怕我知道？出国对我而言是原则性问题，你这样做我真的很失望。"

何诗诗一口气把心中的憋屈说完，我算是明白了她不爽的来龙去脉。现在看来何诗诗已经洞察了我的内心狭隘，我除了坦诚别无选择。我说不是我不想告诉她，而是觉得时机还不成熟，我建议先观察观察，如果这事确实靠谱，明年再争取不迟。

我觉得自己说得合情合理，没把话说死，也给自己找到了台阶。没想到何诗诗为出国这事已经近乎偏执，她听完后竟然把筷子重重一拍，然后恶狠狠地对我说："苏扬，我真想不到你会这么说，什么叫时机不成熟？机会说没就没的，不成熟也要全力争取。什么叫先观察观察，我恨不得现在立即马上就离开，我没时间再在这里耗费。你可以不为我争取，因为你很自私，但我绝对不能坐视不理，因为我要对我的人生负责。"

说完何诗诗甩头就走，留下一脸愕然和尴尬的我，对着四面投来的好奇的目光，装作无所谓地来了一句："现在女人都这样蛮不讲理吗，我压根儿就不想搭理她，哼！"然后慢慢走出店门，用眼角余光看四下无人，立即狂奔追上前去。

那晚我和何诗诗不欢而散，我追上何诗诗进行了真挚的道歉，并且保证一定会去找人说情公关，做到不求结果，但求全力以赴。对于我态度的转变，何诗诗没有表现出丝毫原谅，只是淡淡地说随便，她已经对我不抱希望。何诗诗的话让我难过，我想就算我有罪也罪不至此，怎么可以将我之前的好全部抹杀？可无论如何，我必须证明自己，换回她对我的信赖。

第二天上午，我便恪守承诺，去找所有能够帮助何诗诗的力量。

我虽然是辅导员，算是个小小的学生干部，然而平时不屑和领导走动，关键时刻自然也没有太多办法，厚着脸皮找几个管事的领导试着说情，结果话还没说上两句，就被领导们以太忙为理由请走，最后我把全部的希望寄托在班主任老孙身上。老孙倒很愿意和我聊天，在她的办公室里我先把她赞美了半天，老孙兴奋的表情犹如怀春的少女，最后我看时机成熟就对老孙表明来意，老孙听后少女羞涩的表情立即变成恶妇，让我再次感慨女人之善变。

老孙说："苏扬你就死了这条心吧，想都别想，你知道吗？昨天这消息一出，到晚上前来报名的人已无数，现在想走后门都没门了，竞争惨烈程度不亚于选秀，首先得比自身条件，其次院长还会亲自面试挑选，谁去谁不去最后就他一人说了算，找谁都不好使。至于你想到院长那里说情，那更是没有可能，因为院长日理万机，见面都不容易，就算见着了也得先排队，估计前面等着说情的已有百八十人，其中还有不少有着深厚的背景，总之这机会和你们毛关系都没有，你该干吗干吗，千万不要在此事上白费心机。"

走出老孙办公室，我只觉得天昏地暗，虽然这个结果我并不意外，但此刻宛如被医生宣判了死刑，我该如何对何诗诗交代呢？告诉她对不起我没有做到让她失望了，还是告诉她难度太大真的不怨我？我思前想后，纠结挣扎，突然觉得很悲哀，对自己的女朋友说话为什么要如此紧张？我又没有真的做错什么，如果她因此迁怒于我，那只能说明我们的爱并不纯粹，早晚都得出问题。总之我绝没有害怕的道理，所以我决定和盘托出，我立即打电话给何诗诗约她一起吃饭，何诗诗说不了她还有事，我吞吞吐吐将情况描述，何诗诗似乎早就有了心理准备，甚至很客套地说了声谢谢，并强调这是她自己的事情，她来想办法解决。我问她有什么办法，她说还没想好，但不管有多难，她都会竭力争取。

电话的最后她告诉我接下来的一个星期她要认真复习，准备期末考试，让我不要再找她了。何诗诗说这话的时候很冷漠，让我一下子想起了刚认识她时的模样。过去的一个月我过得实在幸福，何诗诗每天犹如最温柔的天鹅，以致我再次听到她冷漠的声音，竟然有种无法接受的痛楚，并隐隐觉得过去的幸福甜蜜只是一场梦幻，现在梦即将苏醒，迎接我的将是无穷无尽的黑暗。

6

是啊！我多么希望自己能够相信何诗诗说要好好复习是真的，多么希望何诗诗说我自私大男子主义说我俩其实不合适是假的，多么希望我还能够像没有成为她男朋友前那样什么都能接受什么都能忍受，多么希望她能够永远像成为我女朋友后那么温柔懂事，始终在乎我的感受。我多么希望曾经的伤害可以让她更加明白什么叫珍惜，她不能再轻易地出卖自己的身体，因为那意味着灵魂的背叛。我多么希望自己懂得继续装糊涂，只要还能和她在一起，凡事都可以睁一只眼闭一只眼。我多么希望后来我看到的都是假的，她对我说的话也都是假的，如果我的希望都可以成真，那么世上或许就少了一个怨妇般的男人，多年以后还在喋喋不休这段并不光彩的初恋，并且四处高呼所有女人都是骗子，所有诺言无比恶心，这个世界根本没真爱。

7

那天挂了电话我便到银行取出了我所有的积蓄，然后在附近的商场买了一枚美丽的水晶戒指，接着打车前往何诗诗租房住的小区，下车后我没有直接上楼，而是悄悄坐在楼下的小花园里，然后死死盯着前方，手中则紧紧攥着那枚戒指。

我当然知道我为什么要来，来这里是要干什么，也知道自己这样做其实不妥，如果我的猜测成真将直接宣告我初恋的突然死亡，但我就是控制不了自己的欲望，我像个走火入魔的神经病一样疯狂，早已忘记身后是万丈深渊，我要做的只是求证求证再求证，求证何诗诗是不是真的爱我，求证何诗诗是不是真的为我而改变，求证我们的爱情能否经受现实的挑战，如果求证成功，那我将不再对我们的爱有半点怀疑，并且将手中的戒指献给她，恳请她做我的新娘；如果求证失败，那么我的心也将随之彻底死掉，万劫不复。

我从下午一直坐到晚上，姿势宛如雕像，哪怕早已头昏眼花，浑身僵硬，也绝不动弹。我一直告诉自己等一会儿再等一会儿，只要何诗诗一个人回来我就立即回去，并且从此再也不强迫自己，更不怀疑我们的爱。就这样一直干等到晚上十一点何诗诗都还没回来，我身上的血都快被蚊子给吸干了，难道何诗诗真的是在认真复习？难道一切都是我太在乎太敏感太多疑了？想到此我冰冷的心才有了点宽慰，我挪动了一下早已麻木失去知觉的脚，心想，算了，不管真相如何我都不要在乎了，从此我就好好对何诗诗，不管她说什么我都听，她要我做什么我都愿意，哪怕在爱中彻底没地位，也要对她忠贞不渝，否则真是太累了。

就在我打算离开时，我听到了何诗诗的脚步声，黑暗中无比清晰，那是我非常熟悉和喜欢的声音，因为每次在等她的时候，我都会闭上眼睛，聆听着她的脚步声。那是一种幸福，每每听着她的脚步声由远及近，然后停止在我的面前，我微笑着睁开眼，就能看到我最爱的女孩。每当这个时候，何诗诗都会捏着我的脸说："苏扬你好傻哦，你就不怕我躲起来你找不到我？"我说："我不怕，你的脚步声已经深深烙在我心里，无论你走到哪里，我都会紧紧跟随。"

此刻，这些甜蜜的话语还在耳边，可何诗诗的脚步声明显有点慌乱，仿佛很着急，继而黑暗中又传来更缓慢沉重的脚步声，一前一后，声音越来越近，我的血流加速，身体却纹丝不动。很快我看到何诗诗出现在我眼前，她丝毫感觉不到黑暗中最爱她的那个人正在凝视着她，我看不清她的神情，但能感受到她的紧张。她站在门洞处四处张望，没有发现异常，然后伸手对着后方轻轻招手，沉重的脚步声再次响起，很快大腹便便的院长出现在我的面前。院长似乎久经沙场，经验老到的他在靠近何诗诗的瞬间伸手搂住了她的腰腹，何诗诗娇羞地倒在他的胸膛，然后两人相拥着走进楼道，很快消失在我的眼前。

黑暗中，我笑了，却不知道是笑自己太英明还是太愚蠢，反正笑着笑着就哭了。我没有走，继续站在花园里，继续让蚊子疯狂地叮咬，继续一动不动像个白痴，继续强迫自己等会儿再等会儿，我想看看尊敬的院长大人究竟能够坚挺多久，我想看看我的女朋友到底有多温柔可以将院长尽情挽留。我真想立即冲进去，将这对狗男女捉奸在床，现场屠杀，然后肢解焚尸，以泄心头之恨，可我不敢，我真的害怕，我唯一能做的只是拼命傻笑，不停流泪，疯狂等待，我想我会一直等下去，等到这对狗男女偃旗息鼓，然后悄悄走到他们面前，让他们知道一切都在我的掌握之中，一切都会有报应。我以为我会等一夜，那样我可能会在他们停止战斗前自行死亡，因为每多等一分钟对我而言都是对生命的煎熬，我死死咬着舌头，让自己的意识保持清醒，我一定要坚持到底，等到自己最爱的女孩再次出现，这对我而言已经是彼时唯一的信仰。

或许我的愚昧和执着感动了上苍，等待并没有想象中漫长。午夜一点刚过，我就听到楼道里再次传来纷乱的脚步声，很快我的眼前再次出现我尊敬的院长和我深爱的女孩，他们筋疲力尽却含情脉脉，空气中仿佛都充满他们媾和的味道。院长临走前不忘再次将何诗诗紧紧拥抱，然后心满意足地离开。我看到何诗诗一直满脸堆笑，神情妩媚，直到院长从她的视野中消失，才一脸憔悴，几乎瘫倒在地，何诗诗表现出的一切让我心疼，甚至掩盖了愤怒，我缓缓走出小花园，走到她的面前。她慢慢抬起头，疲惫的脸上眼神黯然，看到我时先是惊讶瞬间又变成惊恐，我听到她从灵魂深处发出一声绝望的哀号："不要……"

这几乎是我听过最为惨烈的哀号，迅速将我剩余的愤怒击溃，我弯腰伸手试图将她搀扶起来，我想不管怎样都应该先送她回去休息，然后明天再好好和她沟通。虽然我知道自己的行为极度可笑，但她是我最爱的女孩，我看到她绝望真的无法做到无动于衷。只是我的手指在触及她皮肤的一瞬，她突然像过电一样从地上跳了起来，然后发疯地向前冲去，我下意识伸手抓住她的胳膊，苦苦哀求她不要走。可是她想也没想就回头在我手背上狠狠咬了一口，然后趁我疼痛难忍之际继续往前冲，没有方向，不顾一切，留给我一个慌乱、惊恐、无助、拒绝的身影。

这竟是我见她的最后一面。

后来，我在何诗诗家楼下等了整整一夜，都没有等到她回来，直到我最后体力不支，昏倒在地。

等我醒来，人已经在医院，我不听劝阻立即停止一切治疗回到学校，却被告知何诗诗已经办理了休学。

8

7月底，我正式从学校毕业，走向社会，成为一名制药厂的基层工作人员。我的工厂在上海东南角的一处农场，面朝大海，荒芜贫瘠，宛若另外一个世界。

我以为工作可以让我忘记一些忧伤，然而我根本做不到，何况工作也没有想象中那么忙，每天上班八小时，所有的活儿一个小时就能做完，剩下的七个小时只能发呆。

我从未放弃过寻找何诗诗，通过各种可以想象的方式，但始终没有任何消息，她仿佛从这个世界突然凭空消失，没有一点踪迹。

直到11月，一个偶然的机会，我才得知早在7月初，何诗诗便作为系里唯一的交换生候选人，飞去美国深造，而此消息学校整整封锁了三个月才低调公布，这一切都体现了院长的老谋深算。至此，虽然争议不断，但木已成舟，一切无法挽回。

得知消息的那天，我站在大海旁，犹豫了好久要不要跳进去。可是我不敢，我害怕，明明我的心已经死了，为什么我还贪恋绝望地活着？我眼睛眨也不眨地看着海的尽头，看乌云在海面翻滚，看海鸥发出绝望的哀号，也不知道看了多久，最后突然暴吼一声，将手中紧握的水晶戒指扔向海中。

"何诗诗，你带走的不只是我的眼泪，还有我对爱的信心，我究竟要过多久，才能像爱你那样再去爱另外一个人，还是永远都不会再有真心去爱的能力？

"何诗诗，你让我发现我真的好贱。从此我也要逢场作戏，游戏人间。"

第八章

后
来

人生再难，也只能面对，
两年一晃就这样过去了。
本以为之前的遭遇已然荒诞，
没想到那不过只是开始，荒诞才是我生命的男主角。

RHYTHM OF LOVE.

1

人生再难，也只能面对，两年一晃就这样过去了。

本以为之前的遭遇已然荒诞，没想到那不过只是开始，荒诞才是我生命的男主角。

其实想想也不奇怪，荒诞也是和世界的一种沟通方式，这世界太圣洁，需要荒诞来反衬，有人崇高，就有人苟且，而所有的不如意，说来说去，还是自己太幼稚。

我本以为可以一直在那家工厂待下去，虽然工资不高，也看不到什么前途，每天的日子都过得无比寡淡，但那里安逸，简单，可以修身养性，还有大把时间写作，也算自得其乐。

反正怎么过都是一生，不是每个人都要成为英雄。

我就喜欢做一个小人物，蝼蚁一般度过此生，有什么不好？

说起来，我还想过好好奋斗多赚钱让何诗诗出国呢，现在想想，真是可笑。

所以，我付出了代价，我罪有应得。

只是我如此卑微的要求都没有能够得逞。两年后，随着新任总工程师和厂长的不对付，我也被迫卷入了一场刀光剑影的人事斗争中，并且最后成为炮灰，光荣出局。

2

本来神仙打架和我这种小喽啰是没啥关系的，可是我文笔好，会写作，这在全厂近乎一半都是文盲的背景下必然显得很突出，具体什么原因我不知道，反正有一天我被总工程师叫到小黑屋，语重心长地告诉我他特别欣赏我，决定栽培我，但前提是要帮他先搞垮厂长。

这事放古代就是谋反，抓到是杀头的罪。可是我没法不答应，因为总工是我的直属领导，他放个屁我就得走人，为了保住饭碗，我只好铤而走险，我没的选择。

具体需要我做的事其实很简单，就是每天都要编写厂长腐败淫乱的故事。总工要拿着这些材料去董事长那里告密。厂长确实腐败，每年的利润恨不得一半都进他自己的腰包，厂长也确实淫乱，全厂三百多名女工，和他有床笫之欢的不下三分之一。这些人人都知道，但谁都没有真材实料。所以这时候我的作用就显得尤其重要。

在斗争的前两个月内，我写了十多万字厂长的黑历史，线索之丰富，细节之曲折，都能出本书了。总工对我的表现非常满意，许诺等他当了厂长，我一定前途无量。只是好景不长，总工光顾着进攻，忘了防守，自己那些不检点的事被厂长抓到人赃并获，最后一击必中，成功将总工送了进去，然后自然是大清洗，我们这些党羽通通被扫地出门，我人生第一份工作到此为止。

回望工厂两年时光，没有赚到钱，也没有学到什么真本事，除了领悟到了职场斗争之残酷，最大的收获莫过于写了一部长篇小说，取名为"那时年少"，内容当然是关于我的青春我的大学，也关于何诗诗，虽然我对人生的第一段感情态度极其复杂，但除了将之写下来，我不知道还有什么更好的纪念方式。

小说边写边在网站发表，竟然积累了不少人气，到最后更是收到了一家出版社的出版邀约，这对彼时已处人生最低谷的我而言，不失为一剂强心针。

联系我的编辑姓李，是一位北京大姐。李姐水平不咋高，但人特别爱激动，第一次给我打电话的时候就听到她在电话那头用夸张的口吻说："小伙子，我要把你包养成第二个韩寒。"

"什么？包养！"我惊愕万分，心中顿生悲凉之意，难道这就是我们写作者的命运？罢罢罢，既来之，则安之，还是接受生活的一切安排吧。于是我温柔地回答："谢谢，那就请你好好包养我吧。"

"没问题，包养你——什么乱七八糟的，我说的是包装你。"电话那头李姐刚反应过来，"苏扬，李姐我要把你打造成当代最有影响力的青年作家，相信我，没问题的，李姐认识很多人，作协那帮老家伙，我都熟得很呢。"

"好好好……"我热情应允着，心想只要能给老子出书，不管包养还是包装，我都来者不拒。

第一次通电话，我们亲热交谈了两个多小时，电话的最后，李姐让我放一万个心，她会像对待儿子一样对待我的小说，两个月内保证出版，随后在全国展开盛大巡回签售，接下去还要推荐我加入中国作协，明年就把我介绍到法兰克福全球书展，后年就要申报诺贝尔文学奖。

"小伙子，你就等着出名吧，哇哈哈哈……"通话的最后，李姐突然大笑起来，仿佛她刚说了一个天大的笑话。

3

人生的悲剧或许在于你总是把一件事想得太好，然而结局往往会很糟糕。

出书的事根本不顺利，按李姐意思，《那时年少》会在 9 月出版，但到了 11 月还悄无声息，其间我给李姐打了不下一百个电话，每次她都笃定地对我说："快啦，快啦，再过半个月肯定出！"

每一次我都选择了相信，但事实证明每一次她都在撒谎。

12 月底，小说仍然没出版。此前我已和全天下认识的人都说过我要出书了，所有人都祝福我，让我请客，并诅咒不请就是王八蛋。为此我把工作两年攒的积蓄花得一干二净。最后当我清楚地意识到，如果我再不工作赚钱，这个冬天很可能会活活饿死时，我才对出书心如止水，决定还是先好好上班。

我本以为有了两年工作经历，找份凑合的工作应该不难吧，结果好家伙，赶上毕业生越来越多，整体形势又不好，求职难度简直比刚毕业那会儿还要高，而且工作也特别不靠谱，大半年内我差不多换了四五份工作，长的不过两三个月，短的只有四五天，日子过得要多悲催就有多悲催。直到 2008 年 2 月才在一家成天嚷嚷着"今年过节不收礼"的保健品公司谋到一份文案的差事，算是暂时稳定了下来。

对于这份工作，我十分满意且珍惜，因为办公环境相当高大上，在卢湾区的一栋顶级写字楼，身边环绕的全是电视上看过的那种时尚靓丽的女白领，十米外香水味就能把你熏一跟头的那种，见面打招呼开口就是英文，特洋气有没有？

我具体要干的活儿和写作有关，就是通过软文来讴歌公司的产品有多神奇：闻了就能回到十八岁，吃一次终生不感冒，坚持服用长生不老……虽然很夸张也很 low，但是并不难，身为给厂长量身定做过小说的我，对此甚至有点得心应手，说起来这也是那场职场斗争留下的政治遗产吧。

只是妾有意，郎无情，我在这家公司也不过只待了小半年——因为时下保健品市场已经进入了衰退期，早期那种靠诱惑或恐吓的营销手段早就过时了，消费者越来越理性，监管也越来越严格。老板最后见好就收，将这款给他至少赚了一百个亿的神品打包卖给了别人，自己转头去做网络游戏了——皮之不存毛将焉附？我们部门就地解散，也就是说，我又失业啦！

而经过这一年多的折腾，我除了虚长一岁外，仿佛什么都没有获得，更别说成长了。更可怕的是，如果继续这样埋头找工作，除了试错估计不会有太多改进。虽然以前我也没有过雄心壮志，但现在前景真的堪忧。想想寒窗苦读十数载，也曾意气风发过，现在竟然被现实捶打成这样，心里还是会很失落。

我知道一定是哪里出了问题，从我个人到这个社会都有问题，但具体是什么问题，该如何改善，又说不上来，也没人告诉我。

所以，我决定干脆先放一放，既然怎么着都是不如意，还不如做点自己喜欢的事情，安安心心再写点东西吧。

以上就是毕业后三年的故事，没有爱情，没有事业，没有幸福，没有未来，毕业了我们一无所有，听上去多少有点悲怆。

4

就是在这种境遇下，一个名叫叶子的女孩走进我的生活，这也是我人生中的第二个女孩。

叶子当然不是她真实的姓名，事实上她叫什么，我一直都不知道，不过那也不重要。

重要的是，我们一起相互取暖，彼此安慰，度过了各自人生的低潮。

叶子时年二十岁，天蝎座，眼睛大大的，鼻子挺挺的，个子小小的，皮肤白白的，头发长长的，说话嗲嗲的，耳朵上有很多洞，肩胛处文了朵很大的莲花，眼神时而欲望遍布，时而空洞无物。

就是那种典型的文艺女青年。

我俩认识时，她和我一样，属于无业游民。这个身份奠定了我们能在一起消磨时光的充分必要条件。

我们相识在一次文学沙龙上，虽然我还没有出过书，但那并不妨碍别人认为我是一个作家，开始我还不好意思，后来发现其实这对别人更重要——知道吗，我一兄弟，作家，老牛 × 了！

我谦虚过好几次，发现根本没用，于是只好以作家自居，然后公然出入各种聚会，骗吃骗喝，感觉挺不错。

这不，当号称上海 80 后一哥的蒋玮玮组织午夜文学研讨会时，我自然被邀请出席——说到 80 后，在那个年代特指一群文学小青年，因为正赶上文学青黄不接、网络又兴起的好年代，我们这些 80 后，热爱写作的孩子纷纷登场，受到了远比我们实力高得多的关注。

我们本以为我们很幸福，却没想到后面要承受的苦远远大于这些收获。时也，命也，这句话真的一点都没错。当然这些都是后话了，当年置身其中时，我们真以为自己可以扛起前辈传下来的大旗，并且继续猛进高歌。

而对于蒋玮玮的邀约，我一开始是拒绝的，主要是因为知道蒋玮玮的德行，文学只是他泡妞的遮羞布，而我们不过是助纣为虐的道具——遮羞布都算不上。

结果我不去蒋玮玮还不干了，电话里，他振振有词说这一次来真的了，不仅要研讨我国未来二十年的文学走向，还会选举出非官方作协主席，以此抗衡日趋腐朽的作协官僚机构。

"那些老家伙，早该让位了，现在是我们的天下。"蒋玮玮义愤填膺，"苏兄你必须参加，你可是 80 后知名作家，是我们上海文艺圈新生代的扛鼎人物，除了我就数你最牛 ×。你要是不来，我国未来的文学史将会有很大缺陷，为了祖国和人民，你责无旁贷。"

我看蒋玮玮把"人民的名义"都搬出来了，吓得赶紧屁滚尿流去报到。

5

和以往 N 次一样，那场聚会从头到尾连文学他妈的影子都没提到，全部内容只是喝酒吹牛讲黄色笑话。到场的文艺青年倒不少，二十来个男男女女将蒋玮玮那小破屋塞得满满的。绝大多数人我都不认识，甚至听都没听说过，不过这些人个个看上去无比自负，鼻孔朝天，翻尽白眼，仿佛都身负盛名，不容亵渎。虽然我知道，他们其实都和我一样，只是来吃白食的。

"喝，今儿个谁不喝高，我和谁急。"酒过三巡，蒋玮玮挥舞着小胳膊，摇晃着大脑袋对所有人豪气冲天地如是说——蒋玮玮是上海人，却喜欢学北方人讲话，又学不像，真滑稽。

喝酒吃饭不是干苦力，不用动员也会全身投入，众人积极响应蒋玮玮的号召，甩开腮帮子大口吃菜，大口喝酒，完全没了文学青年的儒雅作风。不过这帮孙子看起来威猛，实则无用，没过一小时纷纷喝高，且丑态百出：主人蒋玮玮撅着屁股一个劲往桌下钻，说要爬到泰国去嫖娼；一个笔名叫无名公子的哥们喝醉后要给大伙表演钢管舞，然后脱得只剩条内裤，舌头伸出三尺长，抱着门槛一边狂舔一边猛地往上蹿，跌倒在地后干脆一个劲地打滚，边滚还边用手拍打自己白花花的肚皮，说这才是正宗肚皮舞……

我酒量尚可，加上一直感觉游离在外没豪饮，所以头脑一直很清醒。静静看着眼前的一片狼藉，突然觉得很有意思，心想这个世界真他妈病态，虚伪和丑陋充溢着生活的每个角落，社会在进步，真实和美丽却变得前所未有地脆弱。

你看这些人，平时个个衣冠楚楚，张口哲学闭口诗歌，生怕别人不知道他们是知识分子，并且依仗着这层浮华的外衣到处行凶作恶，得逞后还沾沾自喜——我承认，我说的这些话多少有点刻薄，或许这些人并没有我说的那么坏，而我也不见得比他们好多少，可当众人皆醉唯我独醒的那一刻，我想到的只是腹诽和诅咒。

我一点不为自己的用心险恶感到脸红。

6

那场饭局一直到午夜两点都还没有结束，蒋玮玮成功泡到一个小粉丝，不知道躲到哪里淫乱了，剩下的也大多结双成对，女人不够男人凑。

我突然开始厌倦这样的场面，觉得反胃，于是赶紧起身离开。

门口，无名公子还在激烈地扭动着身体，表情兴奋得狰狞，他身边多了一个漂亮女孩，女孩满脸惶恐，似乎是被吓到了。无名公子跳至酣时要拉女孩的手，女孩不情不愿可是怎么也挣脱不开，只得小声哀求："你快放开我，我害怕！"可是女孩的示弱给了对方更大的享受，他干脆直接将女孩抱了起来。如果不是旁边还有人，估计更变态的事他都做得出来。

我迟疑了会儿，上前将女孩从无名公子怀里抱了下来。

"苏扬，你他妈什么情况？"无名公子借着酒劲狠狠瞪我。

我小声说："哥们早看上了，你别坏我好事，否则跟你没完。"

无名公子的表情瞬间又变得猥琐："了解，了解。兄弟如手足，我找别人玩去。"说完扭着屁股到别的角落发骚了。

我轻轻对女孩说："走吧！"

女孩似乎惊魂未定，乖巧地跟着我离开。

我们一直走出小区才停了下来，午夜的上海很冷，别有一种感觉。

"你没事吧？"

"谢谢，我很好。"女孩对我微笑，昏暗路灯的映射下，我看到女孩有着很美的一对小虎牙。

"那就好，其实……大家平时都挺好的，就是喝酒给闹的，你不要怕！"

"我一点都没怕呀，我只是觉得那些人都挺好玩的。"

女孩的话让我很惊讶，我不得不重新认真审视她，有些事是不是我先入为主，自以为是了？

那一瞬间，我情不自禁想起何诗诗，第一次遇见，我不也是这样？

女人是复杂的，狡黠的，言不由衷的，善于伪装的，怎么才过了两三年，我都忘了呢？

我情不自禁冷笑了起来："看来，我还坏了你的好事。"

"当然没有了，苏扬，你怎么那么玻璃心？"女孩点燃一根烟，细长的 520，空气中立即充满了薄荷的淡淡味道。女孩看了我一眼，"简直比我还要敏感。"

"你……怎么知道我的名字？"

"我看过你写的小说啊，《那时年少》，很喜欢。"女孩认真地回答，"只因那时年少，才把未来想得太好，只因那时年少，爱把承诺说得太早。如果那个故事是真的，那么你真够可怜的。"

"全是假的！"我故作轻松，"这样的小说，我一年能写一百本。"

"嗯，我也觉得是假的，都什么年代了，哪里还会有那么全心全意为爱付出的男生？"女孩说完轻叹了口气，"其实呢，真又如何？假又如何？真真假假都一样的，生活就是一场戏，早就注定了结局，我们都是戏子，只要按照既定的剧本，将这部悲喜剧演完即可。"

女孩的这些话再次让我不得不重新审视对她的认知。我想其实不是女人太复杂，而是我太幼稚。

"你是干吗的？也写小说吗？"

"哈，我可写不来，我看看还差不多。"女孩嘴角飞扬，表情越发轻快，"我呀，就是一无业游民，搁家闲着呢。"

"那和我一样，同道中人。"

"我怎么能和你一样呢？你是大作家，不上班是因为不用工作。哪里像我，爹不疼娘不爱的，烦也烦死了。"

"这有什么好烦的，以后会上班很久的，现在不过忙里偷闲，及时行乐。"

女孩眼睛一下亮了起来："这话我爱听，要不说你是大作家呢，总结得就是精辟，我想说也说不出来。"

"呵，可千万不要盲目崇拜。第一我不是作家，我连一本书都还没出过呢，其次，作家也不是什么好人，跟流氓属于同一阶级范畴，刚才你也看到了，多危险啊！可得当心点。"

女孩眉毛一扬，满脸不在乎地说："我才不要当心呢，男人那点险恶用心我不要太熟悉啊！无所谓咯，反正我玩得起，再说了，还不知道谁玩谁呢，我什么没有经历过？"

我没再说什么，突然不知道该怎么接。唉，为什么现在的女孩一个个都仿佛历经磨难，看透人心，那些本该有的单纯和美好，都到哪里去了？

"苏扬，我发现你和他们不一样哦。"女孩似乎没有意识到我的尴尬，第二次微笑着看着我，"感觉你一点都不装，这应该是一种自信吧。"

"应该不是，而是我一直认为，在女人面前伪装，是件特别可笑的事，还不如坦荡如砥，赤诚相见。"我也对女孩笑，"都说这么多了，还不知道你叫什么呢，方便吗？"

"叶子。"女孩轻快地回答，"我是一棵植物哦。"

"叶子，叶子。"我轻轻哑摸，"那你很脆弱咯？"

"才不会呢，没人可以伤害我的。"叶子深吸了一口烟，然后长长吐出，11月的夜风很快就将烟雾吹得支离破碎。叶子突然大笑了两声，叫了起来，"我百毒不侵，耶⋯⋯"

"真是个傻丫头。"

"喊，你才傻呢。"叶子突然抬脚踢了我一下。

我侧身一闪，没踢到。

一辆飞驰的汽车从我们面前高速擦过，叶子的长发在空中激烈飞扬，遮住她的脸。

"不早了，回家吧。"我突然兴趣全无。

"不，我不想回家，苏扬，我们聊天吧，聊到日出时，肯定很有意思。"叶子依然一脸兴奋。

"好吧⋯⋯不过聊点啥呢？"

"人生啊，文学啊，男人啊，女人啊⋯⋯我们应该是有很多共同语言的。"

"你不都看透男人的险恶用心了吗？还有啥好聊的！"

"我说过啦，你和他们不一样。"叶子盯着我，认真强调。

"有啥不一样？说不定我比那些人还用心险恶呢，古人对我这种人有一个总称，叫啥呢？我想想，对，'衣冠禽兽'，你最应该提防的就是我这种人。"

"喊，不管，反正我现在特想和你聊天。"

"那好吧，聊就聊，聊出问题来，你可别怨我。"

"能聊出什么问题呢？"叶子似乎很好奇。

"问题可大了，比如说聊出感情，你会爱上我。"

"为什么不是你爱上我？"

"也有这个可能，嘿，不一样嘛！"

"不一样的。"

"有啥不一样？"

"我可不想再爱别人了，要是别人爱我的话，我才不在乎呢。"

"好啦，我说咱就别啰唆了，开聊吧，反正有啥后果你自负。"

"行，告诉你，我可不怕你。"

那个夜晚，我和叶子就坐在路边的护栏上，哆嗦着，依偎着，一句接一句地瞎聊天，一根接一根地抽烟，直到破晓前才说再见。

那也是我继何诗诗后，第一次和一个女孩聊那么多，让我多少有点意外的是我竟然还可以说那么多，更让我意外的是，叶子似乎还挺愿意和我说的。我不知道这是否意味着什么，我只知道和叶子聊天挺舒服，至少可以觉得在那样单调寒冷的日子里，不那么寂寞。

7

回到家已是六点多，这个城市刚刚苏醒过来，又要精神抖擞地迎来它新的一天，而我却经常在白天感到不知所措。

一点睡意都没有，肚子却突然翻江倒海地疼了起来，蒋玮玮肯定买的是打折的过期食物，加上生生冻了一夜。我冲进卫生间，趴在马桶上剧烈呕吐了起来。

刷好牙，趴在床上昏昏沉沉地眯了一会儿，醒来的时候肚子居然饿了，于是煮了包方便面，然后边吃边看电影。看完碟，洗好碗，坐在阳台上抽烟，眼看着街上慢慢热闹起来，小学生手拉着手蹦蹦跳跳去上课，中学生撅着屁股骑着单车飞速驶过，买菜的中年人兴高采烈向市场走去，数十名老头老太太在一块空地上翩翩起舞，放声高歌《走进新时代》。

初冬的阳光很快就懒懒地照在我身上，我接连打了几个哈欠，可还是不想睡，也完全写不出任何东西。于是把十几天积攒下来的衣服通通洗干净，还把最起码半年没擦过的地板擦了一遍，地板上面灰尘多得快能种庄稼了。如此一直忙到下午，又吃了包方便面，然后把窗户关上，把窗帘拉紧，把手机调成振动，把被子摊开，然后，自己像条过冬的小虫子钻到被子里，美美地睡了过去。

晚上七点醒过来，天已全黑，喝了两口水，水冰凉，流过喉咙时却感觉很爽，流到肚子里又感到很痛，我看了眼手机，上面有条消息：苏扬，在干吗呢？

居然是叶子发的。我想了想，不知道回什么，于是把手机塞到枕头下，接着睡觉。

夜里三点再次醒过来，这次彻底精神了，赶紧跑到电脑前写作，可依然全无状态。只得继续躺在床上看电视，一个台正在放一种能够让女性胸部迅速变大的保健品广告，一群平胸女人集体高歌从此命运大改变；另一个台更夸张，说吃了他们重振男人雄风的保健品，不痛苦，无副作用，从此床上运动一小时起；还有个台在放周星驰的《大话西游》。我没再换台，《大话西游》是我最喜欢的一部电影，看过十来遍，但每次都还能饶有兴致地看下去，边笑边难受，没人比我更能体味热闹与荒诞背后的落寞和悲伤，无数次，我对着无尽的黑夜放声大吼："苏扬，你看起来好像一条狗。"

看完《大话西游》已是凌晨四点半，新的一天又要开始了，我心一惊，突然想起手机，赶紧从枕头下掏出来，上面又有条新消息，还是叶子发来的，写着：明天能见你吗？时间是午夜一点，三小时前。

我给叶子回消息说：什么时候见我都可以，我啥也没有，就有时间。

消息发出去没十秒钟叶子就回消息过来：几点，在哪儿见面？

她速度之快让我惊讶，我忍不住问：还没睡还是刚睡醒？

十秒后再次收到她的消息：没睡，我睡不着，黑夜让我很害怕，我总是睁着眼睛到天明。

她的回答让我有点心疼，短短、冷冷的文字表达了多少无助，只有同样失眠的人才知道。

我赶紧给她回消息，告诉她：上午九点，F 大门口，不见不散。

8

离见面时间还有三四个小时呢，除了看碟真不知道该如何打发时间，于是乱七八糟一顿瞎看，总算又耗去了不少时间。八点刚过，我简单捯饬了一番，换了身新衣服，将乱七八糟的胡须刮干净，对着镜子一看，居然感觉年轻了不少。

半小时后，我出现在 F 大的正门口。

邯郸路不知道是修地铁还是高架，反正乱得一塌糊涂，卡车、公交车、小轿车、三轮车、助动车、自行车无一不可怜兮兮地从 F 大门口那狭窄无比的小道上缓缓驶过，不时传来因刮蹭而引发的叫骂。

我走了进去，站在不远处的领袖雕像下，缩着脑袋，四处打量，心情竟然没有丝毫激动，想想当年还在上学时，每次等何诗诗时都觉得自己是世上最幸福的那个人——唉，怎么又想她了，怎么什么时候都放不下，我真恨我自己。

九点不到，叶子就出现了，远远看着她穿着一身偏运动的休闲服，围着围巾，戴着帽子，轻盈地走了过来，给人的感觉和那天夜里很是不同，我是说，现在走在阳光下的她年轻，漂亮，鲜活，完全没有半点颓废和沧桑——我喜欢这种状态，因为我做不到。

"Hi！"叶子朝我热情地挥挥手，笑容竟然有点羞涩。

"听不懂，说中文。"我白了她一眼，故意没好气地说。

"讨厌，你什么时候到的？"

"刚来。"

"那现在我们去哪儿？"

"哪儿也不去，就在学校里面走走，里面风景挺不错的。"

"好啊，我还从没进去过呢。"叶子看起来很欢快，和我并肩走进F大。

我们从教学楼走到宿舍楼，接着走过燕园，最后来到相辉堂前面的草坪上，背靠背坐了下来。

然后谁也没说话，仿佛真的在欣赏风景。

"这学校可真大呀！"好半天，叶子突然自言自语，"可我们坐这儿干吗呢？"

"我也不知道，随便坐坐呗，反正也没其他事好做。"

"这倒也是，我在家，就经常坐着发呆，一发呆，就是一天，也不觉得无聊。"

我笑了笑，没有接话。于是我俩就那样继续背靠背，不再言语，眯着眼睛看着前方。

已近午时，温暖的阳光照在我们身上，周围的风景色彩斑斓，感觉很是温馨。路上学生渐渐多了起来，三五成群，说说笑笑，去吃饭，或玩乐。在我们旁边不远处，一对情侣先是坐着窃窃私语，过了没几分钟就抱在一起卿卿我我，最后干脆躺到了草坪上，女孩趴在男孩身上，男孩一只手紧紧搂着女孩，另一只手从女孩的腿部不停抚摩到脸上，他们把草坪想象成了床，把白天想象成了黑夜，把身边最起码一百个活人想象成雕像，勇气实在可嘉。

就这样过了一个多小时，我对叶子说："走吧。"

"好！"叶子从地上蹦了起来，接着原地轻跳了两下，抖落风尘，然后走到我面前，伸出手，把我拉了起来。

走出 F 大，我们又在附近的几条马路上晃荡了会儿，那些马路很干净，也很安静，弯弯曲曲看不见尽头，大大的梧桐遮盖住了马路上方的天空，路两边是便利店和面包房，传来阵阵香味。路上是一对对缓步行走的情侣，他们彼此含笑，眼中只有对方。而所有的这一切都充满了美好和温馨。

在其中一条马路上，我买了几串羊肉串，味道很赞，卖羊肉串的新疆帅哥笑起来真的超帅。

在另外一条马路上的四川小餐馆，我们点了一份麻辣烫，吃得满头是汗，叶子伸出舌头，不停用手扇，很可爱。

吃完后我们来到一家卖女孩衣服首饰的小店，叶子面对着琳琅满目的各式耳环顿时走不动道，一个接着一个试戴，她一只耳朵上得有三四个耳洞，所以比较来比较去，特别麻烦。

"苏扬，你快说，哪个更好看？"叶子噘着嘴问我，她是真有点六神无主了。

"都挺好看的。"我是真的比较不出来，而且我总是想，耳朵上打那么多洞，该多疼啊！

"那总不能都买吧。"叶子讪讪地将那些耳环放回原处，"我有选择强迫症的，要不还是算了吧。"

"怎么能算了呢？"我赶紧从中挑选出几只，然后抢着付了钱，"送给你！"

"谢谢啊！"叶子很开心，"这几只都是我最喜欢的，你眼光不错嘛！"

从店里面走出来后，感觉我和叶子的关系近了很多，过马路的时候我有意无意地拉了下她的手，她也没有拒绝。

"我们现在去哪儿呢？"叶子仰头看着我，小声问。

我鼓足勇气，微微颤抖着说："去我那里，好吗？"

9

推开家门，叶子感慨："真没想到你家还挺干净的。"

我顿时庆幸昨天收拾房间擦地板是多么明智的一件事。

我们都有点局促，叶子假装饶有兴致地欣赏我精心收藏的数百张电影光碟。我则坐在椅子上摇摇晃晃，不停想去洗手间。

最后还是叶子选出了一张光碟，说想看看。

那是一部十多年前的法国电影，年轻漂亮的女孩有着一个高大帅气的海员男友。一次男友出海后音信全无，女孩开始通过放纵自己以缓释悲伤，从此床上人来人往，有男人，也有女人，直到有一天以为自己终于可以重新去爱并且也找到了新欢时，旧爱却又突然出现。

这部电影我看过好几遍，主要原因就是女主角实在太漂亮，还有，电影是限制级的，里面表现灵与肉的场景很多，而且很真实，很唯美。

所以，看着看着，当屏幕上出现限制级画面时，叶子发出"咦"的一声，不过并没有表示不想看，甚至，脸都没有转过去。

就这样，一部电影看完，天已微暗。叶子丝毫没有要走的意思，仿佛意犹未尽。

我提议再看一部，叶子表示很乐意。

于是我找了个尺度更大的，以暴力和情色闻名于世，号称世界十大禁片之一。看的时候叶子说有些害怕，于是我自然而然地坐到她身边，轻轻拥住了她。

后来，我们开始接吻，相比何诗诗，叶子更小巧——×，怎么又冒出来了，回去——完全不一样的感受。叶子骑到我的身上，我将她抱了起来，她在空中用胳膊将我的脖颈紧紧缠绕，双腿更是用力地夹着我的腰，头发垂落在我的脸上，一根又一根，一层又一层。

"等一下。"当我将叶子放到床上时，她突然推开我，"我们第一次约会就这样，会不会不太好？"

我立即停止所有的动作，她说得也没错，尽管这种事根本没法用好和不好去评判，但强人所难，总归不可取。

"苏扬，"叶子在我身后轻唤，"不是我不愿意，只是，我觉得快了点。"

"其实，快和慢没有什么区别，结果都一样，不是吗？"我努力压抑着，确保自己的声音很平静，仿佛根本不在乎。

沉默！尴尬的沉默！

就在我快穿好衣服时，叶子突然起身拉住我，然后坚定地对我说："你说得没错，有些事迟早都会发生，我们需要做的只是面对。苏扬，我好冷，请抱紧我。"

10

　　风轻云淡后，我和叶子各自点燃一根烟，依偎着聊天。

　　叶子变得特别温顺，她紧紧搂住我问："你说，我们会不会恋爱？"

　　"呃……不想谈这个话题。"

　　"为什么？"

　　"因为不知道会不会，想了也白想。"

　　"可是，我们做爱了。"

　　"做爱和恋爱没有必然的关系吧！"我转过脸，实在无法看着她的眼睛如是说，事实上，我根本不知道自己为什么要这样说，我的头脑完全一片空白，只是恋爱在我心中实在太重，我根本无法轻易再承受。

　　"呵，也是哦。"叶子轻轻冷笑了声，"我根本不该问这么傻的问题。"

　　"没关系，我不会介意。"我本来是想开玩笑缓解下气氛，可说出来却又是另外一番味道，"我听说女人的灵魂是跟着身体走的，所以做爱后总归会头脑不冷静，说错一两句话实在很正常。"

　　"哈哈。"叶子突然大笑起来，"苏扬，你很了解女人吗？"

　　"还行吧。"我将浑身肌肉尽量放松，又一次无可避免地想起了何诗诗，内心深处的伤感已开始肆无忌惮地向全身蔓延。

　　叶子转过身，冷冷地说："千万别太自信，你永远都无法真正了解一个女人，哪怕你们每天都在一起，哪怕她什么都给了你。"

　　"其实了解不了解，都没什么区别，因为很多时候，我们的行为根本不受大脑控制。"

"你是想解释你刚才的行为吗？"

"不是，说实话，我也不知道我在说什么。"我觉得自己简直有点语无伦次了。

"那就什么都不要说。"叶子转身再次将我紧紧缠绕，"我也不想那么多了，只要这一刻是真实的，就很好。"

11

叶子走后，我无可避免地再次失眠了。

原来失眠虽然很煎熬，但至少还能写作，哪怕断断续续，支离破碎，也不觉得有多苦，可是那两天完全不在状态，经常是对着电脑连句完整的话都写不出，只能一根接着一根抽烟，一声接着一声长吁短叹。

叶子显然也睡不着，她不停给我发短信，文字里她显得更为坦诚，除了告诉我她很想我，还不停问明天能否再来。

看着这些消息，我陷入了深深的犹疑，我怕我会喜欢上这个女孩，更怕我不会喜欢上她。如果是前者，那么意味着我很可能又要经历一次磨难；如果是后者，那么我自己就是最可恶的那个人。除了回避，我真的不知道该怎么办。

我真希望这个叫叶子的姑娘可以幡然醒悟，知道我根本不值得托付，哪怕只是暂时的停靠都不行，最好能够主动消失，从此互不打扰。

可是没有，尽管我一条消息都没有回，叶子还是不停地发。

我想我们都是奇怪的人，都是那么固执和坚持，又那么喜欢自欺欺人。

12

第二天一大早，我好不容易刚睡着，门铃就不合时宜地响了起来。

一开始我装死，反正不给开门，但按门铃的人特别坚持，足足按了十分钟都没有放弃的意思。

没办法，我只得穿着裤衩去开门，门刚开，叶子就闪了进来，瞪了我一眼，说："懒猪，都几点了还睡？"然后把手中的鸡蛋灌饼和豆浆递给我，"快吃吧，还热着呢！"

我接过，重新缩回被子里，伸着头把早饭吃了，打了个饱嗝，然后继续美美地睡觉。

叶子也不管我，先是玩了会电脑上的小游戏，然后趴在阳台的窗沿上抽烟，接着又躺在沙发上发了半天呆。看我始终不闻不问，最后干脆脱了衣服钻进我被窝，抱怨说："我也睡会儿，真讨厌。"

她的发香让我的床变得生动起来，我们相拥而眠，一直睡到下午三点才醒过来，叶子给我煮了包泡面，我们分而食之，然后继续睡觉，晚上六点起床，我送她到公交车站。

路上我给她买了包糖炒栗子，等车时我俩合力吃掉大半包，栗子壳扔满一地，行人纷纷对我们怒目而视，我和叶子则哈哈大笑，不理不睬。车来时，叶子在我脸上重重吻了下，然后跳上车，朝我挥挥手，我则等车消失后慢悠悠回家。

一天就这样过去了，真好！

第九章

叶
子

我们内心犹疑，彼此安慰，
蜷缩在这个城市的角落相依为命，我们不是彼此的伤口，
也不是彼此的解药，我们曾经相遇相伴，却注定错过离开，
所有短暂的温存都会灰飞烟灭，并且一辈子都不再相见。

RHYTHM OF LOVE.

1

日子波澜不惊地慢慢往前走着，叶子每天都会准时过来，准时离开，每天我们一起做的事大体差不多，聊天、抽烟、看碟、睡觉、打游戏。

我们从来不逛街，我们也从来不吵架，这种生活本来无聊至极，但谁都没觉得厌倦，特别是叶子，仿佛越过越开心，从她脸上明媚的笑容就看得出。那我呢？本来对生活就没什么太多想法，有个人陪我总比一个人发呆好。

我和叶子聊天的内容非常广泛，天文地理、娱乐八卦，什么都说，百无禁忌。

除了爱情。

好几次叶子想和我探讨探讨情感问题，都被我硬生生挡了回去。

叶子问我为什么不能谈，我说我就是讨厌和别人谈情说爱，因为一切都是虚无，说了也是白说，还不如不说。

看叶子依然不放弃，总是千方百计从我口中试探对她到底有没有感情，我实在拗不过，就问她："你和我在一起快乐吗？"

叶子说："当然快乐了，否则我干吗天天大老远地从浦东跑到你家？"

我说："我们之所以会快乐，是因为我们关系够简单，如果我们把简单的关系弄复杂了，那么我们就不会快乐了。爱情只会让我们更复杂，让我们不快乐，所以，我们不需要爱情，只需要快乐，你明白吗？"

叶子说她明白，她什么都明白，我的这些观点她三年前就彻头彻尾地想明白了，可是只要和我在一起，她就是忍不住想问。她也不知道为什么会忍不住，只觉得每当想起我，心就有点疼，眼睛有点酸，想哭。

叶子的话多少让我有点难受，不过我很快就删除了这种情绪。为别人伤心是可耻的，我告诉自己千万不能再感情丰富，更不能自以为是，否则害人害己。所以每每叶子如此说的时候，我都板着脸，装作很不开心。

而如果她再坚持，我就会告诉她："你之所以总想和我探讨感情问题，绝不是因为你对我有感情，只是因为我和你以前交往的男人不一样，我从来不对你流露感情，所以你会觉得很失落，心有不甘，你想努力证明点什么。如果一旦我对你说喜欢你，你反而会不在乎。也就是说，你之所以会坚持问我到底对你有没有感情，只是源自你的占有欲，和感情本身毫无关系。"

在一个自私的人眼中整个世界都是自私的，我一点都不认为自己的观点是错的，反而以我的巧舌如簧而沾沾自喜，面对很多充满危险的问题，我终于找到了合适的方式与之相处，不能不说是一种进步。

2

我也曾问过叶子，为什么每天都要过来？为什么我对她不冷不热也毫不介意？为什么我从不和她逛街甚至从不和她谈情说爱，她还会那么坚持？真的是这样的生活太美好，还是我们的人生很寂寥？

对于我的疑问，叶子笃定地回答："其实，原因很简单，因为我觉得，我们是同一种人，和你在一起我的心特别安静，什么都不怕。"

叶子的回答多少出乎我的意料，我都这样了，她竟然还有安全感，那得什么样的人做什么样的事，才会将她真正伤害？

"苏扬，其实你是个好人，很简单，甚至很可爱。"叶子看着我的眼睛，一字一字地说，"你的很多话不过是你刻意的伪装，你害怕了，又不知道如何面对，所以给自己找的借口而已。"

我的心里一阵发毛，嘴上还故作轻松地说："哈，你批评过我，不要轻易说自己懂一个女人，现在我把这句话送回给你。"

叶子没有回避，她轻挑着眉毛："可以啊，我不敢说我了解男人，但我知道我了解你。"

"为什么？"

"因为，本质上，我们是同一种人吧。"

"哪种人？"

"简单，善良，受过伤，所以拼命想把自己伪装得很坚强。害怕寂寞，所以总是渴望有人可以安慰自己，却又害怕付出，害怕又是一场新的沉沦。"

"你……说得挺好的。那你为什么还这样主动？"

"总要有一个人主动的吧，生活不能永远只有害怕。你相不相信，真正遇到事了，女人其实比男人更勇敢。"

"我发现了。"我点点头，"看来我真的还很不懂女人。"

叶子笑着抱着我："就是因为你不懂，所以你才可爱啊！"

"夸我，还是损我？"

"随便，就看你怎么理解咯。"叶子的眼神明亮了起来，"反正我知道你是不会轻易改变的，所以我也不会改变，在一切发生真正改变之前，我们就这样做自己认为对的事，挺好的。"

"真正改变？"

"对呀！就是你我都控制不了的改变。"叶子仿佛对我的疑问很惊讶，很认真地回答，"生活本来就不可能一成不变的呀，你该不会想我们一辈子都这样下去吧，这算什么呢？恋人？情人？还是炮友？不会的，迟早会变的。"

"嗯，到时候，你会离开？"

"当然，我不走，你也会赶我走。"

"真不晓得那一天什么时候会到来。"

"或许明天，或许明年，或许在我离开你前，你就会离开我，谁知道呢！"叶子开始轻轻吻我，"所以我们干脆什么都不要想，珍惜当下，及时行乐，这是你告诉我的呀，你忘了吗？"

3

尽管我们都是那么聪明，知道分别是注定的宿命，却怎么也没想到那一天会来得那么快，那么突然。

一星期后的一天，叶子来得很晚，并且破例没回家，她说心情很不好，想在我身边多待一会儿。

我当然不会过问什么原因让她不开心，只是提议可以喝点酒，因为一醉解千愁。

叶子欣然接受，让我多买几瓶，她要一醉方休。

一瞬间，我再次想到了何诗诗，想起那个疯狂的夜。

我很快点了外卖和啤酒，然后给叶子倒满，举杯，"叶子，我不知道发生了什么，也不想知道。但我希望你能够快点走出来，这是我真心想说的，我先干为敬。"说完我将满满一大杯啤酒饮尽。

叶子轻声说谢谢，然后也喝了满满一大杯。

有了酒，人就会精神，叶子越喝眼睛越亮，我真不知道她竟然这么能喝，而且感觉很轻松。

就这样，你一杯，我一杯，竟然有点拼酒的意思。最后我实在招架不住，只能坐地求饶。

叶子咬着牙说："其实我很少喝酒，也根本不能喝，但是我比你更能忍。"

我摇摇头，表示不相信。

结果叶子突然冲到洗手间，然后"哇"的一声，翻天覆地地呕吐了起来。过了好半天她才从里面出来，抹着嘴，苦笑："看，我说得没错吧，你真的不懂女人。"

我知道她已经喝多了，所以也不争辩，给她倒了杯热水。

叶子紧紧握住水杯，看着我，过了好半天，突然说："苏扬，虽然你一直回避自己的过去，但现在，我想把我的故事讲给你听，可以吗？"

4

其实第一次见叶子，我就知道这个女孩肯定有着复杂的情感经历。在一起的这段日子，她也不止一次想讲给我听，都被我无情拒绝，因为我既没有分享自己过去的勇气，也没有分担他人曾经的能力。

每一种，对我来说都是负担。

只是这一次，我实在做不到拒绝。于是点点头，并轻轻将她拥入怀中。

"谢谢你。"叶子找到了一个舒服的姿势，看着面前的白墙，然后开始慢慢诉说——

"我差点就结婚了，去年，就差一点点。那个男的和你一样高大，开酒吧，很帅，家里也有钱，追了我半年我才做他女朋友，恋爱后我课也不上了，晚上就住在他的酒吧，白天睡觉，我们偶尔也会开车出去旅游，那段日子可真开心啊！

"就这样过了半年，我毕业那天，他突然向我求婚，说会给我一辈子幸福。我好惊喜，想也没想就答应了他，戴上了他给我买的钻戒。可就在我铁了心跟着他时，突然有个女人找到我，说她才是他女朋友，我不过是个卑贱的小三。她让我从他身边滚开，我很生气，就和这个女人打了起来，结果把这个女孩打昏了过去，送到医院抢救了半天。呵呵，想想那个时候的我真狠，心里什么都不怕，就怕自己的东西被别人抢走。

"打完这个女孩我立即去找我男友，要问个明白，我男友说那个人是疯子，他们早分手了，让我千万不要误会。他说得很诚恳，从他的眼神中，我知道他没有撒谎，真的，我相信我的直觉。可是我依然很生气，觉得我的爱被玷污了，所以我没有给他任何再解释的机会，当着他父母的面抽了他两耳光，然后说分手。我不知道为什么我会那么绝情。其实那时我已经怀孕了，本来打算和我男朋友结婚后就把小孩生下来的，可现在一切都毁了，我只能一个人到医院把肚子里的小孩打掉。

"我哭了好久，不吃不喝一个多星期，还自杀了好几次，可每次都被家里人发现，怎么死都死不掉。那个男的后来天天来找我，每次都痛哭流涕向我忏悔，请求我原谅，发誓说真的很爱我，我相信，也知道是真的，只要我点头，一切都可以从头开始，可不知道为什么，我就是不想原谅他，也不想给自己机会。那种心情特别像自虐，不疯魔，不成活的那种。

"我以为，只要我这样坚持下去，就一定能够让他死心，结果没有，他变得更加极端，没日没夜地守候在我家门口，怎么赶都赶不走。我只好换其他的办法，比如随便带个男生回家，说是我的新男友，我看着他被揍倒在地上，浑身是伤。我的心在流血，可嘴上还是在嘲笑。我告诉他其实一直以来我就是玩玩而已，我那么小怎么可能结婚呢？我连我们的孩子都可以不要，我还有什么是不能舍弃的？看得出来那一刻他是多么绝望，他爬了起来，告诉我，他恨我，然后转身就走。

"后来他去了广州，那个被我打的女孩也跟了过去，他们又和好了，并且在今年国庆时结了婚，我还去参加了他们的婚礼。直到那个时候，我才发现，原来自己真正爱的人还是他，正是因为我太爱他了，所以我才拼命折磨他，却没想到伤害他的同时，其实也是对自己最狠毒的报复。"

5

叶子讲完后，看着我，仿佛在期待我的感受。

我却只是问："今天他又联系你了吧？"

叶子笑了，说不清楚那笑的意味，她点点头，眼神变得更加空洞，连声音也悠远起来。

"是啊，他又来找我了，给我打了好长时间的电话，说他婚后特别不开心，说他还爱我，只有和我在一起的时候才是真正的幸福。他说了好多好多，我以为我根本不会听，我以为我会在电话里将他臭骂一顿。可是我竟然没有，我竟然安静地听完，竟然担心他关心他，竟然对他的话心动。我想既然我还忘不了他，他也还爱着我，为什么我们不能重新开始？为什么不？"

"对啊，为什么不？"

叶子的表情突然变得极其痛苦，眼泪直到此时才真的流了下来，"我也不知道，我好像什么都想明白了，却又什么都不懂，我觉得我什么都没有变，可是我又明明变了很多，我以为我依然什么都不在乎，可是心里有了其他牵挂，我真的不知道自己究竟应该怎么做。"

"真不知道你有什么可纠结的。"我故作轻松地说，"你爱的人也还爱着你，你等的人一直也在等你，多好，是不是？肯定得好好把握！"

"你的意思是……"

"说得还不够明白吗？我觉得你现在什么也别怕，就跟着自己的内心走，勇敢一点。你就应该让他离婚，然后你俩重新开始，好好相爱。当然了，他不离婚其实也不妨碍什么。"

叶子直直盯着我："苏扬，你真是这么想的？"

"不然呢？"我被叶子看得有点发怵，赶紧转过头避开她的眼神。

"你……想放弃我了？"

"不能这么说吧，本来也没有拥有过。"我的内心深处涌上一股悲凉，"我们终究只是彼此人生的过客，终究只能给对方安慰和祝福。"

"你会祝福我吗？"

"当然，祝福你。"我深呼吸了一口气，勇敢地看着叶子，认真说，"祝你幸福。祝你永远不要再被人伤害，祝你和你未来的男朋友可以白头到老，海枯石烂。"

叶子的眼泪汹涌而出："苏扬，谢谢你。"

"不客气，举手之劳，如果你还需要，我可以一直祝福下去。"

"谢谢，不用了，足够了，我好开心，苏扬，知道吗？和你在一起的这些日子，是我有生以来最平静的日子，我会永远记得你的，真的，我永远都不会忘记，永远都没法忘记。"叶子喃喃自语，边说边紧紧抱着我，一个字一个字很认真地说，"请你以后也要照顾好自己，别总熬夜，到饭点就吃饭，还有，少抽烟，少喝酒，不要总是愤世嫉俗，其实你的内心真的很好很善良，你会找到你爱的那个女孩，你会和她一起过上幸福的生活，相信我，你不要总是去怀疑，去否定，你要去相信，我们都应该去相信，相信我们的未来是可以幸福的。苏扬，请你相信，求求你了……"

说完，她的眼泪几乎将我胸口淹没。

我不再言语，因为已经丧失了表达的能力，我不知道我到底可以说些什么，事实证明了我所有的悲观不是杞人忧天，可这些话又分明将我深深感动。我能做的只是深深吻着这个女孩，此时此刻，她如此真切，她的温度，她的眼泪，她的祝福，她那柔顺的长发，她柔软的身体。我们内心犹疑，彼此安慰，蜷缩在这个城市的角落相依为命，我们不是彼此的伤口，也不是彼此的解药，我们曾经相遇相伴，却注定错过离开，所有短暂的温存都会灰飞烟灭，并且一辈子都不再相见。

这个城市说大不大，说小不小，上千万人口演出一场戏，你我都是配角，舞台上无法相见，实在正常。我无意将这样的场景描述得足够凄凉，而且对于这种结局，早就心知肚明，这样的故事也数次在我生命中上演，这一次，我依然猜中了开头，也猜中了结局，我究竟是该庆幸我没有付出更多，还是悲叹我没有努力争取？

而下一次，是否依旧如此？不上不下，不死不活，不付出，不争取，不拒绝，不相信，不负责。

6

我以为，这个世界上，有太多的人都生活在过去的故事中，因为无法有效遗忘，所以越活越累，犹如一台计算机，运行时间越长，垃圾文件就越多，机器也越跑越慢，为了提高速度，就要做碎片整理，把垃圾文件删除。

人也一样，我们需要回忆，我们更需要遗忘，如果能把过去的困难、沉重、泪水、虚情假意、背叛、陷害、无耻等一系列的垃圾文件全都遗忘，那么我们谁都可以活得很滋润。

我一直坚信着一个观点，这世界上有三样东西永远有市场，一种是忘情水，一种是孟婆汤，还有一种是名叫醉生梦死的酒。

7

就这样，这个叫叶子的女孩，突然闯进我的生活，又突然离开，前后不过一个多月。

这一个多月好像很长很长，又好像须臾之间。我们好像做了很多很多事，又好像什么都没做。

还记得有一天，在叶子强烈要求下，我陪她去了趟城隍庙，烧香拜了菩萨。许愿时叶子双目紧闭，嘴中念念有词，许愿完毕后她面目含笑，心满意足。我问她对神仙说了什么，她摇头不答，然后拉我到城隍庙附近的福佑小商品市场购物。

在犹如迷宫般的小商品市场里，叶子拉着我的手，东奔西走，游荡了半天，最终买回两只花花绿绿的碗，两双黑不溜秋的筷子。叶子说很喜欢这几样东西，我表示不能理解，她也不解释，只让我买下便是，若我不乐意，她自己掏钱，但一定要放到我家。我拗不过她，只得照办，叶子高兴地在我脸上亲了一下，说："有你真好。"

那一刻，夕阳西下，晚霞无限，我的内心突然升腾起一丝甜蜜温暖，迅速游遍全身。

回去的车上，叶子将头倾斜在我的肩膀上，睡着了。我透过玻璃，冷冷地看着这个世界，穿着大衣迅速行走的路人，在外滩接吻的小孩，在外白渡桥头飞翔的白鸽，在金茂大厦八十八层艰难地编织着网的蜘蛛，一只受了惊吓的黑猫正在四川北路上逃亡，浑浊的苏州河水正静静流淌，不远处的黄浦江上航船阵阵嘶鸣，突兀的东方明珠在东风中尽显寂寞，我身边有一个女孩，还有即将逝去的 2008 年。

说起来，那也是我和叶子并不长的相处中，最接近爱情的一次体验。

8

大概是叶子离开我后的第十天，一个广东读者千里迢迢来到上海，在我家住了几天，她说她很喜欢我的文字，想给我生个儿子。

别惊讶，这是真的，骗你是孙子。

也真奇怪，我没出一本书，也就是在一些杂志上发表了些无病呻吟的作品，结果喜欢的人还真不少。比如说这个女孩，无意中在一本青年文学刊物上看了我一篇名叫《情人》的小说后，认为我很有智慧和情怀，加上看到了封面上我的一张 PS 过的照片，觉得特有男人魅力，顿时下定决心要和我谈恋爱，哪怕万水千山，也不能阻挡她仰慕我的脚步。

只是小姑娘倒也识相，知道爱情是勉强不来的，但做爱还是可以勉强得来的，甚至根本不需要勉强，因此她考虑到即使没法和我谈恋爱，好歹也要和我上床。用她的话说便是，我要给你生个儿子，让他继承你的傲世才华。

对于这个要求，我显然没有理由拒绝，虽然这个广东姑娘的脸蛋长得比较着急，但身材很是玲珑，颇有几分味道。在我家的几天，我们一起买菜、做饭，像对真正的恋人，因为没有压力也没有感情，所以我觉得很自然，也很开心。她也是，她曾流着泪告诉我，即使马上死去，她短暂的生命也会因为这几天而变得非常美丽。

这个广东女孩在我家待了一个多星期后就走了，果真一干二净。等她走后，我回头思考这件事情，才感到有点不可思议，觉得有点像做梦。

这件事给我的另外一个感触就是，我们真正需要的其实只是一个可以依赖的对象吗？比如叶子以前依赖我，后来找到了新男友，就忘了我，我难受，可有了新人，也就没什么想法了。

想到这里，我更加为当初没和叶子讨论太多感情问题深感自豪，如果一开始，我们忘乎所以互诉衷肠，现在又是这副模样，岂非太讽刺了吗？

我为我的聪慧而沾沾自喜。

9

广东读者走后没多久就过年了，随着几声稀疏凌乱的鞭炮声响彻天空，时间来到新的篇章。最后一天从早到晚，我坐在电脑前好几个小时，试图写下点什么，发现一切都是徒劳。细细回想这一年，能够记起来的内容居然很少，这充分喻示了我的可怜。

我抽着烟，在街上游走，看行人木然走过，看烟花在天空绽放，看小孩嘻嘻哈哈，看老人步履蹒跚，看世界万物生机盎然。

夜幕最终降临，我决定停止回望，将剩余的激情和勇气用来期盼来年有所变化，这个想法很快让我感到开心。

可是，来年会有变化吗？还是会一成不变？

既然我们选择了不相信，我们又有什么理由要求生活改变？

10

春节后我生了一场不重却很拖沓的病，先是感冒后是头痛最后疯狂拉肚子，全身虚脱得如死去一样——躺在床上，我真的担心自己就这样不明不白地离开人世，没人知道我此刻有多么痛苦，也没有人在乎我是生是死，我感到了前所未有的恐惧。我把所有灯都打开，电视也打开，电脑里放着最喧嚣的歌曲，以此来驱逐内心的恐惧。

大半个月后我的病才算痊愈，不过病好了也没地方去，只能上网，QQ上好友几百人，却没有一个人可以说话，仿佛大家都很忙。我一生气，删掉一大批人，又不停加新的好友，只要头像是女的就加，加好了就发：你好，可以聊聊吗？

大多数都不予理会，有几个说：聊屁，我他妈也是男人。

而为数不多正常的人虽然可以聊上几句，但很快又觉得索然无味，只能放弃。

寂寞犹如病毒，渗透到灵魂深处，吞噬着我的肉，我的骨。

我想大吼，我想奔跑，我想出走，我想流泪，我想反抗，我想和这个糟透的世界对抗，但首先要把更加糟烂的自我灭亡。

　　我的生活到底怎么了？我前所未有地痛恨自己。

　　我内心虽然翻江倒海，外表却异常平静，像一摊鼻涕瘫倒在椅子上，歪着脖子，盯着屏幕，麻木地移动着鼠标，加人，删人，打发煎熬的时光，直到最后麻木不仁地睡去。

第十章

宠
爱

我们在彼此人生特殊的阶段萍水相逢，情投意合，

给予了对方那么多简单快乐，实属难得，

本该点到为止，可我们是人，

没法做到真正的无动于衷，欲望则更加覆水难收。

RHYTHM OF LOVE.

1

时间终于来到了 2009 年 4 月，真正的改变也来自 4 月。

首先就是《那时年少》的出版事宜有了进展，李姐在消失了小半年后再次出现，并且信誓旦旦地说书已经进入编校流程，再过两三个月一定可以出版发行——哀莫大于心死，对此我本已不抱任何希望，所以姑且再当真一次，反正也没有什么损失。

另外就是消失更久的顾飞飞竟然和我联系了，这多少让我感到惊喜。

顾飞飞是我的大学同学，也曾是我最好的兄弟之一，只是他后来搬出了宿舍，也不怎么来上课，交流一下子少了很多，毕业后更是绝少联系，只知道他混迹时尚圈，成了一个业内颇有名气的化妆师。这几年我曾经尝试着联系过他几次，想约出来喝茶叙旧，但电话打过去他永远在忙。一开始我还觉得很遗憾，总试图挽留点什么，但慢慢也就变得无所谓。

　　包括老马，虽然现在我们依然是好兄弟，但很有可能有一天我们就永远都不联系，在我的心底，已经为最终的分离做好了准备。

　　人生很短，岁月很长，友情和爱情一样，都没那么坚强，都是说忘就能忘，说放就能放。

2

　　还是先说说顾飞飞吧，借以怀念下曾经美好的青葱岁月，年少时光。

　　顾飞飞和我在同一个寝室睡了两年多，一起光屁股洗澡，一起大声谈女人。他一切表现正常，和我们一帮糙爷们别无二样。直到大三，我才知道这厮原来是个"同志"。

　　是他自己告诉我的，如果他不说，很可能这辈子我都无从知晓，虽然说或不说对我而言，都不重要。

　　2003年春节过后我们回到学校，每个人似乎都胖了一圈，这对我而言根本算不上什么，但顾飞飞却特别受不了，一天到晚在我耳边嚷嚷着要减肥，说嫌自己大腿太粗，小腿太胖，这两块地方的赘肉成天让他意乱心慌，欲除之而后快。

　　顾飞飞让我陪他一起跑步，我反正闲得无聊，自然答应，从此每天晚上八点，我们都要到操场上跑圈，一跑就是两个钟头，跑着跑着，友情就越来越坚实，到了无话不说的地步。一天晚上，顾飞飞似乎心情很不错，不但多跑了两圈，还意犹未尽地拉着我到草坪上坐下，说要聊聊天。而他开口的第一句话就是："苏扬，知道吗？我其实不喜欢女生。"

　　"是吗，你小子掩藏得够好啊！"我内心无比慌张，却缓缓应答，尽量语气平淡，"可是为什么要告诉我？"

"因为觉得你和其他人不太一样。具体我也说不上来，就是直觉，我的直觉一向很准。"

"是吗……谢谢你！"我突然有点感动，真的，从小到大我朋友本来就不多，愿意相信我的更少，我一直以为我并不在乎，但看到他真挚的眼神时，心里满满都是温暖。

"我明白，怎么说呢，谢谢你信任我。"我伸出手，在他肩上拍了拍，"再跑会儿吧。"

那一天我们跑了很久很久，仿佛永远都不会疲惫。我以为经过此事我和顾飞飞的关系会更进一层，结果第二天一切照常，顾飞飞仿佛什么事都没发生一样。大三快结束时，他突然从宿舍搬了出去，据我所知，他是和新交往的恋人在外面同居了，说起来，顾飞飞算是我们一帮兄弟中，最早拥抱爱情的那个人，只是不知道现在两人感情如何，从种种迹象判断，应该早已劳燕分飞。看来爱情这东西，不管男女，还是男男，只要当真，肯定玩完。

3

我打开顾飞飞的短信，上面写着：苏扬，好久不见，今晚八点，淮海路四丁目，我组织了一场主题聚会，你有空过来一起玩。

对于这条短信，我情绪复杂，我想，他们聚会我凑什么热闹？本想拒绝，但转念一想现在每天度日如年，实在无聊，能有个地方打发时间就很好。再说了，多了解一下别样的生活，对自己的创作或许还有好处，于是便答应了下来。

晚上我准时抵达那家名叫四丁目的酒吧，来之前我还特地做了点功课，才知道这是上海著名的同性酒吧。从外面看上去平淡无奇，走进去才发现别有洞天。整个酒吧里充满了暗紫色的光影以及蛊惑销魂的音乐，穿着奇特的年轻男子们来回穿梭，氛围异常暧昧。一排排半人高的木板将空间划分成若干不规则的开放式小包间，正中央有一个百十来平方米的舞台，上边有支乐队正在演奏。除了没女生，其他看上去倒也正常。

顾飞飞和四五个衣着鲜亮的年轻男子坐在最里面的包间里，见我到了，那帮人纷纷发出刺耳的尖叫。顾飞飞上前和我热烈拥抱，我勉为其难接受，有几个家伙也试图和我如此亲热，被我毫不犹豫地推开了。

包间正中央的木头桌上摆满了洋酒，看样子又要进行一场豪饮。坐定后顾飞飞先做了介绍，然后他的朋友们一个个上来敬酒。可能是因为太紧张，我那天状态明显不好，很快就头昏脑涨。我悄悄问顾飞飞叫我来是不是有事，顾飞飞边喝边摇头，就说知道我现在是作家，想让我感受感受他们的生活，如果可以，能够通过文字为他们发发声。说话时一个矮个儿男人竟然把手放到了我的腿上，说我看上去很有力量。我赶紧解释说我和你们不一样，结果那哥们嘻嘻一笑："说你不试试又怎么知道？"吓得我内心直发毛，越发觉得和这些人在一起实在太无聊。

我借口说上厕所，然后赶紧往酒吧门口走去。就在快出去的时候，突然看到一个女孩怯生生走了进来，这让我多少觉得奇怪，当灯光照到她脸上时，我更是惊得灵魂出窍，这个女孩的眼角眉梢，竟然像极了何诗诗。

4

我不由自主地放慢了脚步，傻傻地看着这女孩。女孩很快也意识到了我的目光，她转向我，我正犹疑着是走还是留，女孩只是顿了顿，竟然径直向我走来。那一瞬间，时光仿佛倒流，虽然我明明知道她不可能是何诗诗，可还是百感交集，脚下犹如生根，再也迈不动半步。

女孩慢慢地走到我的面前，停了下来。像，从容颜到气质，都像。

女孩看着我，也不说话，看得出来她似乎也在犹豫着什么。

就这样，我看着女孩，女孩也看着我。

女孩突然微微一笑，认真对我说："你不要怕！我不是坏人。"

我也笑了，何诗诗肯定是不会这样说话的，看得出来，这个女孩挺单纯。

于是我也装作很认真地对她说："不是坏人你来这里？你怎么证明？"

女孩的手在袋子里摸了半天，掏出一张工作证，递给我："看吧。"

我接过，原来是沪上一家电台的实习记者。

女孩得意地说："这下放心了吧。没想到你们这种人真够多疑的。"

我知道女孩肯定误会我了，不过也不想着急解释，于是故意装作很警惕："你是记者？你到底想干吗？"

女孩立即用指头做出了个"嘘"的手势，神情紧张地看了看四周，"你小声点，我真的没有恶意的，我们台想做一个上海同志生存状态的报道，所以我来这里实地调查。"

看我没有拒绝，女孩赶紧说："这样好了，要是可以的话，我们一起聊会儿天，我请客哦！"

5

十分钟后，我和女孩来到附近的一家清吧。女孩对我愿意接受她的采访感到很开心，说这是她第一次外出考察，没想到还挺顺利，看来是遇到了好人。

我有想过将女孩介绍给顾飞飞，他不正好要找人为他们这个群体发声吗？可是想了想，还是放弃了，这个女孩看上去咋咋呼呼的，别两头最后都不舒服。

坐定后，女孩掏出笔和纸，一脸严肃地对我说："好了，我们可以开始了。"

"开始什么？"

"采访啊，我有好多问题的。"

"谁说答应你采访了？"

"啊！"女孩一下子急了，"你这人怎么可以这样？我咖啡都给你点了，你都喝两口了。"

女孩的样子让我实在忍俊不禁，于是笑了起来，轻轻地摇了摇头。

女孩以为我仍在拒绝呢，滔滔不绝地说了起来："其实你们同志不应该采取如此对立的姿态，社会并不是你们想象中的那么狭隘，你们应该积极一点，自信一点。"

我叹了口气："你说得挺好，不过拜托你下次采访前先搞清楚点。不好意思啊，我不是你要找的采访对象。"

"你说你不是……"

"嗯。"我点点头。

"可是，你刚刚明明就在那里。"

"在那里就一定是同志吗？你不也在那里吗？"

"可是我是女生。"

"对啊，你是女生都可以去，为什么我不是同志就不能去呢？"

"哦。"女孩泄气了，"也是哦。"眼睛突然又一亮，"不对，你肯定是在骗我，如果你不是，你为什么愿意和我出来？你肯定还是不放心。"

"我想免费喝杯咖啡不行吗？"说完又端起咖啡美美地喝了一口，"别说，免费的就是味道不一样。"

"哎！你这人……怎么可以这样？"女孩别过头，胸口剧烈地起伏着，显然真生气了。

我突然有点于心不忍，于是对她说："好了，我虽然不是，不过我确实有朋友是，这样吧，有机会我给你们介绍一下，到时候你可以好好采访采访他们。"

"真的？"女孩又看我，大眼珠转来转去。

"爱信不信！"我调侃，"就你这样，采访不采访其实都一样，没戏！"

"你是在嘲讽我吗？"

"不然呢？"我冷笑，"你要这都能听成赞美，我也没办法。"

女孩突然长叹了口气："看来师父说的是对的，社会真复杂。"

"所以，还是好好珍惜你的学生时光吧，这么早出来实习干吗？以后有的是时间让你工作。"我站了起来，"不早了，我得回去了。"

"别走啊！"女孩竟然拉住我的衣角，"你真的还会给我介绍他们吗？"

我想了想，把手机号码给了女孩："你好好准备，觉得差不多了再联系我吧。"

"一言为定，驷马难追，说话不算数是小狗。"女孩伸出手，竟然要和我拉钩。

我又叹了口气，这个傻丫头，虽然长得那么像何诗诗，但性格竟然截然相反，真是挺有意思的。

可是，我竟然还是答应了她幼稚的请求，我伸出小拇指头，和女孩拉了拉钩，定下我们之间的第一个承诺。

"对了，我叫李楚楚，认识你很高兴。"女孩在我身后很高兴地挥手，"我会给你打电话，一定的，你等着我。"

6

4月底，我随一干上海写作的朋友，应邀到浙江一所民办大学，参加了个青年文学研讨会。那所大学什么都没有，就是傻有钱，也不考证我们身份真假，只要有人过去就OK，住的是五星酒店，顿顿好酒好菜，尽情招待。

所谓研讨会，其实和开茶话会差不多，十几个人围着一个傻拉巴唧的主持人，然后回答他提出的一个比一个傻的问题。现场除了我们这帮所谓的青年作家外，还坐着几个下巴连胡须都没有的老头，据说都是文化名人，有吉尼斯世界纪录认证的那种。我很纳闷，既然都这么有名了，为啥此前从来都没听说过呢？后来一想明白了，敢情这帮老先生也和我差不多，都是滥竽充数的家伙，过来骗吃骗喝的。

总之，一大帮人坐在那里，像模像样地说着一些貌似和文学相关的事，讨论得还特热烈，挺像回事，最后十几个人很是庄严地在一张红纸上签了名，算是达成一项共识，至此，文学研讨会圆满落幕。

活动之余，我们总是三五成群，外衣披在肩膀上，在那所民办大学里到处游荡。如果你看过周星驰的《唐伯虎点秋香》，你肯定记得"江南四大才子"那副德行，基本上，就是我们当时的模样。

7

从浙江回来，我强烈意识到，面对生活，我不能再如此坐以待毙，我必须有所反击。

我决定开始创作新的长篇，并为之取名为"毕业了我们一无所有"，于此我深有感受，自信能够为每年数百万毕业就失业的朋友代言。

这个信念让我多少获得了力量，从此每天不再四处瞎游荡，起床后就坐在电脑前，开始将人物和情节好好酝酿。

因为怕被干扰，写作时，手机永远关机，隔断和外界的一切联系。

开始几天状态并不好，写了又删，删了再写，几乎毫无进展，好几次郁闷地将电脑重重摔到一边，委屈得想流泪。如果是以往，估计早就放弃了，这次却等冷静后一声叹息，然后开机，继续。

慢慢地，感觉开始回归，马平志、李庄明、张胜利，这些少年纷纷跃然纸上，上演着他们的青春和梦想、荒诞与悲伤。

对了，我给女主角取名为白晶晶，她成熟却纯真，美丽又本分，是我理想中最完美的女性。

至于男主角，我留了私心，他也叫苏扬，在这部小说里，他将实现我未尽的理想。

8

随着《毕业了，我们一无所有》的创作渐入佳境，我的心情也越发明朗。一天思如泉涌，中午起床后一直灵感不断，到傍晚已经写了小一万字，而且没有废稿，这让我很是满足。

我决定犒劳一下自己，哼着歌来到附近的一家小酒馆，叫了几份最爱吃的小炒，外加两瓶啤酒。突然想起手机还关着，赶紧开机，结果电话立即就进来了。

话筒里传来一个很好听的女孩声音，似曾相识："请问是苏扬吗？"

因为心情好，我愿意和她扯扯淡："我说你给我打电话，还不知道我是谁？"

"哈哈，你是苏扬。"女孩突然笃定起来，"你说话总是这么贱贱的！"

晕，这也可以！

"苏扬你好，我是李楚楚啊，你还记得吗？"

李楚楚？我蒙了一会儿，反应过来是那晚在酒吧遇到的傻姑娘。

"你终于接电话啦，这几天我一直给你打电话，总是打不通，我还以为你给我的是假号码呢。"李楚楚似乎很高兴，"我说过我会找你的，我这次真的准备好了。"

"什么准备好了？"

"采访你们啊，我师父都说我这次的问题很扎实呢，你们什么时候有空？"

"哦，那我帮你问问。"我刚准备挂电话，突然心头一亮，"你现在在哪儿呢？"

半小时后，李楚楚再次出现在我面前，这次她扎着马尾辫，素颜，完全一副学生的模样。

依然很像何诗诗，虽然她俩的性格实在大相径庭。

"够快的啊！"我很高兴她能立即出来，给她倒了杯酒。

"我家不远的，正好今天我回家。"李楚楚将酒杯推到一边，"别给我倒，我从不喝酒。"

"哦，不能喝。"

"谁说的？我酒量可大了，我爸从小就给我喝，早练出来了。"李楚楚一脸无邪，"只是不愿意喝。"

"为什么呀？"

"我爸说了，不能随便和男生喝酒，特别是陌生男的，有危险。"

"嘿，咱不都见第二回了吗？"

"那也不能喝，我就喝点热水吧。"

"行，还给我省酒钱了，你爸可真好。"我叫服务员倒水，然后瞅着她，"我说你别愣着，吃点菜总可以吧。"

"这个可以有。"李楚楚美滋滋地夹着菜，"其实我也不是不敢喝，我一看你就不是坏人，只是我这几天不方便。"

"生理期？"

"嗯，我反应很大的，特别疼，简直要晕过去的那种。"

"晕，这你都说。"

"这有什么啊，我都说了，你不像坏人。"李楚楚吃了一点点，筷子就搁下了，"饱了！"

"不会吧，这也太夸张了。还有好几个菜没上呢。"

"晚上不能多吃的，尤其女孩子，我爸说了，人如果控制不了自己，就没有资格去要求别人。"

"不是，我说你爸到底干吗的，怎么道理一套一套的。"

"我爸就是我爸啊！"李楚楚一脸无辜，"我当然要听我爸的话了。"

"得，你就告诉我，你爸没说啥吧，省得他老蹦出来。"

"讨厌！你还没告诉我你到底是干什么的呢。"

"我？如果我说我是作家，你信吗？"

李楚楚认真摇摇头，歪着脖子看着我："不像！"

"那我像什么？"

"像流氓，哈哈！"李楚楚突然笑了起来，整个容颜都变得明亮，"逗你的啦！其实你是什么人，我根本不关心，我只是有点好奇。"

"好奇什么？"我装作不耐烦，"是不是你爸又说什么了？"

"没有啦！好了，你答应我的事可不许抵赖。"

"知道了，要不要我现在就给他打电话？"

"等会儿再说吧，你还是先说你到底是干吗的吧。"

天哪，怎么又绕回来了，这姑娘都什么逻辑啊！

9

那天我和李楚楚有一搭没一搭地闲聊了很久，聊得挺开心。

我突然意识到我几乎从来没有这样轻松快乐地和一个女孩对过话，和何诗诗一起的时候没有，和叶子一起的时候也没有。这个刚和我见过两次的女孩，给了我前所未有的感受，那就是自在、随心。

李楚楚显然也很高兴，到最后竟然主动要求喝点啤酒。

我不让，说："你不生理期吗？"

结果李楚楚狡黠一笑："骗你的啦，已经结束了。"

我急了："嘿，你到底哪句话是真的，哪句话是假的？"

她更得意了："不告诉你。"

"你爸就没告诉过你，女孩不能撒谎吗？否则以后嫁不掉的。"

李楚楚瞪着大眼睛看着我："没说过啊，会吗？"

"当然了，谁会愿意和一个女骗子结婚？那得多危险啊！"

"我男朋友就愿意啊！"

"啊！"轮到我惊讶了，"你都有男朋友了？"

"干吗？不可以吗？"

"那你不早说，白白耽误我这么长时间。老板，买单！"我佯装要走。

"苏扬，你这人怎么这样啊！"

"哈，逗你的。"我掩盖内心一丝莫名的失落，"只是觉得你这样的姑娘竟然有人看上，挺不容易。"

"我怎么了我？告诉你，我和我男朋友都好七年了，我们是高中同学。"

"哟，早恋啊。"

"他追的我。"

"那你就同意了？"

"一开始也没有，后来看他对我很好，人也特别努力，就同意了。他现在在新加坡读研呢。"

"真行，还是异地恋。"

"他明年就回来了，到时候我们就结婚。"

"挺好，生活有计划。"

"当然得有计划啊，你呢？难道没有吗？"

"有啊，可惜，一个都没实现。"我起身买好单，"好了，不说了，时间不早了，走吧。"

"嗯！"李楚楚和我走出饭店，突然问，"怎么感觉你心情一下子不好了。"

"没有啊，我好得很呢！你在哪里坐车？我送你。"

"不用了，等会儿在车上我还要和我男朋友打电话呢，每天这个时候他都会打过来的。"

"干吗？查岗啊，有那么不放心吗？"

"当然不是了，就是习惯了。他很信任我的。"李楚楚对我挥手，"好了，你别忘了和你朋友联系采访的事哦。"

"知道了，放心吧，一有消息就联系你！"我也挥挥手，然后赶紧转身离开。

10

李楚楚走后我立即联系顾飞飞，将李楚楚的想法传达。顾飞飞一听是媒体，比较谨慎，说媒体向来信不过，要不还是算了。我说采访的人是我一个小妹妹，就当帮我一个忙吧。顾飞飞斟酌了会儿，答应了。

我将采访的时间地点发给李楚楚。

李楚楚一连给我发了好几个感谢，以及一个拥抱的符号。

看得出来她真的特别高兴，她发短信说，这个选题他们台里想做很久了，但一直找不到人愿意现身说法，要是这次她真给做成了，领导肯定会另眼相看，到时候她一定好好感谢我。

看着短信，我哑然失笑，觉得年轻真的挺好，虽然幼稚，但有干劲，关键是相信自己做的是对的，相信眼前的一切都是真的。

想想自己当年其实比她还要简单，也不知道什么时候，就变成了这副模样。

真希望这个叫李楚楚的姑娘可以一直不要变，一直不要受伤，哪怕永远傻傻的，也比受伤后变得城府世故要幸福。

尽管我也知道，谁都做不到。

可是，那个伤害她的人又会是谁呢？是她现在的男朋友，还是其他人？会是我吗？

11

在我的协调下，李楚楚对顾飞飞等人的采访按照计划有条不紊地进行，虽然中间发生了点小障碍，但也无伤大雅。最后双方都很满意，就期待文章发出来了。

结果，李楚楚洋洋洒洒写就的万字调查报告在经过总编修改后，完全变成另外一副模样。原来李楚楚秉承的客观、公正、合理、入情变成了讥讽、怀疑、否定，甚至攻击。

文章发表后，在社会上引起了不小的轰动，顾飞飞作为首个在媒体上公开出柜的同志，甚至遭到了人身威胁。

我看后完全傻了，知道连累了朋友，赶紧给顾飞飞打电话赔礼道歉。

顾飞飞倒很淡然，说习惯了，不怨别人，还是自己太天真，反过来安慰我，因为知道我没坏心。

这样一来我更加郁闷，不假思索又给李楚楚打了个电话，刚接通就劈头盖脸狠狠说了她一顿。

电话那头没有反驳也没有解释，只传来阵阵哭泣声。

"你倒是说话啊，哭有什么用？"

"对不起，苏扬，我知道现在说什么都没用了。"李楚楚边哭边说，"只是我真的也不想这样，我也不知道为什么会这样。"

"算了，你就是个实习生。"我心软了，"被人当枪使了，以后长点心就是了。"

"嗯嗯！"隔着电话我仿佛都能看到李楚楚不停地点头，"苏扬，我想请你吃饭给你赔礼道歉，可以吗？"

12

见面后，李楚楚还是一个劲哭，哭得梨花带雨，眼圈都哭肿了，可见她是真的伤心了。

我已经一点怒气都没有了，反而是心疼，赶紧安慰："别哭了，多大点事啊，至于吗？"

"是我把事情想得太简单了，我真愚蠢。"

"正常，谁都这么天真过。"我故作轻松状，"再说了，你能被人当枪使，证明你还有点价值。"

"讨厌！"李楚楚抬头看了我一眼，"你也遇到过吗？"

"比你这严重多了。"

"怎么了？"

"早都过去了，不想说了。"

"哦，那你真不怪我了？"

"主要是没用。"

"谢谢，那以后我们还是朋友吗？"

"这个很重要吗？"

"重要的，我觉得你很成熟，我喜欢和成熟的人交往。"

我笑了："敢情你把我当老师了？"

李楚楚也破涕为笑："人家好学不可以吗？"

"可以。那，这话可是你说的，以后我找你，你要随叫随到。"

"遵命！"李楚楚认真的样子特别可爱，"只要我有空。"

说完她又叹了口气："反正这个实习工作我也不干了，我还是老老实实回学校读书去。"

"对嘛！这才英明。你还要读多久？"

"明年这个时候研究生就毕业了。"

"不打算继续读博吗？哦，对了，明年你要结婚的，可是现在本科都能结婚了啊！"

"和那没关系，就是读烦了，以后有机会，倒是想出国再学点什么，不过那还早着呢——苏扬，你怎么又叹气啊？"

"没什么，就是想不明白，这国内好好的，怎么你们女的一个个都想出国，外面有那么好吗？"

"你……有朋友出国读书啦？"这丫头还挺贼。

我点点头："走了好几年了。"

"女的？"

我又点点头。

"你女朋友啊！"

我正色看着她："别想套我话，赶紧点菜，今天我要多吃点，给你点小惩罚。"

"哦。"李楚楚吐了吐舌头，"那么凶干吗？人家关心你才问的。"

13

随后的一个多月，我一边认真写作，一边和李楚楚闲聊天——有的时候会见面，有的时候在网上，有的时候就发短信，有的时候也会打电话，总之，那段时间我们真的交流挺频繁。

客观而言，我和李楚楚，于彼此世界出现，都意义重大。对我来说，能找个人说话，让生活显得不那么无聊就很快乐；对她而言，有人逗她开心，还能给她讲点人生道理，更是一种幸福。当然更重要的是，我们总是能聊到一起，总是可以表现出自己最真实的一面，不需要伪装，更不需要改变。虽然偶尔也会争执，但从来不觉得尴尬，反而越来越觉得有意思。

对，就是有意思，这其实是人和人交往时很难得的一种状态，无论男女都是一样。

李楚楚总是向我秀恩爱，讲述她和男朋友美好的过去，展望更美好的未来。正如你已经明白的那样，我对爱存疑，不但对自己的爱不心存期待，还看不得别人在爱中犯傻，特别是我眼中本来就挺傻的李楚楚。所以每每此时，我总情不自禁地打击她，成天给她讲罗密欧和朱丽叶、梁山伯与祝英台的故事，就是想让她明白她眼中的真爱其实是春梦一场，春梦了无痕，迟早一场空。

结果我的险恶用心每次都会遭到她严正指责，彼时我们的关系已经很好，所以她说话也越发没大没小："我说苏扬，你这人怎么就那么狭隘呢？自己没女朋友，还特见不得别人恩爱。"

"别，你千万别上纲上线，我还真没嫉妒到那份儿上，我就是特见不得你那傻样。"

"我乐意，管得着吗你？"

"真行，我告诉你，到时候你哭可千万别找我。"

"喊，谁会找你啊，那么变态。"

"哎，说什么呢？朋友归朋友，乱说我还是会打你的。"

如果说这话的时候是在电话里，她保准神气活现地说："来呀，来呀，你打得到我吗？气死你！"说完还发出一阵吐舌头的声音，像个小孩一样。

如果当时她就在我身边，她则会仰着头，可怜巴巴地看着我："我这么可爱，你舍得吗？"然后趁我犹疑之际，她会突然进攻，给我一拳，或者踢我一脚，然后兔子一样蹦开，边跑边挑衅："你又上当啦，死变态。"

我立即追了过去，她发出尖叫声，跑得更快了。

路两边的人纷纷驻足注目，我不好意思再追，只好眼睁睁看着这个小浑蛋嘻嘻哈哈地跑到一个安全的地方，继续对我没羞没臊地嘲笑，而我拿她一点办法都没有，把她得意得哈哈大笑。

其实，我一点都不生气，和她在一起的这种感受，我前所未有，更是无比珍惜。

14

"我很好色的。"一次吃饭时，李楚楚突然红着脸对我说，仿佛很不好意思，手中汤匙在搪瓷杯里疯狂摇动，当当作响。

"哦？这倒挺新鲜，快说说看，你怎么个好色法？"

"我最喜欢漂亮男人了，在大街上，我看到帅哥，会心跳加速，恨不得奔上去抱抱人家。"

"哇！你果然挺色的。"

"其实不光喜欢看帅哥，很多时候看到漂亮的女生，我也想亲一下呢。"

"这个厉害，男女通吃——我说，你是不是有拉拉情结？"

"你还别说，我也想过。其实很多女生都有吧，但不是真的那种。"

"别解释，解释等于掩饰，难怪你那么想做同性恋的报道呢，结果还搞砸了。"

"不许说了！"李楚楚情急之下用手堵我的嘴，"都说好了不提了。"

"好好好，我不管你喜欢帅哥还是美女，反正和我无关。"

"那当然，否则你多危险啊！"李楚楚边说边瞅我，"不过你虽然不帅，但也挺有味道的。"

"什么味道？"我来了兴趣，"赶紧赞美赞美我，快！"

"就是——死变态的味道，哈哈哈！"李楚楚突然大笑了起来，然后又撒腿跑开了。

15

曾经我看过一句话，大意是，人的欲望是会随着关系的改变而变化的。用在我和李楚楚身上，再合适不过。

我们在彼此人生特殊的阶段萍水相逢，情投意合，给予了对方那么多简单快乐，实属难得，本该点到为止，见好就收，这样也不会有任何麻烦遗留。可是我们是人，没法做到真正无动于衷，特别是我们成了知己朋友，于是欲望则更加覆水难收。

比如说，李楚楚不管出于什么考虑，事无巨细地将自己的事和盘托出，她的过去、她的情感，甚至她的身体和生理，她是真的将我当成了闺密，可是我很少提及自己的过往，她问了我也不说，因为觉得没必要，这本来也没错，可是她会不高兴，而且是真生气，觉得我自私、小气，没有真的把她当朋友，就像小孩，付出是因为想索取，她真心待你你也要真情报之，否则就不可以，会闹别扭，而且这似乎也合理。

李楚楚不止一次对我抱怨："苏扬啊苏扬，你怎么那么小气，你过去到底做了什么见不得人的事？"

"没有啊，我向来光明磊落。"

"那你为什么死活不肯告诉我？"

"因为本来就没有什么啊——好吧，因为我觉得没必要。"

"怎么会呢，我们不是朋友吗？再说了，你不觉得被别人了解是件很幸福的事吗？"

"不觉得啊，我只觉得被人了解是件很傻 × 的事。"

"你真是个怪人。说你变态，简直一点都没错。"她落井下石。

"随便你怎么以为，活着本来就是等待被人定义的。"

这句貌似深奥的话让李楚楚停止了继续讽刺我，她认真思索了会儿，笃定地说："放心，我会改变你的。"

"啊！"我惊了，"你为什么要改变我？凭什么啊你？"

"凭我的爱心和真诚来改变你呀！"李楚楚一脸认真，"别以为我看不出来，你表面上嬉皮笑脸什么都不在乎，实际上就是玩世不恭，游戏人间。我觉得这样很不好，你还年轻，干吗总是那么愤世嫉俗，你要相信这个世界上是有真爱的。"

"有病吧你！"

李楚楚也不生气："随便你怎么说，反正我已经想清楚了。我觉得这个世界上有那么多的人，老天爷让两个陌生人遇见还成为好朋友，肯定不会那么简单。我的责任就是要让你更加积极阳光，内心充满爱。"

我干脆把头扭了过去，这家伙，越说越离谱，也太把自己当回事了。

"你干吗不看我了，羞愧难当了吧，还是说你心动了？"

"我说，你能不能别犯傻了？你把自己的事操心明白就行了，不要多管闲事，更不能自以为是。"我无奈叹口气，看着她认真说，"我很清楚自己现在什么样子，我好得很，我根本就不想改变听到没？"

我说得够直接够清楚了，结果这姑娘还上纲上线了："你在撒谎，你根本不开心，一点都不开心，你言不由衷，骗不了我的。"

"省省吧你，别以为自己多高尚，可以去拯救别人了，告诉你，在我眼中，你的行为才是滑稽可笑的，你个乳臭未干的臭丫头。"

见她还要争执，我赶紧厉声打断："行啊，非得较劲是吧，告诉你，从现在开始，我们再也不要见面了，就当从来没认识过一样，这下你该满意了吧。"

"苏扬，你怎么可以这样？我不也是为了你好吗？"眼泪立即从李楚楚的眼眶中汹涌而出，她一边大声哭泣，一边忙于承认错误，说自己以后再也不敢惹我生气了，只要我不和她断交，怎么都可以，哪怕罚她十天不吃零食。

李楚楚一哭我就没了主意，也觉得自己刚才的表现太失态，和这样一个不谙世事的女孩动怒，有失体统不说，多少还显得不近人情。

于是我赶紧将狠话收回，并且约法三章，绝不干涉对方。

李楚楚满口答应，我这才放心。

结果，我很快发现，李楚楚根本就是个勇于认错、死不悔改的家伙。这不，还没过两天，再见到我时，她又在给我上思想品德课，教导我应该热爱人生，相信别人，拥有理想，活得像她一样健康。

16

除了上面这点外，很快我就意识到李楚楚还有一点也让我不堪其扰。那就是，她对我的时间占据越来越多，甚至影响到了我的写作。

真的，原来我们一个星期最多见一次面，打两三个电话，发七八条短信。慢慢地，两三天就得见一次，电话天天打，至于短信，恨不得从早发到晚。

一开始我觉得李楚楚对我依赖了，心中还有点窃喜，可是慢慢觉得这样很不合适，因为根本没有那么多事要交流。而且很多她觉得有意思的事对我来说根本没有任何意义。比如她和男朋友谈情说爱，有必要再原封不动告诉我一次吗？完全没必要嘛！

我不知道为什么李楚楚就这么喜欢和我玩，她同学呢？她同事呢？她亲人呢？天大地大，犯得着只盯着我吗？我不止一次地向她抗议，求她没事不要骚扰我，我忙得很。

或许因为太熟了，她反而变得很任性，每次都断然拒绝："不要。我才不管你有多忙呢，反正和你在一起很有意思。"

"有意思？拜托，你当我是玩具啊？我要写作的，我脑子里很多故事要写下来的，如果不及时写就会忘了的。"

"那也不管。"

"别呀，你总缠着我也不是个办法。"

"谁总缠着你了？"

"那是我缠着你啦？"

"是的。"

"我的天！"我快崩溃了，"那，说好了，从现在开始我保证不缠你了，你也别再找我，你读你的书，我写我的小说。OK？"

"哦。"李楚楚委屈得眼泪又快出来了。

结果第二天又接到她的电话："苏扬，别写啦，我们去唱歌吧。"

"唱歌，唱歌，一天到晚就知道唱歌，玩物丧志，真不知道大学教育怎么就把你教育成这样。"

"这和大学教育有什么关系啊，你到底来不来？"

"不来。"

"我哭。"

"哭去吧你。"

"坏蛋。"

"你才坏蛋。"

"讨厌。"

"你更讨厌。"

"去死。"

李楚楚愤愤然地挂了电话，没过五分钟，电话又响了起来，我连忙把电话线给拔了，手机立马就响，我将手机也关机，耳根这才得以清净。

17

这样"不堪其扰"的状态一直持续到 6 月中旬，李楚楚突然打电话给我，说她男朋友要回国待段日子，她要陪他，不能再和我一起玩了。对此我表示强烈欢迎，我说："老天开眼，赶紧好好陪你的男人吧，不过千万别纵欲过度哦，哈哈。"

李楚楚笑嘻嘻地骂我坏蛋，让我去死，然后挂了电话。

接下来的两个星期，李楚楚果然再没给我任何消息。人真贱，消息多了嫌烦，消息没了又不适应。都两星期了，也不知道她男朋友走了没，我没问，懒得问，也不敢问。我常想，她从此以后就别和我联系最好，要来就来狠的，来绝的，千万别遮着掩着，欲擒故纵。

老实说，我早习惯了很熟悉的人从我生命中突然消失，每当遇到这种破事，我总对自己说：消失就消失，千万别强求，否则就没意思了。

第十一章

风
波

静静地读完信，眼眶有点酸，
这么多年来，我一直在寻找真正懂我的人。
我不得不承认，她说的完全正确，可这又能如何呢？
我们只能接受生活的安排，甭管它合理不合理。

RHYTHM OF LOVE.

1

时间很快来到 7 月，天气已经很炎热，新小说的创作也陷入了困境，人难免心烦意躁，一切仿佛又回到了之前那种冗长无聊的日子。

一天下午，我百无聊赖地躺在床上，将空调调至最低，然后披着毯子看电视，先是看了部特别扯淡的科幻动画片，说一千年后老鼠怎样蹂躏人类；接着听外国人唱 R&B，叽叽喳喳不晓得在唱什么鸟语；躺在床上连抽三根烟，抽得头昏脑涨；爬起来打游戏，结果十分钟内死了五次，水平烂得像垃圾。

一不做二不休，干脆睡觉，至少落得个清净。

可就这小小愿望都没法满足，好不容易憋了半天起了点睡意，短信声就响了起来。手机在电脑桌上频频直响，我懒得去看，把头埋进毯子里，可是根本没法阻挡接二连三的短信提示音，最后只得愤愤骂了句，然后起身去拿。

竟然是李楚楚发来的，这家伙消失了大半个月后竟然又出现了，我赶紧点开。

李楚楚一连串的短信大体分三层意思：

1.苏扬你不是人，没人性，冷血动物，这么长时间不联系了，都不知道主动关心一下她；

2.她这几天过得特别开心，每天都和男朋友腻在一起，都快把我忘啦！幸好她还有一丝良心，所以主动关心下我。

3.现在她要回学校，可是东西特别多，希望我能送她去。如果我不答应，就禽兽不如，不得好死。

我看着短信呵呵傻乐，透过文字都能看到她张牙舞爪的野蛮样子。

于是我回：不去。

很快短信又来了，没有文字，只有一把血淋淋的刀。

我没再回，李楚楚又发了一张哭脸，最后是一排问号。

我想了想，说：没空。

这次她没再回短信——电话直接打来了，凶巴巴地问："苏扬，你到底来不来？"

"我忙着呢。"

"不行，我东西真的特别多，见死不救，你就这么狠心？"

"你男朋友呢？舍不得他当苦力啊？"

"他早走了。"

"哦，难怪现在才想起我，你账算得可真清楚。"

"讨厌！你快来，求你了。"李楚楚开始撒娇，"其实……人家就是想见你了。"

2

一小时后，我匆匆赶到人民广场，果然在约定的地点看到提着大包小包的李楚楚。她正蹲在地上，瞪着大眼睛四处打量，像只无家可归的野猫。

见到我后，她蹦了起来，冲到我面前，眉目含笑，只是一张口却是抱怨，这已经成了她对我最常用的语气，也不知道是好还是坏。

"怎么这么久才到？乌龟啊你！"

"我乐意，嫌慢别找我啊！"我热得浑身是汗，"我说别人放假了都往家搬东西，你怎么还倒过来了？"

"我在学校附近找了个打工的地方，所以就住宿舍咯。"李楚楚用脚踢了踢行李，"这是我一暑假的生活用品，就不回家了。"

"别啊，怎么又上班了呢？不都说好了吗？"

"我反悔了还不行吗，电台实习也黄了，天天待在家里多无聊啊！"李楚楚突然在我肩膀上用力捶了一下，"还愣着干吗，赶紧搬东西啊，怎么一点眼力见儿都没有？"说完自己拉着拉杆箱屁颠屁颠地往前面的公交车站走了过去。

我赶紧弯腰去抱另外一只纸箱，擦，差点没抱动，感觉比我都要重。

"好重啊，里面装的都什么东西？"我龇牙咧嘴。

"废话，不重找你干吗？"李楚楚看到我狼狈的样子，还挺开心，"都是些书啦！"

"教科书？"

"不，小说。"

"有病吧你，你不是打工吗？带这么多小说干吗？"

"看啊！我最喜欢看小说了，没告诉过你吗？"

"没有啊！"

"我还看过你写的小说呢。也没告诉你吗？"

"完全没有。"

"哈，那太好了。我告诉你我没告诉你的还有很多呢，我有很多的小秘密。"李楚楚说完开始哼歌，"我是一条小青龙，我有许多的小秘密，就不告诉你，就不告诉你！"

"什么乱七八糟的。"我无奈地摇摇头，瞪了她一眼，这个李楚楚，还真是又可爱又鬼灵精怪。

李楚楚没有回避我的目光，而是先吐了吐舌头，然后报以温情一笑。

夕阳映射下，她的眼睛，她的笑容，她的长发，她脖颈上的汗毛，她手腕上的珠链，她短裤上的窟窿，她脚上的拖鞋，她指甲上的猩红，她一切的一切，都变得那样生动。

我这才强烈意识到，这么长时间不见，我真的也挺想念她的。

3

李楚楚的学校在浦东一个叫三林塘的地方，2009 年那会儿还是名副其实的荒郊野外，从人民广场坐车过去至少要一个半小时。而且政府为了解决市区拆迁户的住房问题，在那里建了大批回迁房，所以每日人流量特别大，加上又没通轨道交通，来回只能坐公交车。等我们赶到人民广场开往三林塘的车站时，被眼前乌泱乌泱排队等车的人群吓傻了，队伍弯弯曲曲也不知道延伸到了哪里。

"我的天，这么多人！"李楚楚焦虑万分地望着我，"那得排多久啊，怎么办？"

"要不明天上午再回去咯。"

"不行，明早就要上班了，第一天不好迟到的。"

"那就晚点走，错过高峰。"

李楚楚想了想，摇头："也不行，晚上十点我男朋友会往宿舍打电话，我们约好的。"

"打你手机不就行了吗？"

"你不懂，他一定要打座机的。"

"嗨，不就是查岗吗？"我冷笑，"还我不懂，说来说去还是不放心你呗。"

李楚楚没有反驳："还是排队吧，再说了，太晚了你也回不来的，回市区的末班车十一点就没有了。"

我无所谓地说："回不来那就不回来了，我又没什么电话要等。"

"那你住哪儿？我们学校附近连个像样的宾馆都没有。"

我抱起箱子往队伍后面走："再说吧，怎么着也得先把你送过去，不能耽误你男朋友查房啊！"

"嗯，苏扬，你真好。"这一次，李楚楚的语气无比真诚。

"现在才发现？算你还有点良心。"

"还来得及吗？"

"什么来得及来不及的？"我冲李楚楚嚷，"还愣着干吗，快排队啊！"

"知道啦！讨厌！"

4

　　我们排了半个多小时，感觉队伍动都没怎么动，我心生疑惑，让李楚楚看着东西，自己到前面一探究竟，结果到车前才发现端倪蹊跷，原来每当一辆车来了，总有些不排队的人玩命似的往上钻，个个疯子一样，排队的人根本就上不去几个。一个少了只胳膊的老头戴了顶脏兮兮的小黄帽，挥舞着一面小红旗在前面维护秩序，大声叫："排队！排队上车！"可惜根本就没人听，结果那老头喊两声也就不喊了，装模作样地在那儿把红旗乱舞一通，等车子开走了再骂两句完事。

　　"走，别排队了。"我赶紧回去抱起箱子，拉着李楚楚，"这样等下去，到明早也上不了车。"

　　"不排队怎么办？你打车啊？"李楚楚眼前一亮，"不太好吧！好远的。"

　　"打你个头。"我瞪她一眼，"插队去。"

　　"要紧吗？"

　　"跟着我就是了。"

　　我们很快就走到候车队伍的最前面，站在一旁，无数愤怒的目光立即瞪着我们，仿佛我们在犯罪，那个戴黄帽的老头也转过身来，对我们吆喝："排队去，没看那么多人在等吗？"

　　"排什么队？"我对老头叫，"我们又不是在等车。"

　　老头瞪了我两眼，也就不说什么了。差不多过了十分钟，车终于来了，混乱的人群中，我拉着李楚楚猛地往上挤，她倒也配合，紧攥着我的手，撅着屁股往里钻。

　　结果我们正好抢到了车上剩下的最后两个位置。

车开时，老头挥舞着小红旗在下面指着我骂，不过我什么都听不到。

李楚楚很兴奋地对我说："太刺激了，简直比嘉年华还有意思，你说，如果我们被那老头抓到了怎么办？"

"他又不是警察，凭什么抓人？再说了，我们又没违犯法律，怕什么啊？"

"可我们违反交通规则了呀，长这么大，我还是第一次违反交通规则呢，真带劲。"

"有劲吧。"我有点得意，"以后跟着我，有意思的事多着呢。"

"好啊，好啊。"李楚楚拍手称快。

车开了没几站，越来越多的人拥了上来，车厢里人多得连坐的人都坐不安稳。一个中年男人半个身体压在我身上，我被压疼了，就使劲往外推，结果根本推不动，那个男人也没什么反应，跟死了一样。我只好往李楚楚身上靠，也不知道李楚楚是动不了还是怎么回事，反正她没有避让，就这样我半压在她身上。车子摇摇晃晃地驶离市区，走在一片田野间，我昏昏沉沉，几乎要睡着了。

"苏扬，这么久你都不联系我，我以为我们再也不能见面了呢。"黑暗中，李楚楚突然在我耳边小声说。

"哦。"

"哦什么哦？如果我不主动找你，你肯定就不和我联系了！"

"这不你男朋友在嘛，我可不想自讨没趣。"

"和那没关系，你这人就是没有心。"感觉她的声音有点哽咽了。

"你……哭啦？"

"怎么可能，我累了！"李楚楚将头别过去，"休想让我为你这种没有心的人流一滴泪，哼！"

"有病吧你！"我没好气地回了声，也将头转了过去。

5

随着车晃晃悠悠，我竟然睡着了。也不知道睡了多久，就听到李楚楚在耳边叫唤了一声："终点站到了，快别睡啦！"

我睁开眼，车上空荡荡的，只剩下我们两个人了，外面黑漆漆的，也不知道到了哪里。

下了车，我环顾四周，除了大片大片的农田，什么都看不见。

"请问，这还是上海吗？"

"废话，当然是了。"

"你们学校在哪儿呢？"

"那儿。"李楚楚手一指，我顺着看过去，发现远处确实有几片灯火。

"敢情我们还要走过去啊。"

"不用走，我叫摩的，五块钱就到。"

说话间，也不知道从哪里一下子冒出那么多电动三轮车，司机个个贼眉鼠眼地冲着我们嘿嘿笑，像鬼一样。

"几点了？"我忙看手机，"你男朋友电话……还好，应该来得及。"刚上三轮车，我突然想起这么一回事。

"嗯。"李楚楚轻轻应了声，然后侧着头看外面，三轮车嘎吱嘎吱地在空旷的路上艰难地行驶着，风吹起她的长发，打在我脸上，生生发痛。

6

一刻钟后，三轮车在学校大门口停了下来。

"到啦，到啦。"李楚楚跳下三轮车，身手敏捷，然后朝大门里走去。

我紧跟着李楚楚，传达室门口一高个子校警甚是警觉地看着我，我没看他。我知道，这时你越是紧张他就越怀疑你，虽然你并没有犯下什么罪，但总归深更半夜，孤男寡女，值得怀疑。

幸好那高个儿校警并没上来询问，我们顺利地走到女生宿舍楼下，刚松一口气，突然发现宿舍楼大门居然被锁上了。

"现在放假，我们宿舍楼过了九点就要锁门的。你等会儿，我去问校警拿钥匙。"

结果刚回头，就发现那高个子校警已经在我们后面了，吓了我一跳。

"叔叔，麻烦你开下门。"

"怎么这么晚才回来？"校警边开门边盘问。

"从家出来晚了，路上又堵车。"我抢着回答，"堵了两个多小时呢。"

校警开了门，对李楚楚说："上去吧，动作轻点，里面还有一些学生没走。"说完还愣在原地，并没有离去的意思。

"哦，我先上去了，你也早点回去休息。"李楚楚似乎有点惊慌失措，对我随口交代了一句后，吃力地抱起箱子，转身上楼了。

校警见我愣着没走，问："你还不回宿舍睡觉？"

我指了指李楚楚的背影："太重了，要不我帮她拿上去吧。"

"那不行，男生绝对不允许进女寝。"

"行吧，那我走了。"说完我转身离开，却不知道该往哪个方向走，只得尽量放慢步伐。

两分钟后，接到李楚楚的电话，"苏扬，你在哪儿呢？"

"我哪儿知道在哪儿，应该快到大门口了吧。"

"你要回去啊？"

"当然了，不回去还能怎么办？"

"都几点了，早没车了。"

"你不说末班车十一点吗？"我看了下时间，"晕，还真来不及了。"
我环顾四周，外面黑灯瞎火，真不知道这学校怎么建在这鬼地方，连
个宾馆都没有，难道这里的学生平时没开房需求？

"要不，你还是回来吧。"她似乎犹豫了很久，终于下定了决心。

"回去？"

"嗯，我宿舍其他同学都走了，床空着，你要是不嫌弃，就对付
一晚。"

我乐了："我有什么好嫌弃的？你觉得合适就行。"说完我掉头往
回跑。

"那你快来吧。"李楚楚的声音明显有点颤抖，她不知所云地说着
些什么，突然语气一转，"对了，等会儿你一定要小心那校警，他很
狡猾……"

"没事，不怕的。"我突然笑了起来。

"为什么啊？"

"因为已经来不及了。"我刚跑到女生楼门口，就发现那高个儿校
警握着电棒站在门口，好像守株待兔，正一脸得意地看着我。

躲是躲不掉了，只得硬着头皮上前。

电话里，李楚楚发出一声尖叫，忙问我该怎么办。

　　我冷静地小声说："就说我有东西落你包里了，刚才忘拿了，现在过来问你要，你等会儿拿点东西下来。"

　　"知道了，放心吧。"

　　说话间，我已经走到了校警面前，我挂了电话，装作若无其事的样子。

　　"你怎么又回来了？"

　　"我东西忘女朋友包里了，现在过来拿。"

　　校警没再说话，只是看我的眼神越发警惕，显然斗争经验非常丰富。

　　还好李楚楚及时下来了，提了包不知道什么东西走到我面前。

　　"拿去，下次长点记性，自己东西别老塞我包里，烦也烦死了。"

　　"知道了，你真啰唆。"

　　"那……我上去了。"

　　"嗯，早点睡，我也回宿舍了，明早我叫你起床。"说完我扭头便走。

　　"同学，你站住。"刚走几步，校警突然叫住我。

　　"干吗？"

　　"以后注意点，早点回学校，你们这样打扰到别人可不好。"

　　"知道了，下不为例，谢谢你啊！"我赶紧应了声，硬着头皮往前走。我根本不知道男生宿舍在哪里，就害怕一步走错，被那浑蛋识破，到时候就真麻烦了。

　　我尽量将脚步放慢，竖起耳朵，听后面没有脚步声，壮着胆回头看了眼，结果连鬼都没看到。那家伙保准又躲起来了，不过这次我学乖了，我没有走远，而是躲在另外一幢楼边的草丛里，探出头正好可以看到李楚楚宿舍楼的门口。

万籁俱寂，我蹲在草丛中，盯着看了半个多小时，始终没看到那校警，可我还是不放心，心想再忍会儿，敌人相当狡猾，必须沉得住气。百无聊赖之际突然想起李楚楚刚才给我的东西，翻开一看，原来是一包水果，我拿出一根香蕉，津津有味地吃了起来。

就这样，我躲在草丛中，等了大概一小时，已经深夜一点了，那校警还没出来，也不知道还在不在那儿，可我还是不敢动，就怕一动那浑蛋突然出现，到时连借口都没有了。可老躲在这里也不是个办法啊，深更半夜的，万一被逮到，更说不清，想到这里，我头大了起来。

大门口突然传来吵闹声，听口气好像是晚回校的学生跟门卫发生了争执，就在这时，我看到那校警拎着警棍从女生宿舍对面的楼洞里走了出来，往大门方向匆匆奔了过去。

"我去，这哥们果然狡猾，幸好老子谨慎，否则死定了。"我暗自庆幸，机不可失，我赶紧朝女生宿舍楼奔去，躲到楼洞里，然后赶紧给李楚楚打电话，"我在你们楼下，你快来开门。"

7

李楚楚宿舍在五楼，两室一厅的房型，我站在宿舍门口，一时反而不知所措。

"快进来啊！"李楚楚对愣在门口的我小声说，"你轻点，对门还有个女生没走呢。"

我跟着她走了进去，十几平方米的房间内放置着四张组合床，上面睡人下面学习，空间被桌柜、椅子还有其他东西填充得满满的，不过整体倒挺整齐干净。想起读书那会儿，班主任老孙曾在课堂上大发感慨，说世界上最脏的地方就是女生宿舍，简直乱得让人无法下脚，现在看来，此言也不甚准确。算起来，这是我第二次走进女生宿舍，第一次引发了不堪回首的后果，不晓得这一次又会如何。

"你随便坐好了。"李楚楚没有怎么搭理我，而是不停地收拾东西，明眼人一看便知，她在通过这种方式缓解内心的紧张。

我找了靠窗的椅子坐了下来，故作轻松："现在安全了吧，刚才可吓得我不轻，你们学校校警也太负责了，赶明儿我一定写封表扬信给你们校长。"

"没事了。你看我动作快吧？刚才已经和我男朋友打好电话了。"

"那也没说两分钟。"

"他就是看我到宿舍了才放心。"

"结果呢？旁边就一活人，还是男的。"

"你讨厌！我还不是为了你。"

"别别别，咱得把这个理顺，如果不是因为要送你，我会差点被吓成神经病？"

"苏扬，你少说两句会死吗？"不晓得为什么，李楚楚眼圈突然红了，语气也变得很委屈，"现在说这些，多没意思。"

"说哪些了？"我纳闷，"不就是插科打诨闲聊天吗，咱平时也这样啊！"

"现在不一样。"

"哪儿不一样？没看出来。"

"不和你扯了，不早了，睡吧。"李楚楚将靠近的一张床放好被子，

"你睡这里，被子都是我的。"

"那你呢？"

"我当然睡自己床了。"

"哦，那我脱衣服还是不脱？"

"最好别，你就眯会儿，万一被人发现你睡过她们床就不好了，这些女人都很烦的。"

"那算了，我还是坐会儿吧，搞得我压力忒大。"

"那哪儿行啊，还有好几个小时天才亮呢。"李楚楚看着我，一脸认真，"要不，你和我挤一下算了。"

"什么？"

"没什么，要不你睡我床，我睡她们床吧。"

"这个主意不错，刚才怎么没想到？"

李楚楚突然噘起嘴："因为我睡别人床肯定会失眠。"

我叹口气："这也不行，那也不行，你们女生简直太麻烦了。"

李楚楚似乎拿定了主意："算了，你就和我挤一下吧。"

我心跳加速："挤得下吗？"

李楚楚瞪我："我哪里知道，又没挤过。"

我笑："应该没问题，不都说了吗，挤挤总会有的。"

李楚楚也笑了："讨厌——你转过去。"

"又干吗？"

"我要换睡衣了。"

"不转。"我嬉皮笑脸，"你换好了，就你那柴火身材，谁稀罕看了。"

"讨厌，你还五短身材呢。"李楚楚拿着睡衣去了洗手间，窸窸窣窣了好一阵才出来，已然洗漱完毕。

李楚楚爬上床，用被子裹得严严实实，头伸出来对我说："你还不睡吗？我要休息了，明天一大早还上班呢。"

我又叹了口气："行吧，你自找的，可别怪我。"

"等会儿！"李楚楚突然伸出手指着我，"不许碰我，我们是好朋友。"

"这话你应该对自己说。"我没好气地白了她一眼，然后脱掉外衣，爬上床，美美地躺了下来，惬意地说，"舒服啊，今天晚上可累坏我了。"

李楚楚将灯关了，眼前立即一片黑暗。

借着微弱的月光，我瞪着眼看着天花板，胡思乱想了片刻，一阵困意袭来，我昏昏沉沉地睡了过去。

8

似乎睡了很久，又似乎刚睡着，我就被李楚楚摇醒了。

迷迷糊糊睁开眼，就看到李楚楚瞪着大眼睛看着我，"苏扬，我睡不着，你陪我聊会儿天呗。"

"有什么话明天再说吧。"我翻了个身，我是真的困了。

"不行！"李楚楚开始推我，"就是你在旁边我才睡不着的，你得负责。"

"拜托，又不是我要睡这儿的。我怎么负责？"

"我不管，反正我失眠了，你也不许睡。"

"好吧，聊个两块钱的。"我打了个哈欠，干脆半坐了起来，"说吧，想聊什么？"

"不，你说。"

"我又不想和你聊天。"

"那你也得说，什么都可以。"

"你真够蛮不讲理的。那行，我给你讲讲故事吧。"

"好啊，好啊！"

我开始搜刮大脑里为数不多哄小朋友睡觉的童话故事，诸如小红帽和大灰狼，金刚葫芦娃，奥特曼大战恐龙特急克塞号，然后一一讲了出来，讲到后来我都快睡着了，李楚楚还是瞪大着眼睛，丝毫没有睡意。

"还能不能行了？再这样我只能走了。"

"不要。"

"那你到底想干吗，拜托！"

"和我聊天。"

"我刚才已经把我知道的所有故事都说出来了，我看你根本就不想听。"

"我想听的。"

"没看出来。"我是真有点烦了，"你到底想怎么着，痛快点。"

"我也不知道。"

"要不——我抱着你睡吧，这样你可能会舒服点。"

"不要，你不能碰我。"

"我的天哪！你以为我想占你便宜？这也不行，那也不行，我看你就是故意的。算了，懒得和你磨叽，我还是走吧。"

我刚起身，李楚楚一把拉住我，月光下她的眼睛湿漉漉的，不知道因为什么，她小声对我说："算了，那你还是抱着我吧，睡不着真的太难受了。"

说完她转了过去，背对着我，我重新躺下，伸出胳膊，从后面紧紧拥住她，握着她的手。

因为距离一下子消失，我的鼻翼贴着她的脖颈，淡淡的芳香扑面而来，我情不自禁地用力吸了几口。

她发出轻轻的呻吟声，身体扭动了下。

我控制不住，伸出舌头，在她的耳边温柔吸吮。

她身体扭动得更加强烈，喉咙里发出咻咻的声音："不要！"

如果这也是一种抵抗，只会让我的欲望更加强烈。我松开她的手，从睡衣的领口寻了进去，然后握住她的胸，同时舌头加快了频率，从耳垂一直吻到后背。

她突然转了过来，双腿紧紧夹住我，双手用力抱着我，同样用嘴唇和舌头回应我的炽热。

我怎么也想不到她如此瘦弱的身体会有那么大的能量，翻手为云，覆手为雨，翻腾之间皆是云雨，几乎将我生生融化。

9

李楚楚竟然是第一次，这让我怎么也没想到，同时内心也五味杂陈，整体来说，不是滋味。

收拾妥当后，我们重新躺下，李楚楚枕在我胳膊上，头发凌乱，眼神迷离地看着我，我无法面对她的目光，只得转过头。

"苏扬，你在想什么？"

"你想听真话还是假话？"

"当然是真话了。"

"我现在什么都没想，只想好好睡一觉。"

"你个骗子！"李楚楚用力踹了我一脚，然后翻身转了过去，再也没有转过来。

好几次我想将她拥入怀里，这似乎是我此刻最应该做的动作，可是我都控制住了，没有理由，我只是觉得凡事适可而止，不能得了便宜还卖乖。

就这样，我们生生对峙了一个多小时，直到最后我再次昏睡了过去。

等我醒来时，天色已经发白，我看了眼手机，快六点了。李楚楚面朝上一动不动直挺挺躺着，眼睛圆瞪着，跟具死不瞑目的尸体一样，只是身上已经穿好了衣服。

我轻轻推了推她："你醒了？"

"我根本就没有睡着。"

"干吗不睡觉？"

"我很脏，我觉得自己太脏了。"

"说什么呢你？别他妈的胡说八道。"

我把胳膊伸了过去，她抬头放到了我胳膊上，感叹："昨夜的事就像小说，你说是不是？"

"是吧。"

"你会把我写进你的小说吗？"

"会吧。"

"你会怎么写我呢？"

"那得等写出来才知道。"

"不，我现在就想知道。"

"就写你和我同床共枕后，突然发现爱上了我，虽然你不想承认，更不愿面对。所以你说我们今后再也不会见面。等我走了后你又无法控制地想念我，很疯狂的那种，你想和我在一起，可放弃不了内心最后的一点尊严，还有对你男朋友所谓的责任。随着时间慢慢推移，你对我的思念越来越强烈，你决定找我，不顾一切，就在这时你男朋友突然回国了，他要你履行诺言和他结婚，你是个重情重义的人，只能答应，可你发现你根本就不爱他了，婚礼前你突然做出决定——逃跑，然后找到我，告诉我，你爱我。"

"结局呢？"

"这就是结局啊。"

"那我最后放弃一切，找你了，你会接受我吗？你说我们最终会在一起吗？"李楚楚的语气又委屈又急切。

"不会。"我说，"因为小说中的我是个根本不相信爱情的人啊，我不想对哪个女孩负责，所以你最后还是很伤心地离开了，从此沦落天涯，孤苦伶仃，孑然一身，四海为家。"

"苏扬，你太自私了。"

"是吗？好像是有点，不过你觉得这个小说如何？你说话啊。"

"不知道，我好怕，怕这小说会变成真的。"

"笨蛋。"我说，"怎么会是真的，你有可能爱上我吗？别搞笑了，你会放弃你男朋友，不顾尊严地来找我，和我在一起？别扯淡了，小说是小说，生活是生活。"

"我后悔了。"李楚楚突然说。

"就知道你会这样。"我说，"后悔你当时还不拒绝我？"

"是你引诱我的。"李楚楚大叫，"你是个骗子、色魔、变态！"

"随便你怎么说,我要起床了。"说完我坐了起来。

"不要。"李楚楚伸手把我重新拉倒,"你别走,再和我说会儿话吧。"

"说什么?说你现在多恨我?说我如何欺骗你,说我特自私?"

"我不怪你,其实不全是你引诱我,我应该知道这一切是无法逃避的,只是没想到这么快,要怪只能怪我自己。"李楚楚说完哽咽起来。

"我真搞不懂,干吗这么难受?都是成年人了,能不能对自己的行为负点责任?"

"我也搞不明白自己。"李楚楚幽幽地说,"我现在只是很想我男朋友,他对我这么好,我还背叛他,他和我谈了七年,我都没有把自己给他,却把第一次给了你,我真的很贱。"

我心烦意乱,再也不想听她这种自怨自艾式的感慨,再次坐了起来,"我真的要走了,今天还有很多事。"

下了床,我很快穿好衣服,离开李楚楚宿舍时,她叫住我,纤瘦的胳膊微扬在空中,长长的头发笔直垂了下来。我注意到她面色苍白,眼睛红肿,缓缓地问我:"我们还会再见面吗?"

"不会了。"我狠着心回答,"再见面对谁都不好,你就忘了我,忘了昨夜的事,什么都别想,就当什么都没有发生,以后我们谁也不联系谁,就像从来没认识过一样。"

"你好绝情。"

"对不起。"

"我恨你。"

"对不起。"

"这个给你。"李楚楚突然从被子里掏出封信,"昨夜写的,你回去之后才准看。"

我接过，想了想，上前吻了下李楚楚的额头。她没退避，而是闭上了眼睛，幽幽对我说："苏扬，你对不起我，我恨你，可是我会永远记得你。"

我没回话，也没回头，开门走了。

李楚楚在我背后哭了，声音很大。

走出宿舍门，我长叹了口气，感到无比轻松，只是身体一点力气都没有。我走下楼梯，打开宿舍楼大门，立即闻到草木芬芳，我想又是一个好天气，心情稍微轻松了点。

正当我满心喜悦地跨出大门，我突然看到昨晚那个高个儿校警正站在门口，眼睁睁地看着我从女生宿舍走了出来。

10

"你叫什么名字？"

"苏扬。"

"这么奇怪？假的吧？"

"怎么就奇怪了？"

"少废话，你在哪个单位上班啊？"

"我没工作，去年下岗了，靠失业保险金过生活，正等着政府重新安排就业呢。"

"你这么年轻，也会下岗？"

"你以为我想下岗？这不国家经济形势要求吗？"

"少油嘴滑舌，那你以前在哪儿工作？"

"我说师傅，您别像审讯犯人一样好不好？想干吗您直说。"

"你胆子还真不小！我昨晚一看到你就知道你不是什么好东西。"校保卫室内，那个高个子校警在我面前走来走去，愤怒异常，"居然敢在女生宿舍过夜，什么时候上去的我都不知道，告诉你，情节很恶劣，后果很严重，你先说，那个女学生是谁，住哪个寝室？"

"我不认识。"

"不认识？不认识你和她睡一夜。"

"你说话最好文明点，你亲眼看到我和她睡一夜了吗？没看见就不要乱诽谤人。"

"我诽谤你？"校警显然被我的言语激怒了，"老黄！"他走到保卫室里面，对着一扇门大叫起来，"老黄，你快起来，出事了。"

房内传来一个瓮声瓮气的声音："什么事啊？大清早净折腾人。"接着一个秃顶的中年人穿了双拖鞋，缩着脖子，慢吞吞地走了出来。高个儿在这个叫老黄的人耳边嘀咕了几句，老黄就牢骚满面地出了门，估计是去寻求增援了。

"你要没事我就走了，我还有事呢。"我隐约感到情况大大不妙。

"你不能走，你得把问题交代清楚。"高个儿拦在我面前，用电棒指着我。

"你没权力拘留我，你这里不是执法机关。"我输人不输阵，义正词严。

"好，我没权力，我让公安局来人，看你嘴再硬。"高个子说完冲到电话机旁，作势要拨110。

我真被吓着了，要是公安过来就真麻烦了，我受点折磨问题不大，但伤害到李楚楚那绝对不可以，我给她的伤害已经够她受的了。

"老孙，你别冲动，有什么事我们学校先内部解决。"就在我心急如焚之际，突然走进来一个中年妇女，矮矮胖胖的，看上去倒是和蔼可亲，"不要动不动就通知公安局，要注意学校形象嘛。"

那个老黄跟在妇女身后，看来此人就是他们拉来的救兵。

"李处长，你来了就好，这个外地人昨天夜里到学校来，睡在一个女生寝室里整整一夜，早上我查房，正好被我抓到。"

"先生，你好。"李处长对我一本正经地说，"情况我已经了解了，相信你应该知道自己做了什么，你和那位女同学违反了我们学校校规，请你告诉我那个女孩的名字，我们会对她进行处分，同时也请你放心，我们是不会为难你的。"

"李姐您好，不是我不告诉您她的姓名，我是真不知道，我和她只是网友。昨天晚上她回校时路过我家，因为东西特重，加上上星期她正好摔跤脚受伤了，就让我送她来学校，我们关系一直不错，你说我能不帮忙吗？万万没想到，路上堵车，堵了两个小时，这地方又远，把她送到这里已经十点半了，我想找个地方上网吧，没想到这里特别荒凉，我在外面晃荡了大半个小时，什么都没看到。我想总不能在外面过夜吧，风这么大，而且不安全，万一真有个三长两短，出事了和你们学校也不无关系是不是？所以我只得打电话给我这网友，她心地善良，同情我，让我到她宿舍待会儿，我们就在客厅聊天聊了一夜，什么都没做，请你相信我，句句属实，千真万确。"

"这样啊！"李处长频频点头，"也难怪，这地方的确远了点，配套还没跟上。先生，其实你应该找他，他会帮你忙的。"李处长说完指了指高个子校警，"让他给你安排一个地方过夜，不就什么事都没有了吗？"

"找他？我敢吗我？你没有看到他多凶，个子那么高，就刚才已经给我心理造成很大阴影了，不知要过多少天才能恢复呢。"

"嗯，嗯，我相信你，这样吧，你现在带我去那女生宿舍，好不好？"李处长满脸诚恳，颇有诱敌深入的意味，果然一个比一个狡猾。

"我也不知道她住哪间宿舍，昨天那么晚了，我又人生地不熟，哪儿还记得清具体房间啊。我就记得好像是九楼。"

"我们这里没有九楼。"

"那就八楼。"

"八楼……"李处长拿出一本花名册，趴在桌上查了半天，然后和高个子校警嘀咕了几句，拿出工作本，让我把昨夜的事写下来。

这事难不倒我，一小时不到我便写了篇三千多字的悬疑小说，人物个性鲜明，情节流畅好看，矛盾冲突合情合理，写完之后我都有点恋恋不舍了。

"你走吧。"李处长对我说，"这件事我们会好好调查的，以后你不要再这样了。"

"谢谢，下次打死我也不敢了。"我连忙弯腰作揖，说完转身就走。

出了保卫室，惊魂未定的我向学校大门口奔去，生怕有人追上来，那种恐惧感前所未有。等奔出大门，赶紧叫了辆摩的驶向公交车站，直到开往市区的车发动，才算松了口气。

11

车上，我突然想起李楚楚给我的信，赶紧打开，看着她娟秀的字体，耳边仿佛回荡起她的声音。

苏扬：

　　这是我第一次写信给你，或许也是最后一次。

　　今天夜里发生的所有事我都会选择忘记，因为我知道你我之间不可能拥有爱情，更不可能拥有明天。在我眼中，你是一个受了伤的孩子，一个被爱情荆棘刺伤的人，一个需要被呵护的孩子。以前我一直幻想被一个男人伤害，但我始终不知道伤害我的那个人是谁，现在我知道了。

　　在我心中，始终对你存在着很强烈的恐惧，我想，或许这是因为你给我的感觉实在太过颓废和阴郁，你不快乐，你一点都不快乐，虽然你总是笑嘻嘻的，看上去好像很洒脱，可我知道你真的不快乐，因为你的眼睛是寂寞的，它出卖了你的伪装。当我发现这一点时，我真的很心疼，我好想把你抱在怀里，让你感到温暖，感到安全。

　　曾经，我以为遇到寂寞的人，会互相安慰，但当我遇到你，我感到更多的是恐惧，它毫无来由，却非常强大，让我窒息，我想逃。

　　很难想象，我生命中的第一个男人居然会是你。但我不后悔，这是我自己的选择，我很难过，因为我对不起很多人，我没有经验，可我也知道，你有过很多女人，我只是其中普通的一个，想到这儿，我会有点难受。感觉你很渴望拥有一份稳定的爱情，拥有一个固定女友，你想好好爱她，给她幸福。可是，你对一切都没把握，你根本就不想结婚，你只想恋爱，最好这个世界上有个姑娘可以什么都不顾忌就和你天天风花雪月，不考虑事业，不考虑将来，什么都不考虑，在你需要的时候出现，在你厌烦的时候自动消失，你就是这样想的。

或许，你想要的只是一种无约束的状态，一种无限制、绝对自由的生活，这是你一个无法解开的心结。我可以理解你，因为你本身就是一个矛盾的因子，你的血液里流淌着激情和不安定，任何人和事都无法阻挡你追寻心中的自由，如果哪天你离开了这些，你的生命将会很枯燥，对吗？所以，无论你如何努力，你都无法快乐，你都无法不寂寞，对吗？

现在，我好难受，我想到我们即将分离，永远不再相见，我真的好难受，我好想大哭一场，可我怕吵醒你，你在我身边，安静地睡着，像个真正的孩子，我看着你，这一刻，我属于你，你也属于我，这一刻，我们是幸福的。可是我好害怕，害怕我也变得和你一样，变得对爱情绝望，所以我们不会再见，永远都不会。

李楚楚

2009 年 7 月

12

静静地读完信，我的眼眶有点酸，这么多年来，我一直在寻找一个真正懂我、关心我的人，我不得不承认，她说得完全正确，可这又能如何呢？

我们什么都不能做，因为我们什么都做不到。

我们只能接受生活的安排，甭管它合不合理。

一切还没开始就已经结束了。我把信一点点地撕碎，公交车经过南浦大桥时，我打开车窗，把手中的纸片向车外的天空尽情抛去，我看到那些凌乱的碎纸片，在空中纵情飞舞，犹如洁白的蝴蝶。

第十二章

摇
摆

在现实面前，我们很快溃不成军，
并且沿着宿命的轨迹，一路狂奔。
直到多年以后，我才真正明白：
当理性和欲望博弈的时候，最后的胜者，一定是欲望。

RHYTHM OF LOVE.

1

生活再次归于乏味，回到家后我闭门不出，写作、看碟、发呆，累了就睡，睡不着就干挺着，饿了就吃方便面，吃光了就干饿着。饱暖思淫欲，我不想对自己那么好，我要给自己点颜色瞧瞧。

手机一直扔在床上，我时不时也会看一眼，但它总是悄无声息，偶尔来条短信，也是骚扰信息。李楚楚始终没给我打电话，也没给我发消息，我想她是真的恨我了，这很正常，也理所应当。好几次我想主动给她发条短信，联系或者解释，内容都写好了，真心真意，合情合理，可最后还是都删除了，我确实不能得了便宜还卖乖，生活态度上我已然是犬儒主义的门徒，感情上不可以再这样，至少，对李楚楚不可以这样。

可真的又会不甘心，我到底在怕什么呢？在我心中已经很清楚，李楚楚给我的感觉和其他女孩不一样，和她在一起很开心也很真实，这种感觉前所未有。是的，我挺喜欢她的，这没什么不好意思承认的。现在横亘在我们面前的障碍到底是什么？是本不该发生的一夜情，还是我们自以为是的自尊？是习惯成自然的不负责任，还是她口口声声深爱的男朋友——就算是，可这和我又有什么关系呢？

我拿不起更放不下，绕不开却又想不明白。只能继续折磨自己，直到最后生生找了一个逃避的借口。

是这样的，我呢，本质上就是一老实人，有点小聪明，却也无比固执。过去的岁月，我曾经深深为爱付出过，虽然疯狂，但也荒唐，结果被伤害了，于是开始不相信女人，更不相信爱情，其实是不相信自己。所以每次怀疑是爱情来临时都会主动采取保护模式，不争取，不拒绝，不愿投入，更不敢承担。这种态度让我有安全感，过往数年也的确多少保护了我，特别是在面对那些成熟世故、经历丰富的女生时，让我没有再受伤，也造成了一种拿得起、放得下的假象。所以我认为这种模式是对的，是应该坚持到底的。可是李楚楚不同，她单纯，往傻里单纯，就像曾经年少的我，和她比，现在的我太复杂了，就像曾经伤害过我的何诗诗，以及和我擦肩而过的叶子。这些女生给了我伤害，也让我成长，可是付出的代价未免太大，我实在没有必要也不应该通过同样的方式去伤害李楚楚，所以现在我最应该做的就是不打扰她，直到忘了她，哪怕违背自己的感情，也是最正确的选择，是对这份感情最好的表达。

2

就这样，我绞尽脑汁，费尽思量，终于给自己的行为找到了一个貌似合理的借口。我对这个理由比较满意，之前我的行为虽有所不慎，但幸好悬崖勒马，没有犯下更大错误，因此，本质上证明我良心未泯，还是一个好人。这让我浑身轻松，当天晚上八点便美美地进入梦乡。

从逻辑上而言，我确实把方方面面都考虑了进去，并且似乎也能自圆其说，我觉得自己足够客观、公正，心思缜密，却犯了一个根本的错误，那就是，我忘了每一份感情都是不同的，根本没有可比性，而感情更不是可以分析和计算的。你想得越多，做得越错。因为想是一回事，但根本做不到。

所以，在现实面前，我们很快溃不成军，并且沿着宿命的轨迹，一路狂奔。

直到多年以后，我才真正明白：当理性和欲望博弈的时候，最后的胜者，一定是欲望。

3

回到那一天，我足足睡了十二个小时，醒来时，神清气爽，决定先去理个发，然后好好吃一顿，不再胡思乱想，一心一意将《毕业了，我们一无所有》写完。

结果刚打开门，就发现李楚楚站在门口，神情黯然，耷拉着脸，身后放着拉杆箱，难民似的。

"你怎么来了？什么时候来的？"我吃了一惊，心情更是复杂，高兴、担心，甚至畏惧。

"我想住到你家。"李楚楚说这话的时候面无表情。

"为什么啊？你不是说不会再见我了吗？"

"那是过去，现在我改变主意了。"李楚楚见我没反应，干脆推开我，径直走了进去，然后打开拉杆箱开始收拾东西，一副要常住的架势。

"不是，你什么意思啊？"

"没什么意思，我愿意。"

"我不愿意。"我冲她嚷，"要是我不让呢？"

"你不会的。"她冷笑一声。

"请问你哪儿来的自信？"

"我不管你让不让。"李楚楚站了起来，看着我，一字字地说，"你不让我进门，我就住你门口，你不让我住门口，我就住楼下。反正我来了，就不打算走了。"

看着李楚楚的眼神，绝不像开玩笑的样子，我知道她是多么任性的人，就算一时头脑发热也不合适当场赶她走，于是叹了口气，换了口吻，语重心长地问："认真的？"

"嗯。"她笃定地点点头。

"都想清楚了？"

"嗯。"

"行，那你自找的。"我给她倒了杯水，"说不见的是你，说不走的也是你，我看你就作吧。"

如果是原来，李楚楚肯定会大声反驳吧，这才是她的性格啊。可现在她完全没有多余的反应，就平淡说了句谢谢。然后局促不安地坐到一边，大口呼吸着，显然在拼命压抑着激动的心情。

对于她的这些表现，我本该有所警惕，只是当时心中太过窃喜，还有一点庆幸，以致对李楚楚很多明显反常的举动和细节，通通选择了视而不见。

4

　　就这样，我和李楚楚在莫名其妙的遇见后，莫名其妙成了很好的朋友，然后莫名其妙地滚了一次床单，又莫名其妙地开始了同居生活。任凭写小说的我想象力再丰富，也不知道接下来的故事将会如何上演。

　　人生舞台上，我们其实都是提线木偶，属于我们的剧本早已落笔，我们能做的只是静静等候。

　　那天上午，李楚楚简单收拾好自己的行李后又开始捯饬起我家，在此之前我完全不知道刁蛮任性的李楚楚竟然还有勤劳贤惠这一面，而且能力相当不错。她仅仅用了两个多小时就把我凌乱不堪的房间收拾得整整齐齐，所有物品摆放得井井有条，油腻不堪的厨房也被刷得干干净净——总之，你不得不承认在某些方面，女人确实拥有男人永远无法企及的天赋，比如在干家务活儿上，一百个我都不是李楚楚一人的对手。

　　李楚楚原本是早班，为了每天都能够过来，特意换成了晚班。下班后要坐一个多小时车，九点左右才能到，然后第二天中午再走。每次一来就是"干活儿三部曲"——收拾房间，清洗衣服，买菜做饭。李楚楚犹如一只不知疲惫的小蚂蚁，在我家成天忙来忙去，并且沉默寡言，任劳任怨。

　　开始几天，我还沾沾自喜，认为这些都是李楚楚爱我的表现，她若不爱我，何以有如此选择和动力？然而很快我就意识到问题没那么简单，她的表现越来越异常，异常得足以推翻我之前所有的判断。

首先，李楚楚在我家并不高兴，她表现出来的情绪太平静了，根本不像恋爱中的女孩。我给她讲笑话，她也不开心，想尽办法逗她笑，每次都无功而返，更夸张的是，她不但不高兴，她还不伤心。好几次我抱怨说家里够干净了，无须再打扫，有空歇会儿，别一天到晚形式主义，晃来晃去让我心烦。我的样子那么凶，她居然无动于衷，她的表情始终是机械的、麻木的，她心如止水，没错，就是心如止水。

其次，她更多是在付出，除此之外根本就不关心或者关注我，比如她根本不会关心她不在时我都干了些什么，我的情绪怎样，小说进展如何，对我们的未来做何打算……总之，她并不愿和我交流，哪怕我主动和她聊天，她也只是"嗯嗯哦哦"的唯唯诺诺。

还有，她从不和我谈情说爱，除了收拾房间就是发呆。

甚至连做爱时，她都从头到尾一动不动，默默无声，让我觉得自己的动作好可笑。完事后，她总是麻木地问："好了没？"然后穿上内衣，背对着我，睡觉。

好几次，我看她做家务辛苦了，就想犒劳犒劳她，买了很多菜，亲自下厨，做好满满一桌。结果她一点都不感动，才吃了一点点，就说："我饱了，你吃吧，吃好了我给你洗碗。"

总之，表面上她很贤惠，但她所做的一切更像在履行一种义务，当我意识到这点时，突然觉得好可怕。

5

就此，我曾试图和她深入交流，但她每次都不理不睬，要不就是避重就轻，三言两语就将矛盾转移，我真怀疑她学过乾坤大挪移。

　　一次她趴在地上狠狠擦地板时，我站在她前面，她擦到我面前时就自动自觉地绕开，我再走到她前面，她又绕开，我忍无可忍，问："喂！我说你是不是觉得和我上床了，我是你第一个男人，你才这样的啊？"

　　"无聊。"李楚楚没好气地应了句，手上的动作并没有停止。

　　"如果真是这个原因，你完全没有必要，都什么年代啦，你以为还是封建社会吗？"

　　"你讨厌。"李楚楚继续埋头擦地板。

　　"真的，我觉得我们应该谈清楚，你这样不但耽误自己，也耽误我。你就算不为我想，也要为你自己想，更要为你男朋友想想啊。"

　　"我和他分手了。"李楚楚眼睛里噙满泪水。

　　"为什么？你们不是特相爱吗？"

　　"我配不上他。"

　　"什么意思啊你？"

　　"该睡觉了，你先洗澡，我给你去放水。"李楚楚说完赶紧跑开了。

　　"神经病。"我骂了句，却也无可奈何。

　　夜里，我翻来覆去地睡不着，我知道李楚楚其实也没睡觉，虽然她始终一动不动。

　　"做爱吧。"我说。

　　"好。"李楚楚开始不声不响地脱衣服，把内衣裤折叠好，放在床头，然后面朝上，双腿分开，眼睛闭上。

　　我什么都没做，看着她的身体，内心出现了一种前所未有的凄凉。我现在已经不在乎女人是否欺骗我，但真见不得女人作践自己，还自以为很聪明，这简直是对我最大的侮辱。

"你走吧，明天早上就走，我永远不想再见到你了。"我平静地说完这句话，然后起床去沙发上躺下。

过了很久，我听到李楚楚小声抽泣了起来，然后小心翼翼地走到沙发边，蹲下紧紧抱着我，哭声越来越大，仿佛一个受伤的小孩。

我坚持一动未动，用实际行动告诉她，我很生气，后果很严重。

第二天早上，李楚楚照例买好早饭，然后坐在桌边看我吃饭，还是那副不死不活的模样。

吃好早饭，我对李楚楚说："现在你就把你的东西都收拾好，赶紧走。"

"我不走。"她转过头，"我不会听你的。"

"你干吗不走？你根本就不喜欢我，你留在这儿干吗？"我站起来，冲她大声嚷嚷，"你想证明什么吗？你以为你这样做就显得你很高尚，你很纯洁吗？不，只会让你显得很愚蠢！"

"你讨厌我了。"李楚楚用牙齿用力咬着嘴唇。

"是，我太讨厌你了，我从来没遇到过像你这样自以为是的蠢女人。拜托，你走吧，有多远就走多远，以后再也别找我了。"

"不，随便你说什么，我就不走。"李楚楚干脆闭上眼睛，回答得无比坚定。

我不想再和这个女人磨嘴皮，简直愚蠢至极。我站起来，走向她，不由分说将她抱了起来。

"不要，快放我下来。"李楚楚拼命挣扎着。我不理不睬，把她扛在肩膀上，朝门外走去，她的头发垂在我耳侧，脚在空中乱蹬，双手拍打着我的后背，嘴里大呼小叫着。路上行人纷纷投射过来诧异的目光，不少人甚至停了下来，对着我指指点点，我根本不管不顾，拦下一辆出租车，把李楚楚塞了进去。然后扔给司机一百块钱，说："师傅，麻烦了，请你快把这个女人拉走，随便拉哪儿，拉得越远越好。"

车里，李楚楚一动不动地蜷缩在座位上，我可以清楚地看到她洁白的脸庞上正流下两行泪水，她看着我，眼睛里，充满绝望。

6

后来，李楚楚告诉我，她就是那次彻底爱上我的——或者说，彻底放下了所有的包袱和顾忌，正视且接受了对我的爱。李楚楚还说："苏扬，你真的不能怪我，你得理解我，鼓励我。因为我们的爱不是自然而然长出来的。你知道吗？虽然和你在一起没多久我就喜欢上了你，可是我一直都逃避，不只是因为我已经有了男朋友，而且因为我知道你还没有做好准备，你给不了我要的幸福。做好朋友才是我们正确的打开方式。可是我们都无法控制欲望，那天你送我回学校，我一时糊涂和你上床后，真的特别后悔，特别内疚，也特别恨你。本来打算再也不见你，可又发了疯一样想你，只要在你身边，什么都可以不管不顾不在乎的那种。我没法接受这样的自己，思来想去决定带着恨意出现在你面前，其实就想折磨自己，我告诉自己你是个坏人，我对你的迷恋只是过眼云烟，只要我和你生活在一起，很快就能发现你的丑陋和不堪，到时候自然就会不喜欢你了。我觉得我想得挺好的，却怎么也想不到和你真的一起生活后，才发现你有太多地方让我感动，你可以花半个小时给我吹头发，把我头发吹得好柔顺；你还给我做好多好吃的饭菜，自己满脸是汗从不抱怨；夜里我睡觉不老实，总把被子蹬掉，每次你都会悄悄给我盖好；你会第一时间察觉到我感冒了，然后半夜出去帮我买药；我总丢三落四，你会头一天晚上就帮我把第二天的上课资料准备好，然后告诉我第二天天气如何，给我准备好雨伞，还在我包里放好坐车的零钱……还有，你真的好努力啊，努力写作，努力上进，虽然你现在的生活显得很颓废，但我相信总有一天你能够拥有你想要的生活，真的，因为不知不觉间，我都已经被你感染，变得积极起来，虽然，这些我从来都掩盖着不想让你发现。"

李楚楚说总之她发现了我无数个好，这些都是她前所未有的体验，她真的想好好和我生活在一起，可只要一想起那夜对男朋友的背叛，就觉得难受。她一直犹豫着、挣扎着，活得好痛苦，直到那天我强行抱起她，把她抱走，塞进出租车的那一刹那，她觉得整个世界都已经崩塌，这才清晰地意识到，她早已无可救药地爱上了我。

所以，她并没有远走，更不会消失，而是重整旗鼓，收拾好心情，很快焕然一新，再次出现在了我的面前。

7

是的，不过是第二天上午，李楚楚就再次敲开了我家的门，这次她什么都没带，孑然一身，只是气色更差了，仿佛一夜老了十来岁。

我没好气地问她又过来干吗，想自取其辱，我没空，想羞辱我，没门。

李楚楚什么都没说，而是上前紧紧将我拥抱，她胳膊瘦小力气却很大，将我勒得快岔气了，最后推开她时，她已满脸泪水。

我说："怎么又哭了，跟自己受了多大委屈似的。"

"苏扬，你就不能对我好一点吗？"李楚楚突然放声大哭了起来，她用沙哑的嗓音对我说，"苏扬，我爱你，我们永远不要分开好不好？"

这是李楚楚第一次当面说爱我，说得这么笃定，这么用力。我蒙了，任凭她再次用尽全力抱着我，也完全不知所措。

"好不好？"她似乎得不到答案就绝不善罢甘休。

"我要说不好呢？"

"那我就杀了你，然后自杀，反正我们死也要死在一起。"我熟悉的那个刁蛮任性不讲理的李楚楚又回来了。

我叹了口气："看来我只能答应咯！"

李楚楚破涕为笑，不停点头。

"那也是你强迫的。"

"嗯嗯！"李楚楚还是不停地点头，像个傻瓜一样。

"基于你此前的表现，这回我得先约法三章。"

"不管你说什么，我都答应，只要我们不分开。"李楚楚说着伸出小拇指，"拉钩，上吊，一百年不许变。"

"嗯，这还差不多。"我顺从地伸出小拇指，完成了和李楚楚的第二个承诺。

8

就这样，我们再次生活到一起，只是相比上次，有着天壤之别，完全是另外一番美妙风景。

之前因为痛苦，李楚楚把自己生生折磨老了十多岁。结果"复合"后只用了一星期不到，又变回了二十二岁的青春靓丽。

女孩的身体仿佛有无穷魔力，让我匪夷所思。

对此我的观点是，爱情的力量让她恢复活力。李楚楚却坚持自己是超级无敌美少女，想老就老，说变就变，实在太臭屁。

李楚楚坚持说我是她真爱过的第一个男人，对此我当然反驳："如果我没记错，你刚和谈了七年恋爱的男朋友分手——而且到底有没有分手，鬼才知道。"

李楚楚却狡辩说和他的感情不是爱，因为感觉完全不一样。所以即使他不在身边好几年她也能接受，可是我消失一分钟，她都受不了。

我觉得这个理由完全不足以证明她的观点，不过我也没有那么愚蠢试图说服她。

我只是好奇，她男朋友那么爱她，她是怎么做到分手的。

结果李楚楚说："女人狠下心来，没什么事做不到。"说完还不忘恶狠狠威胁："所以千万不要伤害我，否则我什么可怕的事都做得出来。"

我只得赶紧点头，唯唯诺诺。

李楚楚又问我，她是不是也是我爱过的第一个女人。

我说："不是。"

结果她立即号啕大哭，眼泪说来就来，比自来水还快，我感觉《还珠格格》应该让她来演。

李楚楚边哭边说："我也知道不是，可是你就不能骗骗我吗？"

我反问："那有意义吗？"

"当然有意义了。"李楚楚强词夺理，"对女人而言，再虚伪的谎言也比不堪的真相要动人。"

我只得再次虚心学习，说谢谢李老师的谆谆教诲。

李楚楚对我的态度很是满意，她紧紧搂着我，对我说，不管我以前爱过几个女人，她都不在乎，只要从此以后我只爱她一个，她就很满足。

9

一个周末的早上，因为李楚楚下午不用去上班，所以我俩都赖床不起，有一搭没一搭闲聊天。聊着聊着李楚楚突然来了兴致，非得听我讲过去的感情。

"苏扬，快告诉我，以前你是怎么蹂躏少女的。"

我调侃："就我这本事，被蹂躏还差不多。"

李楚楚兴趣不减："都行，反正只要是你的故事，我就想知道。"

"其实……真没有。"

"没有才怪。"李楚楚突然冷笑了起来，"你老奸巨猾，指不定做过多少缺德事呢。"

"拜托，我有那么不堪吗？"

"当然了，我不就是活生生的例子吗？如果不是你第三者插足，我都快结婚了，哼！"

"你真这么想的？"

李楚楚看我眼神有了点愠意，心里虽然发怵，嘴上还是不饶人："是又怎么样？你够胆做坏事，还没胆讲出来呀。"

"有病吧你！跟泼妇似的。"气得我白了她一眼，"我什么都不想说了，睡觉。"

说完倒头便睡，不管她怎么折腾，都不予理会。

"你这人怎么这样啊，真小气，开个玩笑也不行吗？还是不是男人啊！"李楚楚不停摇晃我，"快说嘛，我要听。"

我不理她，装死。

整个白天，李楚楚都气鼓鼓的，洗衣服时把水溅得哪儿都是，关门时干脆用脚猛踢门，做饭时故意摔打锅碗瓢盆，看电视的时候把音量调到最大声……只是我依然不理会，始终坐在电脑前写小说，她做好饭端到我面前，我也不吃——其实我压根儿没生气，只是那天的写作比较顺利，对我而言是千年等一回的事情，因此怕灵感失去，争分夺秒，拼命码字。

小说一直写到午夜两点，写得我头昏脑涨，眼睛发酸，却又心神荡漾，心满意足。关上电脑，转身回头，才意识到李楚楚一直站在我身后，她穿着空荡荡的睡衣，披头散发，无声无息，面色因为熬夜而略显苍白。

"擦，你吓死我了。"此时的李楚楚演恐怖片连装都不用化，将本来困意很足的我吓得一激灵，"怎么还不睡觉？"

李楚楚没有说什么，而是用手轻轻揉我的太阳穴，喃喃说："苏扬，你写小说的时候特别美好，特别有魅力，特别吸引人。"

我闭上眼睛，再次坐下，靠在椅背上，轻轻感受她手指的温度。

李楚楚低头，嘴巴凑在我耳边轻轻说："对不起，我是真的很想知道你的过去。苏扬，你答应过我，不会再和我分开，我也答应过你，要给你幸福，可是你不告诉我你的过去，我怎么对症下药呢？所以，请你告诉我，我一定会认真听，苏扬，我真的，好爱你！"

我转头，静静地看着李楚楚，思考了片刻，然后慢慢说："行，我告诉你。"

"真的？"李楚楚受宠若惊，"有你这句话就够了，你如果实在不想说，就不要说，我都能接受的。"

我轻轻抓住她的手："我的确以为这辈子都不会再提这段往事，可现在我觉得有必要对你说，也很想告诉你。"

"谢谢。"李楚楚深情地看着我，表情真挚，似乎在给我打气，"不管过去发生过什么，说出来就好了。"

"嗯。"我点点头，缓缓而言，"曾经，我很深很深地爱过一个女孩，为她付出了所有，情感、尊严、欲望，所有的所有。那个女孩名叫何诗诗。认识她时，我大四，她大一，那时候的我，真的还相信所有的美好，最期望的就是遇到一场完美的爱情。"

10

那一夜，我全情投入，认真细致地向李楚楚讲述了我和何诗诗的故事，可能是压抑了太久，想说的太多，直到天色微亮才大体讲完。虽然时隔多年，似乎我已经完全走出那段失败恋爱带来的负面影响，只是再次面对，依然泪湿眼眶，犹如大梦一场。

我以为心地善良又情感丰富的李楚楚听完后会泪流满面，甚至大哭一场，如此残酷的爱情，试问哪个女孩可以不为之动容？

没想到，李楚楚在听完后竟然咪咪笑了起来，仿佛刚听到了一个很可乐的笑话，这让我非常不爽。

我郁闷地诘问："有没有搞错？这明明是一个悲伤的故事好不好？"

李楚楚没有回答，还是继续一个劲笑，笑得很灿烂，笑得很美丽，宛若春风拂面。

我彻底颓了："算了，你笑吧，我知道你肯定觉得我太傻，当年的我，确实够傻帽的。"

李楚楚突然抱紧了我："不是的，你一点都不傻，想不到你那么天真，天真得让我心疼。"

"那你还笑？"

李楚楚从我怀里探出头，脸上依然是灿烂的笑容，只是泪水已经布满脸庞。

"谢谢你，苏扬。"

"我的天哪！你这又哭又笑的到底什么情况？怎么还谢起我来了？"我是彻底搞不清楚状况了。

"谢谢你是因为你愿意对我袒露心扉，我知道这很不容易。记得以前看过一本书，上面讲，如果你的男朋友愿意把他曾经的爱情对你和盘托出，哪怕是非常不堪的过往，也证明他已经忘记了过去，爱上了你。"李楚楚很认真地对我说，"其实你以前做过什么我真的没那么在乎，我只在乎你现在对我是不是真心真意，现在我确定了，我很满足，很高兴，所以好想笑！"

"真够无聊的！"

"女人就是这样的。"李楚楚拉着我的手上床，"赶紧睡会儿吧，我累了，我想抱着你睡觉。"

我听话地按照李楚楚喜欢的姿势躺在床上，李楚楚紧紧搂着我，很快就睡着了，并且发出轻轻的鼾声。

我却辗转反侧，难以入眠。直到此刻我都不知道为什么我愿意对她袒露心扉，只是因为我已经爱上了她，我终于可以放下沉重的过往，重新开始一段健康的、美好的爱情？我真的已经做好准备了吗？如果这一次我选择了相信，真心付出是不是就不会再受伤？如果结局依然不是我想象，我是否能够再次承受那排山倒海、沁入灵魂的痛？

我不知道，我真的什么都不确定。

心乱如麻，我决定起床，一个人到外面走走。

我轻轻掰开李楚楚紧抱我身体的胳膊，慢慢坐了起来，给李楚楚盖好被子。

只是刚准备下床，睡梦中的李楚楚突然紧紧拽着我的手，嘶声喊叫："不要离开我，不要离开我……"

我只得再次躺下，李楚楚干脆整个人缠了过来，缠得我无法动弹。

我以为她是故意的，认真观察了半天，见她眉头紧锁，表情痛苦，但呼吸均匀，分明已经熟睡，她长长的睫毛已经被泪水打湿，鼻翼在呼吸中微微颤动着，是那么让我心疼。我情不自禁地在她白皙的脸庞上轻轻一吻。

突然有一种冲动，等她醒来，就向她求婚，然后相濡以沫，白首不相离。

这样的冲动让我感到兴奋而温暖，于是我也紧紧抱着李楚楚，并且很快安心睡去。

11

一觉无梦，好久没有睡得如此踏实。醒来时已是中午十一点多，李楚楚还在睡觉，只是面部表情安详了很多，像个襁褓中的婴孩。我又欣赏了一会儿李楚楚睡觉的样子，越看越可爱，突然觉得肚子好饿，于是下床到厨房泡了包方便面。等回到房间时，发现李楚楚已经醒了，正安静地坐在床上呆呆地看着前方，两行清泪从她眼中悄悄流下。

"苏扬，我做了个噩梦，梦到你和别的女人上床了，被我发现后你就离开我了。"

"傻丫头，别乱说。"我揉揉李楚楚的长发，将碗递到她面前，"饿了吧，快吃吧。"

"不，我不想吃，你告诉我，你会离开我吗？"李楚楚撒娇地看着我，大眼睛一闪一闪的，期待着我的回答。

"不会，好了吧？"

"你会再爱上别的女人吗？"

"不太可能。"

"那你会和别的女人上床吗？"

"这都哪儿跟哪儿？我说咱别说这么无聊的话题好不好？"我上前轻轻将李楚楚抱起来，"好了，你得起床了，下午还要上班呢。"

"不行，你必须回答我，你不说我就不起床。"说完又作势往下躺。

"好吧，我不会的，可以了吧？"

"哼，回答得一点都不真心，等晚上回来我再问你，你个大流氓。"李楚楚噘着嘴，下床收拾好东西，"你好好在家写东西，等我回来给你做饭饭吃哦。"

说完李楚楚在我脸上响亮地亲了一下，然后乐颠颠地去上班了。

12

我吃完面，打开电脑，继续写小说。刚写没两分钟，门铃突然响了，我以为是李楚楚忘了拿什么东西，赶紧去开门，结果一打开，发现竟然是叶子。

叶子，一年前那个突然闯进我的生命，并短暂停留，又突然消失的女孩。现在，她又站在我面前，亲切依旧，宛若昨天。

叶子说："苏扬，我刚好路过你家，突然很想你，就上来了。"

我不知如何回应，只能干涩地说了声："哦！"

"好久没来了，一切还是那么熟悉。"叶子微微笑了下，"如果方便的话，我可以进去待会儿吗？"

我想了想，说："进来吧，欢迎！"

第十三章

虚空

我很不开心，真想毁灭这一切。
让丑陋继续丑陋，纯真归于纯真。
去他的伦理道德，去他的山盟海誓，去他的身不由己，
这些通通都是借口，我们自私自利，我们罪有应得。

RHYTHM OF LOVE.

1

叶子很快坐在我面前，和一年前的情景差不多，只是那时候她是
这套房的另一个主人，可以恣意在里面做任何事情，那时候我们相依
为命，共同度过了一个又一个难熬的清晨和黄昏。

她除了胖了一点，再没有其他变化，特别是身上那熟悉的香水味，
瞬间将时光腰斩，让我不得不承认，面前的这个女人于我其实是挺重
要的存在，至少曾经是。

是的，我们是同类，虽萍水相逢，却也惺惺相惜，更是无比接近
成为一对真正的恋人，却因为无法真正放下戒备，且对过去太多留恋，
最终且行且远。既然不能相濡以沫，不如相忘于江湖，这本来也是很
合适的选择。只是再见就再也不要相见，此刻为什么又会相隔咫尺，
彼此凝视?

我们相对无言，略显尴尬，叶子甚至有点羞涩，低着头，情不自

禁地微笑着。

我也笑了："真没有想到我们还能再见面。"

"是啊，后来，你找过我没？"

"没有。"

"嗯，其实我这样问也是多余，看来你一点都没有变。"

"那你呢？有变化吗？"

"应该……变了不少吧……"

"对了，你和你前男友现在如何了？又过去了一年，应该发生了很多事吧。"

叶子眼圈突然红了，点点头："当时你给我祝福，让我勇敢一点，我听你的，却发现怎么也回不去了。"

"为什么？你说过你依然爱着他。"

"是的，在他的婚礼上，我确实有强烈的还爱着的感觉，后来他找我，希望重新开始，我依然这样认为，可是直到我真的往回走，重新走到他身边，才突然发现那种感觉变了味，或许我仍然爱着他，但是我爱的只是记忆中的他，而不是现在的他。"

"所以……"

"所以我其实挺后悔的，如果我不回头，不管美好还是痛苦，都成了过去，可是我回头了，就要承担更多的无奈和伤害。我们都为这份感情付出了太多，于是变得更加计较，我们都成了病人，不放过自己的同时也不放过对方，所以我们互相伤害，用对方最无法接受的方式，然后再在伤口上撒把盐，非此不能发泄内心的欲望。"

"天，这么复杂！"

"是的，过不下去又分不开，真的好绝望。"叶子凄凉一笑，"你相信吗？我们曾经想过一起去死，炭都买好了，遗书也写好了，对了，我遗书中还提到你了呢。"

"是吗？那我是不是还要感谢你记得我？"

"我一直都记得你，对我而言，你是那么特殊，也是那么重要的存在。"叶子说这些话的时候炽热地看着我。

我赶紧低头，回避她的眼神："那后来怎么着了？"

"没死成呗，还能怎么着啊！"叶子点燃一根烟，"他害怕了，抱着我大哭，让我放了他。我觉得好搞笑啊，明明是他不愿意放过我，到头来还是我的错。"

"所以你们又分开了？"

"分开有一段时间了，后来，我又遇到了几个男生，发生了很多乱七八糟的事。"

"你是想报复，还是自作自受？"

"都有吧，我也说不清，就觉得内心空空荡荡的，活着也像死去了一样，就想找点事来刺激刺激自己麻痹的神经。我去歌厅当公主，每天陪客人喝得酩酊大醉，我去参加户外探险小组，骑摩托遇到了大暴雪，被困在新疆的无人区三天三夜，差点真的死在那里。可这些都没有拯救我，我还是觉得不对劲，更是不开心，所以我还在不停寻找。"

"所以，你现在重新找到我，其实也是……"

"是的，我根本不是恰好路过你这里，而是专门过来的，对我而言，你是我的最后一味药，因为和你在一起的日子，我真的很平静。我不知道为什么，从你身上我总是可以感受到一股力量，让我不那么愤世嫉俗，或许是因为你的内心比我更绝望吧，总之我很怀念那段时光。我知道这样太自私，我不能想来就来，想走就走，这样对你不公平，如果我可以，我真的不会再来打扰你，哪怕一分一秒，可我真的没有办法了，我现在每天活着犹如行尸走肉，真的好痛苦，我只能回头再找你。"

"叶子，我明白你的意思，可是你有没有想过，既然你回头找那个人，收获的只是更加痛苦，现在你找我，一样于事无补。"

"我想过，我什么都想过，这其实也是我犹疑的原因。可是后来我想明白了，我和他爱过，也恨过，有过太多的纠葛，所以才回不了头。可是和你不一样，我没有和你真正开始过，我们之间只有安慰和怜悯，所以我们没有包袱，何况我也根本不期望拥有更多，只求能够和从前一样，就已经很满足。苏扬，这个世上你是唯一真正懂我的人，我的要求其实并不过分，你一定会答应我的，对吗？"

2

那个下午，我听着叶子艰难地讲述着自己的内心。我相信她说的所有话，因为她没有必要骗我，就算骗我，我也愿意相信，因为我能够感受到她的痛苦是真的。我不是圣母，也不对她的痛苦负有责任，但我还是答应了她，帮助她走过这段人生低潮。

这当然是个错误的决定，但当时的我，真的没的选择，否则，我就不是我了。

所以我告诉她，只要我方便的时候，她随时都可以过来，还可以像原来一样在我这里聊天、看碟、发呆、吃饭。

叶子说谢谢，然后问我是不是已经有了新欢。

我没有否认，却也不想说太多。

叶子也没有多问，只是祝我幸福。

我对叶子的反应很满意，再次认为她值得我做出这个决定。记得一年前，叶子曾经嘲讽我根本不懂女人，这半年李楚楚教会了我很多很多，我自以为已经今非昔比，却没想到，其实在女人复杂多端、变幻莫测的内心和欲望面前，我依然是一个什么都不懂的小学生。

3

就这样，从那天开始，每天上午我陪着李楚楚谈情说爱，中午她走后，叶子会准时过来，我们又以另外一种模式相处，一直到晚上她才离开，然后李楚楚再回来。

而我则像一个机器人，随意切换着两种截然不同的操作系统，虽然严格遵守着程序，从未出现大的 bug，但有时依然会觉得累且混乱，看着这个人脑子里想的却是另外一个，至于叫错名字，也发生过几次，虽然各种插科打诨得以过关，却也未免乱了阵脚，心中更是觉得愧疚。

可对于这样的局面，我已无力轻易打破，也不愿打破——叶子和李楚楚，她们性格迥异，给我截然不同的感觉，谈不上孰优孰劣，只能说对我都很重要，我都不想失去。

张爱玲笔下的红玫瑰和白玫瑰，或许说的就是男人的这种贪婪和自以为是吧。

所以只能尽力去平衡，只要做好这一点，即使三人行，也能相安无事。

我自信可以控制自己的言行举止和思想动态，也自信可以不让李楚楚察觉到端倪。她在明处，心无旁骛，正纵情享受着和我一起的每一分每一秒，虽然嘴上总是调侃，但对我应该是绝对信任，这就很好。可是对于叶子，我其实无能为力，她在暗处，对所有事都心知肚明，理性和欲望犹如冰火，时刻交锋，一旦失衡，外力根本不能掣肘。

事实上，不过数日之后，我就明显感受到了叶子的微妙变化。

比如原来她从来不会多问一句李楚楚的情况，可是慢慢地她对李楚楚就有了好奇，甚至些许敌意。而面对叶子的态度，我性格里的天真和缺陷，更是尽显无遗。

"你女朋友哪里人啊？"

"上海小姑娘。"

"多大啦？"

"和你一样。"

"漂亮吗？"

"也和你差不多吧。"

"哈，怎么什么都和我一样。"叶子眉飞色舞，"我说你不会是因为我不告而别，伤心过度，所以找了一个替代吧？"

"当然不会，她性格和你完全不同，你太成熟，她太天真，正好是两个极端。"

叶子没接我话，继续问："你们是网友吧？"

我摇头："夜店遇到的。"

叶子嗤之以鼻："那也就是玩玩的吧——怎么，你还当真了？"

4

至于李楚楚，虽然她对这一切浑然不知，但有时候她说出来的话又好像早已洞察一切，不管有心，还是无意，都让我心惊肉跳，寝食难安。

好几次，叶子刚走没多久，她就回来了，带着我喜欢吃的食物，非要亲眼看着我全部吃下去。我已经和叶子吃过晚饭了，可为了不露出破绽，只能装作欢天喜地再吃一顿，同时强打精神，和李楚楚闲聊天。

"老公，我刚才在楼梯口看到一个女孩，可漂亮了，我们这幢楼好像没这么漂亮的女孩呀。"

我一听，浑身汗毛立即竖了起来，难道叶子一直没走？她想亲眼看看李楚楚长什么样？她是不是还想和李楚楚说什么？她怎么可以这样破坏游戏规则？

我的心七上八下，赶紧往嘴里塞几块肉，囫囵吞枣起来，这样可以让我紧张的表情看起来更合理些。然后我强装镇定地说："可能刚搬来的吧，这个老小区人口流动挺频繁的。"

"应该不是！"李楚楚托着腮，眼珠转来转去，"感觉不像，你知道吗？我就看了她一眼，结果发现她一直在看我，而且眼神很不友好，好像还在冷笑，真是有毛病。"

"估计是看到你比她年轻、漂亮，心生不满。"我继续尬聊，"女人何苦为难女人，哈哈哈！"

李楚楚嘴角突然流露出神秘的笑容，她看着我，挑衅地说："你知道当时我怎么想的吗？我就想，她会不会刚从我们家出来呢？她会不会是你的小情人呢？趁我不在偷偷过来和你幽会。"

"喂，说什么呢你？"我已经紧张到了极点，借势将筷子重重拍在桌上，指着她鼻子，很认真地警告，"饭可以乱吃，话可不能乱说，别怪我真发火。"

"老公，你干吗发这么大火啊！我说着玩呢。"李楚楚赶紧装可怜，"那么漂亮的女孩会找你，我还不相信呢。"

"反正不许你乱说。"

"知道啦，我以后再也不敢了，我们赶紧吃饭吧，谁说饭可以乱吃的？你只许吃我给你做的饭，再晚也要等我回来，嘻嘻。"

5

第二天，李楚楚刚走，叶子就过来了，给我买了不少外卖，说要和我一起吃午饭。

我说我刚吃过。

叶子说那是和别人，我要你和我再吃一次。

我拒绝，可叶子坚持，我只得答应。

吃饭时，我问："你昨天是不是见到她了？"

"嗯，见到了。"

"正好遇到的？"

"不是，专门等了会儿。"

"为什么要这样？"

"就是想看看，感觉挺清纯的，一看就是傻丫头。"

"是挺傻的，不过那只是表象，其实鬼着呢，昨天她也看到你了，回来就和我说了。"

"不奇怪，女人都很敏感的。"叶子眉毛一挑，"怎么了？你怕了？"

"我有什么好怕的？我们之间什么事都没有。"我故作无所谓。

"真的什么都没有吗？"

"就算有，那也是过去。现在，我们只是朋友。"

"有每天都在一起的朋友吗？而且都是在家里，在床前。"叶子嘴角又流露出冷笑，"你觉得她会相信吗？"

见我不言语，叶子接着说："就算她相信我们真的只是朋友，她又能接受我们这样的交往模式吗？绝对不可能，谁都无法做到。"

"不要说了。"我放下筷子，冷冷地看着叶子，"你到底什么意思？"

"我没什么意思，不过这几天我也想了很多，我以为我可以不在乎，只要还能够回到你身边。可是我发现我根本做不到，我明明很喜欢你，而且我觉得我才是最适合你的那个人，我为什么要忍受你和另外一个傻女孩谈情说爱？"

"叶子，你这是瞎胡闹，我们已经说好了，你回来是因为你很痛苦，我留下你是希望帮你走出这痛苦。"

"是，我们是说好了，可是我现在才明白，你就是我的痛苦之源，如果我们的关系不改变，我只会越来越痛苦，永远没有办法走出苦海。"

"你想怎么改变？"

"很简单，你和她分手，然后做我男朋友。"叶子看着我的眼睛，一字字地说，"你说过我们是同类，只有同一种人在一起才能够走到最后，否则无论你和谁在一起，结局必将是破灭。长痛不如短痛，所以我的决定不只是为了你和我好，也是为了那个傻丫头好。你是不可能给她想要的幸福的，这点你应该心知肚明。"

"够了！"我愤怒地站了起来，"叶子你给我听好了，我很喜欢她，也很珍惜她，我能不能给她幸福的未来是我的事，不要你来瞎操心。还有，现在我对你做的事已经是我能做的上限，所以如果你不满足，请你立即走开。"

"你是在威胁我吗？"叶子表情很伤心，却又分明在挑衅，"苏扬，你最好好好想想，到底是谁不能失去现在的一切？"

我的手有气无力地耷拉下去："你不可以这样。"

叶子走到我身后，从后面抱住我，在我耳边喃喃地说："这几天我一直在想，既然你做不到，我是不是应该帮助你，是不是应该把一切都告诉那个傻姑娘，让她早点离开你。我知道如果我真这样做了，你会恨我，我也得不到你，可是你心里应该很清楚，我这样其实是在帮你，总有一天，你会感谢我。"

6

我被要挟了，被一个曾经那么亲近的女孩以爱的名义要挟。那些日子，我满脑子想的都是农夫与蛇的故事。

而我，虽然不情不愿，却也害怕叶子真做出什么疯狂的事，破坏这一切。

李楚楚说过，女人一旦狠下心来，没什么事做不出来。更不要说叶子这样本来就极端的女人。

随着上次对话的"撕破脸皮"，叶子对我的"占有"越来越严重，甚至到了苛刻的地步。

　　经常是李楚楚刚离开，叶子就过来敲门。我真怀疑，她在我家装了针孔摄像头，或者窃听器，又或者，她就在我家对面的居民楼住着，成天在窗台上架一高倍望远镜，观察着我的一举一动。

　　好几次，我都认为她们肯定会在我家狭路相逢，但最终都完美错过。

　　尽管破绽百出，可是向来敏感的李楚楚似乎浑然不觉，依然是那样信任我，不管多累每天都要花两个多小时从学校赶过来，给我买菜，洗衣做饭，收拾家务，还特抱歉地说对我照顾不周，等她毕业了就立即搬过来，真正和我生活在一起。她的真情真意让我无比感动，可是也让我更加内疚，很多时候我都觉得这样欺骗着她真的禽兽不如，可是又不知道如何才能彻底改变，还能不能改变。

　　这样捉襟见肘的局面直到9月才有所改善，开学后李楚楚就无法再像暑假一样每天都过来了，对此她似乎感到很自责，一个劲安慰我不要难过，只要她稍微有空，就会赶过来陪我，每个星期至少抽出完整的一天过来，每天她都会给我打很多电话发无数短信，如果实在太想她，还可以在电脑上视频聊天。同时她也要求我洁身自好，不得趁她不在时游手好闲，更不能拈花惹草，每天晚上十点她都会打电话到家查房，我必须接，否则不管她在哪里，都会立即赶过来，见不到我誓不罢休。

　　对于李楚楚提的若干要求，我悉数全收，只要她不再每天过来，我就能拥有更多自由。叶子现在对我提出越来越多的要求，我已经应接不暇，正好借着这段相对宽裕的时间去好好做个了结，无论她再怎么蛮不讲理对我要挟，我也会不为所动，直到彻底解决。

　　我送李楚楚到车站，李楚楚依依不舍和我分别："老公，我真不想走，要不我休学算了。"

"瞎说什么？不就剩下一年了嘛！"

"还有一年呢，好长的，老公，你一定要记得我对你说的每一句话，一定要每天至少想我一百次，听到没？"

"一百次哪里够，一万次差不多。"

"讨厌，你就是嘴甜。"李楚楚踮脚在我脸上亲了下，"过两天我不忙了就过来看你。"

"好啊，不过来之前给我打个电话。"

"为什么啊，你不想要惊喜吗？"

"都老夫老妻了，要那么多惊喜干吗？"我爱抚着她的头发，"听话就是。"

"嗯！我听话的。"李楚楚看着我，"我们真的会结婚吗？"

我看了看手机："走吧，时间不早了。"

李楚楚拉着我的手晃："你说嘛，我们会不会结婚。"

"会啊，除非你不愿意嫁给我。"

"嗯，我确实要慎重点，看你表现咯。老公，再见！"公交车来了，李楚楚突然往我口袋里塞了个信封，然后跳上车，对我挥手道别。

我以为又是她给我写的信呢，结果打开一看，原来是一沓钱以及一张心形的便签，上面写着：老公，这是我打工赚的钱，不是很多，你先拿着，想买什么吃的别舍不得，乖乖在家等我回来。落款：爱你的老婆。

那一瞬间，我眼眶发酸，我想立即给她打电话，告诉她我不可能花她的钱，可是我知道她的性格，如果我拒绝，她不会罢休，这是她对我好的方式，我只能暂且接受，将来加倍偿还——一想到将来，我就心头一沉，我和她之间，会有将来吗？

　　我心事重重地往回走，刚走到楼下，就看到叶子坐在台阶上抽烟。

　　我情不自禁地叹了口气，心想这家伙还真是阴魂不散，真想上前将她狠狠臭骂一顿，从此老死不相往来。可一想到她这样做其实也是因为爱，又觉得于心不忍。

　　我走过去，没说话。她抬头，看着我，眼神有点悲伤。

　　"她走了？"

　　"嗯，刚走。"

　　"你们好恩爱啊！真让人羡慕。"她苦笑了下，"如果刚才被你抱在怀里的女孩是我，如果你也可以对我说出那些甜言蜜语，真是死而无憾了。"

　　我被她的话吓得一激灵："你怎么知道？"

　　"我怎么知道？"叶子又苦笑了下，"我当时就在你俩身边，离得好近好近，可是你俩眼中只有对方，谁也没有看到我，真是荒谬。"

　　"对不起！"

　　叶子站了起来，表情落寞："你为什么要说对不起我？你有什么对不起我的？一切不过是我自作多情。"

　　我看她今天的言谈似乎少了份戾气，感觉有戏，赶紧劝慰："也不能这么说，每个人都有每个人的路，选择最适合自己的就好，很多事分不了对错，也不能强求，你是个很特别的女孩，会找到属于自己的幸福的。"

　　叶子看着我，笑了，这次不是苦笑，也不是冷笑，而是充满了嘲讽。叶子说："谢谢你对我的祝福，我知道你想说什么，你放心，我是不会就这样退出的，你想都不要想。"

说完，她将烟蒂扔到地上，用脚狠狠踩灭，然后上楼了。

7

暑假的时候叶子每天还会准时离开，现在开学了，李楚楚晚上不过来了，叶子干脆也不走了。

我让她睡床，我睡沙发。她也不推让，只是让我重新给她铺好新的床单，她说否则床上有别的女人的味道，让她作呕。

她在时，我们经常几个小时都不说一句话，我写作，她打游戏，或者就愣在一旁发呆，不停抽烟。

真不知道她这样有什么意思，可是她就是乐此不疲。

每晚十点，李楚楚会准时打电话。一开始我还请叶子回避，后来也就无所谓了。我和李楚楚甜言蜜语，叶子就坐在一旁，有的时候还会故意发出声响，我吓得捂住话筒对她直瞪眼，她却兴高采烈不停说真好玩。

幸好李楚楚从来没有多疑，至少没有表现出来过。她问我在干吗，我就说在看碟，电视里有一个女神经正好在发病。

气得叶子对我直比中指。

就这样，时间很快过去了一个多月，天气又冷了起来。

我们三个人依然相安无事，这简直就是奇迹。

我本意是耗着，耗到叶子知难而退，或者耗到她能够遇见新欢，这样她就会转移注意力。

可是我的憧憬始终没有如愿。叶子不但没有表现出半点放手的意思，而且仿佛对除我之外的所有男人都失去了兴趣，甚至连她原来最热衷的网聊都已经停止。

其实，我觉得她现在根本对我也没什么兴趣，她这样做只是在和自己怄气，她的每一次选择似乎都是错误的，她痛苦，她不服，我是压垮她的最后一根稻草，她不能就这样再放弃。

有几次看她心情好些了，我会问："叶子，你这样耗着也不是办法，你到底想要什么？"

叶子振振有词："要你和她分手，做我男朋友——我说过很多次。"

我摇头："不对，这根本不是你想要的。"

叶子疑惑地看着我："那我到底要什么？"

"你要的只是别人不能比你更幸福，特别是我，因为我们是同类，你的潜意识里认为我们只能同进同退，要么一起浮出水面，要么一起彻底沉沦。"

叶子点点头："你说得或许没错，不过那些都不重要了，反正我不会就这么善罢甘休的。"

我几乎是在祈求："叶子，我感谢你对我的有情有义，可是我真的不适合你，如果我们真有这个缘分，去年就在一起了，你没有必要再继续下去，不会有什么好结果的，收手吧。"

"不！"叶子斩钉截铁回绝，"我知道不会有什么好结果，但我就是愿意这样，现在我什么都不相信，只相信自己的感觉。"

"你不觉得你的感觉很不靠谱吗？你遇到这么多乱七八糟的事，不就是因为太相信自己的感觉？这样干耗着一点意义都没有。"

"行啊，那就改变改变，我也早烦了。"叶子浑不吝地看着我，"苏扬，我不能总是为你着想，你还不领情，觉得我有病。"

我心头涌上一股凉意，"你不要乱来。"

看着我紧张的模样，叶子又笑了："放心吧，现在你还在我身边，我就已经很满足，哪一天，你真的不搭理我了，我才会考虑玉石俱焚，谁也别想安生。"

叶子说完看着我："所以，你一定要让那一天尽量晚点到来。"

叶子最后以胜利者的口吻对我说："你不要难受，也无须伤悲，你知道这些其实都是命，我们谁也没法改变。"

8

仿佛一场势均力敌的博弈，我和叶子旗鼓相当，见招拆招，我从来没有置身过如此纠结的关系中，简直比我当年在药厂的人事斗争严峻一万倍。由己及人，那段时间我竟然对我国的诸多内政外交感同身受，明白很多表面上看来让步的政策其实不失为一种无奈之举，更是智慧的体现。试问谁不愿意金戈铁马，快意恩仇？可是又有几个人真的可以放下所有，不管不顾？无论一个人还是一个国家，都有太多的不得已，旁观者当然可以风言风语，当局者却只能瞻前顾后，以和为贵。

正如叶子说的那样，我只能忍，也只能等，用尽全力维护眼前所谓的稳定，哪怕这样做对李楚楚早已非常不公平。我以为叶子是这个平衡局面唯一的变量和威胁，只要她不做，我不说，大家就可以将就下去，过一天是一天，终究车到山前必有路，实在无路可走了再说。我的天真和投机在此再次体现得淋漓尽致，可笑如我还真以为这样首鼠两端是万全之计。所以我一退再退，叶子则步步为营，最后无论是时间、精力、金钱，我对叶子的投入都要多于李楚楚，于是我对李楚楚的情感就成了最可怜的笑柄，而李楚楚对我越是相信和付出，我就越是愧疚，对叶子就越厌恶，宛若一个怪圈，明明知道不能这样，可是又离不开，逃不掉，只能眼睁睁地一天比一天痛苦，一天比一天煎熬，终于所有的负能量积聚到了极点，等待的只会是爆炸。

是的，我很不开心，我真想毁灭这一切。让丑陋继续丑陋，纯真归于纯真。去他妈的伦理道德，去他妈的山盟海誓，去他妈的威逼利诱，去他妈的身不由己，这些通通都是借口，我们心存侥幸，我们自私自利，我们骗人骗己，我们罪有应得。

9

10月底的一个周末，李楚楚来我家后，我没有像往常一样继续埋头写作，任凭她洗衣做饭打扫房间，然后忙完所有再一个人走。我提议一起出去玩玩，顺便买点东西。李楚楚听后又意外又惊喜，在一起几个月来，我们逛街的次数屈指可数，有时候她也会抱怨我们谈恋爱不像别的年轻男女，感觉过的是老年人生活，可是每次都不等我解释她就会主动宽慰自己，说知道我现在忙，一切都以写作为重，等有朝一日功成名就，肯定会把现在缺失的一切尽情弥补。

那天我和李楚楚手拉着手，一路欢歌笑语，去了很多时尚、美丽的地方。我们去淮海路购物，去城隍庙吃美食，去外滩坐游轮，还在人民广场新建的顶级影院看了场爱情电影。我几乎花光了所有的积蓄，给李楚楚买了好几身漂亮衣服，还有各种她喜欢的首饰，在一家珠宝店的柜台前我徘徊了很久，如果不是因为钱远远不够，我真的想给她买一颗钻石。

面对我的百般宠溺，李楚楚惊愕的同时更是无比开心，回去的车上她将头枕在我的肩上，在我耳边喃喃地说："谢谢你，老公，我今天真的超满足。"

我爱抚着她的长发，说："傻丫头，这些都是我应该做的，我早就该这样了。"

"不要这么说，我知道你对我好，可我们的日子还长着呢，我不要一下子全来，那样好不真实，我要细水长流，把日子过成诗。"

10

回去后，我亲自下厨，给李楚楚做了很多她喜欢吃的菜。她一边抱怨着说要减肥，一边将这些菜吃得精光。温存过后李楚楚说时间挺晚了，她得回学校，明天一早就有课。我送她去车站，临别时轻轻拥着她，在她耳边一遍一遍地说着最动人的情话。李楚楚无法自拔，一连过了几辆车都没上去，直到末班车缓缓而来，这才和我依依惜别。

上车前，我拉着她，"要不，明天再去学校，我打车送你。"

"还是不要了，好多钱的。"李楚楚紧紧抱着我，"老公，我也舍不得离开你，下个星期我早点过来陪你好不好？"

我收起伤感，对她微笑，挥手告别。

我记得那夜的月亮好美丽，在我面前慢慢消失的李楚楚，也真的好美。

如果可以，我愿意用生命来呵护这份美好，只可惜，此刻的我，真的做不到。

11

我在车站待了会儿，算好时间后给李楚楚发了条短信，然后给叶子打电话，问她能不能现在就过来。

叶子没有任何犹疑，说很快就到，她早已出来，一直在附近徘徊。

我们前后脚进屋，叶子像以前一样开始自己找事做，我却紧紧拉住她，说想和她抱一会儿。

这几乎是我们再次相逢后最亲密的举动，叶子显然对此已经不习惯，不过还是顺从地揽住了我的腰。

我们开始接吻，那一瞬间，所有熟悉的感觉扑面而来，叶子吻得很动情也很投入，几乎要将我生生窒息。

她轻轻呻吟着，褪去外衣，从喉咙里发出呓语，说："真的好怀念。"

我却在最后的关头停止所有的动作，说有些话想对她说。

我的行为显然超出了她的预期，她躺在我怀里，疑惑不解地看着我。

我说："这些天我一直在想你对我说的话，你说我们现在的境遇其实都是命，谁也没法改变。我觉得你说得很对，不过只对了一半，这些确实是命，是孽缘，可主动权并不在你手上，而是在我这里。我之所以畏首畏尾只是因为我太在乎，我输不起，这是我的底线，可是如果我放弃了这个底线，我其实可以选择很多，改变很多。"

"苏扬，你说什么，你究竟想干吗呀？"叶子挣扎着要起来，我却紧紧抱着她，继续在她耳边自说自话。

"其实这个道理我一直都明白，可是我就是没有勇气去改变，我想我受过那么大的伤，又找了这么多年，好不容易找到一个心爱的姑娘，我怎么可以就这样放弃呢？在我的心中她比我的生命还重要，我实在想不通会因为什么而放弃。后来还是你提醒了我，你说我其实根本给不了她幸福，我和她根本不是一个世界的人。这一点你说得完全正确，虽然我是那么不想面对，但我也必须承认。所以我想，如果我的放弃其实是为她好，这是不是也算对这份感情的一种牺牲呢？如果说现在的残忍可以换回她以后的幸福，我又有什么理由眷恋不舍呢？我不可以那么自私的。"

"你……决定和她分手了？"叶子不挣扎了，眼睛亮了，"你终于想明白了，你什么时候和她说？"

我摇头："不对，不能分手，因为根本分不开，我太知道对曾经的我、现在的她来说，只要有一点点的希望和理由，都会继续全力以赴去爱，哪怕没有尊严，没有希望，也无法真正放下，那样只会更加痛苦，只会造成更大的伤害。"

"那你究竟打算怎么办？"

我没有回答，因为已经无须我回答。

"老公，我回来了，发生什么事了？"门开了，李楚楚焦急地冲了进来，于是亲眼看到了紧紧相拥、近乎赤裸的我和叶子。

然后我清晰地听到她发出一声号叫，真的是号叫，像动物一样，夹杂着绝望、恐惧、愤怒、窒息。

"怎么会这样？怎么会这样！"她脸色煞白，失魂落魄地一步步走向我们。

叶子挣开我的怀抱，裹着衣服跳到了一边。

我始终一动不动，任凭李楚楚走到我面前，狠狠地，一下又一下地，抽着我的脸颊。

"为什么这些都是真的？为什么不让我一直以为只是我在敏感多疑？你为什么不能再继续骗我？为什么要亲手毁了这一切？"

我没有任何反抗，她的每一下愤怒的抽打都能让我的内心减少一丝疼痛。

而在她筋疲力尽停手之际，眼泪终于从她的眼睛里涌了出来，可是她的声音变得很平静，心如死水般的平静，她很认真地对我说："今天是我最幸福的一天，也是我最黑暗的一天。我会永远恨你，永远永远。"

说完，她转身离开，再也没有回头。

12

李楚楚走了，叶子也走了，我的眼前很快一片黑暗。所有的希望，所有的绝望，所有的眼泪，所有的心碎，所有的坚强，所有的伪装，所有的悸动，所有的坚硬，所有的后悔，所有的遗憾，所有的羞愧，所有的骄傲，所有的高贵，所有的卑贱，所有的昨日，所有的未来，所有的所有，所有的一切，全部被黑暗吞噬。

第十四章

原
谅

说来说去，生活不过如此，
你不能完全没有希望地去活，也不能想太多。
你失去一些东西，也会得到另外一些，
总归悲欢离合，喜怒哀乐，通通感受一遍。

RHYTHM OF LOVE.

1

转眼，一年又过去了，我来到北京也整整一年了。

过去的一年内，于我身上似乎又发生了不少事情，又好像没太多改变。

说来说去，生活不过如此，你不能完全没有希望地去活，也不能想得太多。你失去了一些东西，也会得到另外一些东西，孰轻孰重不好说，总归悲欢离合，喜怒哀乐，通通感受一遍。

《那时年少》终于出版了，尽管时间比李姐最后承诺的依然晚了很久。面对着制作优良、装帧精美的实体书，我也不知道这个李姐到底是靠谱还是不靠谱。

不过我知道我应该感谢她，因为一年前正是因为她的一句话，我才毅然来到北京，有了这一年全新的生活。

通过李姐的介绍，我入职了一家图书公司，成了一名编辑。对于这份工作也谈不上多么热爱，不过感觉做起来也不算困难，工资虽然不高，但养活自己也没什么大问题，这就足够。说起来，北京的方方面面都和上海大相径庭，很多人刚过来都说不适应，我觉得还行，除了冬天的静电着实让人受不了，其他都不算重要。

我租住的地方叫望京，曾经是一片菜地，后来北京修建了五环，这里成了另外一个 CBD。2010 年北京的房价在历经低谷后突飞猛涨，对绝大多数年轻人而言自主买房已经成了遥不可及的奢望，有人后悔昨日迷惘，有人还在踮脚张望，计算着如何才能在这个庞大的城市安身立命，飞黄腾达，却发现计划总是赶不上变化，最终空留一声叹息，悲哀地发现这里留不下，可家乡也已经回不去，折腾了多少年，竟然梦里不知身是客，何处是我家。

所幸，这一切似乎都与我无关，对于这个时代、这个城市，还有我自己，我其实都没有要求。工作之余，我全心写作，《毕业了，我们一无所有》已经修改了好几遍，新的小说《青是受伤，春是成长》也已经动笔，除此之外，我的心中还酝酿了四五个故事，假以时日，我要将之一一写出。这便是我对于未来，全部的规划。

励精图治，奋发图强，功成名就当然很好，可不求上进，得过且过，安心做个小人物，也不能算作错。

2

过去的一年，我和爱情彻底绝缘，以致我的不少同事认为我的取向有问题，李姐继续热心肠，给我介绍了一个又一个来自五湖四海的姑娘，我顾及李姐面子，每次都请对方吃饭，然后好聚好散。

我当然忘不了李楚楚，不管以前还是今后，她在我心中的角色都无可替代。我不会愚蠢得拿其他女孩和她比较，却也不得不承认没人会比她给我的感觉更美好。我也不是没有勇气再爱，只是怕再次辜负对方的用心良苦。

我同样忘不了何诗诗，她已经从我的世界消失了六年多，音信全无。但是我们之间发生的事依然历历在目，我总是忍不住去想，如果当年我没有遇见她，如果我们之间没有发生那么多狗血的事，是不是我的生活会和现在截然不同，是不是也就没有后来一次又一次的伤害？

当然了，生活没有如果之说，我也只是偶尔想想。我已不再年轻，回忆成了我最珍贵的财富。

3

综上所述，我对在北京的生活相当满意，如果可以，请让我余生都如此淡然度过。

可惜，和过去的每一次祈祷相同，老天依然拒绝了我的请求。

在我来到北京一年零三个月的时候，我意外收到了一封电子邮件，彻底改变了我的生活轨迹。

这封邮件对我而言是如此重要，只是因为它的发件人竟然是何诗诗。

是的，何诗诗，我的初恋，曾经我的最爱，也是伤害我最深的女人，竟然再一次出现在我的生命里，这真的让人不得不感慨命运的蹊跷和离奇。

只是这一次，不知道是喜还是悲，是戕害还是救赎。

　　何诗诗给我写信的原因其实很简单，她在网上看到了我的处女作《那时年少》，并且购买了电子版，这本书写的是我和她的故事。她连夜读完了全书，觉得有很多话要对我说，实际上就算没有这本书，这些年她也一直在找我，可是她人在大洋彼岸，根本没有我的任何联系方式。

　　总之，看完书后她心绪难平，很快她将内心所有的感悟写成了这封六千多字的邮件，然后循着书最后提供的联系方式，找到了我。

　　而我，也终于在相隔多年后，再一次和她对话。

4

　　苏扬，真的是你吗？

　　我是诗诗，你还记得我吧？我在你的书里看到你的 E-mail，突然很想给你写信，和你说说话。曾经，每次在我最无助的时候，我总想找你倾诉，而你也从来没有拒绝过我，这次，你还会愿意继续聆听吗？

　　我现在住在纽约，来到这里已经四年了，真是弹指一挥间，之前的几年我一直在西雅图，中间还短暂在加州生活过几个月。总的来说，这些年经历过不少风波，但最后还是走了过来。爸爸也很欣慰，说我是他的骄傲。看到爸爸高兴，我觉得所付出的一切真的都值得了。

　　可是，苏扬，我想说的是，如果时光可以倒流，如果我可以重新选择，我一定不会选择过来。

　　因为，美国没有你。

　　听上去很假是不是？可这是真的。很多事情只有错过了才后悔莫及，只有失去了才懂得珍惜。苏扬，失去你是我心底最深的遗憾，没有你在身边的岁月，生活再美丽，我的人生也是黑白的。

　　看到这些，或许你会冷笑。

　　我伤害你那么深，你一定觉得我像魔鬼。

　　你肯定会疑问，我到底有没有爱过你。

　　和你在一起的时候，我一直在你面前伪装，不想透露出半点内心的信息，因为我害怕，害怕我暴露了自己真实的情感，我就彻底失去了最后的防线，任何一点点风吹草动，都可以将我击垮，然后万劫不复。你和别人不一样，别人可以用金钱获得我的身体，但你已经融入我的血液灵魂。所以我拒绝你对我好，更抗拒去对你好，我宁可没有表白，就不需要伪装，没有开始，就永远不会结束。

　　可是现在我想告诉你的是，我真的爱过你，而且很爱很爱。

　　我怕再不说，就永远没有机会了，尽管，我已经完美地错过了你。

　　苏扬，你还记得吗？我们一起去凤凰旅游，在沱江边，我把我不堪回首的过往全部告诉你，是因为在我心里，你已经是我最值得信任的人，那时我虽然还不确定对你的感觉，但已经对你不再防备。后来我突发阑尾炎，你抱着我在凤凰街头拼命找医院，在你怀里看着你认真急切的表情，我突然好想哭。很多男人只是贪图我的外表，只有你是发自内心对我好，其实那时候我已经没那么疼了，可是我不想告诉你，这样我在你怀里待的时间就可以长一点，再长一点。我已经很久没有这种被人真心呵护的感觉了，这感觉让我仿佛回到了从前，回到了我还是一个孩子的时候，过着无忧无虑而且安全的生活——是的，安全，苏扬，和你在一起，我最大的感觉就是安全。

或许，对你的爱，就是从那一刻滋生的吧。

也不是没想过和你在一起，像所有幸福的恋人那样好好谈一场恋爱，也不是没想过可以永远牵着你的手，过着平淡却幸福的生活。关于我们的未来，我其实悄悄想过很多很多，可每想一次就害怕一次，我害怕这一切又是上天和我开的一次玩笑，我害怕我投入越多最后失去的时候就会越痛苦，我不允许自己再犯同样的错误，上一次被欺骗和伤害我还能够活下来已经是奇迹，如果再来一次，我一定会灰飞烟灭。虽然我知道你不是那样的人，可是我真的做不到去相信，不是不相信你，而是不相信爱情。何况我的目标是出国，分开是我们必然的宿命，既然没有结局，那么就不要开始。

从凤凰回来后，我决定立即停止我们之间所有可能的发展，就让美好都留在旅程中。所以再次面对你的热情，我只有冷嘲热讽，只有拒绝，我真希望你会生气，会愤怒，会离开我，那样虽然我也会痛，但痛过之后又会变得更强大，无情无义、冷漠现实——这些才是我在情感上的终极追求。

可是你没有让我如愿以偿，你没有让我的自私得逞，很多时候我觉得我很懂你，你幽默，你积极，也挺厚脸皮，你不怕被拒绝，懂得自嘲，而且你真的很有才华，你给我写的那些情书我都有认真看，而且非常喜欢看，这些确实也是我最初注意到你、被你吸引的原因。可是很多时候我又觉得不懂你，我不知道你究竟从哪里来的勇气可以包容我那么多，哪怕知道了我最隐私的秘密，依然选择了理解和接受。苏扬，你知道吗？我真的很感动，我知道天底下没有几个人可以做到，谢谢你总是纵容我，让我可以一次又一次地伤害你，而你还始终在我身边，永远不离不弃。

所以我真的好挣扎，我明明那么爱你，可是却不能说，明明想和你在一起，可是只能对你更加冷漠，看着你一次又一次失望的眼神，我真的好痛苦，可我越是痛苦，我表现出来的攻击性就越强。我甚至开始恨你，恨你不像一个男人，恨你没有血性，恨你为什么什么都可以忍，恨你为什么不对我反击，哪怕你骂我诅咒我一辈子不会幸福，也好过你什么都不说，永远在我需要的时候出现，在我烦躁的时候消失。

后来，我真的无法再忍受这样的生活，决心一定要将这一切终结，否则我会纠结得死掉，只不过在离开你之前我决定要做一回你的女人，所以我拼命喝醉，一步步引导……那一夜比我想象中还要完美，第二天早上从你怀里醒来，我竟然有一种是你妻子的错觉，我那么贪婪地看着你，祈求你永远不要醒来，因为我知道，等你醒来的那一瞬，就是我永远离开你的时候。

可是，我的企图再次落空了，我怎么也没想到你会发动你的同学，在全校师生面前向我求爱，而且方式那么别出心裁，让我瞬间竟然忘记了所有的挣扎、所有的犹豫、所有的害怕，我没有力量再拒绝你，我除了流泪，只能点头答应。

苏扬，我亲爱的苏扬，谢谢你的坚持，让我有勇气再做一次别人的女朋友。

而和你恋爱的两个多月，我真的很幸福，你对我的关怀无微不至,满足我提出的所有要求,你知道吗?我甚至想过放弃出国,放弃我多年的梦想,就这样和你厮守下去……真的,我已经深深依赖上你,已经再也离不开你,我开始庆幸没有凑齐出国的钱,甚至希望永远都凑不齐,那样我就永远不用离开,永远不会和你分离。

可是,老天再次捉弄了我们,当我发现竟然有那么好的出国机会就在眼前时,我的欲望再次被引燃,我做不到无动于衷,我不由自主地想去争取,那一瞬间我又变成了从前那个自私冷漠的人,我怪你不告诉我这个消息,我怨你不为我好好争取,我一定要得到这个机会,我可以不择手段,也不惜付出任何代价。

事情比我以为的要简单很多,那个比我爸爸还年长的男人,我们尊敬的院长,几乎没有等我说出条件就已经投降。在我走进他的办公室,和他四目相对的那一瞬,我就知道我成功了,他的贪婪和欲望全部写在了脸上。于是我们很快达成了共识,比我之前和任何一个男人的交易都要快捷。我为自己的聪明感到自豪,虽然我背叛了对你的承诺,心中也会有悔恨,但和出国比起来那算不了什么,何况一切很快就会结束,快得你根本意识不到。只是我真的没有想到最后的结局竟然是被你发现。你知道吗?那个夜晚是我人生最灰暗的时刻,当看到你从黑暗中走出来,看到你犹如死亡般晦涩的双眼,我情不自禁地呼唤着不要,我不要老天给我安排的这一切,原来老天让我之前那么幸福,只不过是为了这一刻的惨痛。

我知道,你一定恨死我了,我的世界终于失去了你,原来你为我做了那么多只是让我更痛苦,原来这个世界真的不可能有真爱。我背叛了我的内心，所以我再次受到了惩罚，我有罪，是我活该。

遗憾、后悔、疼痛、绝望、迷惘、挣扎……带着这样复杂的情绪我来到了美国，开始我憧憬多年的留学生涯，开始我人生新的篇章。

只是出国并不是终点，生活一如既往地给予我挑战和折磨，我的学校压根儿不是院长口中的美国重点大学，而是一所如假包换的野鸡学校，学校也没有遵守诺言提供奖学金，我在美国的所有学费都要自理，再加上昂贵的生活费用，这些都成了我无法言说的痛。尽管之前我积攒了一些钱，可在坚持了一年多后我还是陷入了窘迫的困境，而且因为我将所有时间都投入到了学习中，忽视了交际，我过得真的很孤独。没有亲人，没有朋友，没有关怀，没有问候，我越来越想爸爸，想你，想中国。好多个黑夜我从噩梦中醒来，被子都已经被哭湿，透过窗户，看着陌生的一切，我真怀疑自己多年来的坚持是不是值得，怀疑自己的行为其实是个笑话，可是我已经回不去了，这一切都是我自己选择并且要承受的，我只能咬牙坚持。

很快，我从自己租住的单间搬了出来，搬进了四人合住的学生公寓，因为生活习惯差别很大，在那里我根本没法安心学习，可是没办法，我的存款已经支撑不了我喜欢的生活品质。我甚至开始尝试打工，可是我真的适应不了那些苦累活计，而且这些钱顶多只能维持我自己的生活，未来几年高昂的学费还远远没有着落。我开始越来越绝望，脾气变得也越来越孤僻暴躁，和室友吵架，被她们联合起来嘲笑捉弄，我却不知道如何保护自己，只能像只流浪猫一样蜷缩在自己狭小的床上，低声呜咽。

其实我知道如何赚钱，在国外，如果你想过上优渥的生活，如果你不是富二代、官二代，如果你没有家里的支持，你想赚很多钱几乎没有其他方法，可是我不愿意，如果说当年在国内我出卖身体是为了出国，为了实现我人生最大的梦想，完成爸爸对我的期待，那么我现在没有理由再重操旧业，否则就是下贱。更何况，我曾经答应过你，虽然你已经不在我身边，可我依然视你为我的男朋友，我依然保留着你给我的所有情书，记得你对我所有的好，这些温暖一直陪伴着我，伴我度过风风雨雨。

只是生活越来越艰难，很快四人公寓的费用我也无法承担，我再次搬家，搬进了乡下一幢十几个男女合住的小楼里，那里特别吵闹和混乱，每天都有人酗酒甚至吸毒，打架斗殴更是家常便饭。在那里，我几乎每天都被骚扰，虽然在美国的这一年多，或许是因为我的长相，始终有人在追我，但我除了学习根本没有别的心思，所以一律拒绝，但现在我突然好需要有一个能够保护我的臂膀，让我远离那种不安。苏扬，我真的很需要安全感，我可以承受苦难，但我不能惶恐不安，我开始打量身边的追求者，最后选择了一位来自韩国的留学生。其实他的条件不是最好的，对我的追求也不是最疯狂的，甚至他身上有一些习惯是我难以接受的，但我还是选择了他，原因很简单，他是亚洲人，而且长得很像你，特别是左侧脸，几乎一模一样。

所以和他在一起的时候，我永远站在他的左边，这样我就可以更多地看到你，或许是对你亏欠太多，我把所有的爱和关怀全部投入到了他身上。我们住到了一起，我一边学习一边全心照顾他，憧憬着美好的生活。只是我的用心并没有换来他的珍惜，他不但脾气暴躁，而且非常大男子主义，控制欲极强。我们在度过了很短暂的蜜月期后他突然变得很冷血，我虽然远离了别人的骚扰，却逃不过他的残暴。他经常酗酒，喝醉后就会变得很暴力，每次都会对我拳脚相加，好几次我真怀疑会被他活活打死。身边仅有的几个朋友都劝我早点和他分手，可是我不同意，因为我觉得这其实是在弥补我对你曾经的伤害，是我应该承受的报应。直到有一次，我发高烧，而且正值生理期，他喝醉酒后回来非要我服侍他，我拒绝了，结果他冲了上来对我又踢又打，最后还死死掐着我的脖子，如果不是我拼命挣扎踢倒了衣柜和桌子发出声响引起邻居怀疑报了警，我真的会被他活活掐死。后来我在床上躺了半个多月，才决定离开这个魔鬼般的男人。

后来我又随便谈了很多男朋友，是真的随便了，Jeff 对我的折磨让我觉得还清了对你的亏欠，我心中本来对爱不抱任何希望，精神上没有了你的束缚，从此更可以恣意妄为。我选择男朋友的标准很简单也很奇怪，有的只是一句话让我感动，我就可以立即和他同居，而有的人耗费千金也打动不了我坚硬的内心。渐渐地，我名声在外，在很多留学生眼中，我性感、美丽、放荡、神秘，他们绞尽脑汁向我争宠献媚，只为我的一眼垂青。不少有权有势的当地人也加入了对我的争夺，甚至大打出手，闹出了人命。我看着眼前的一切，无比享受，我喜欢看到男人贪婪丑陋的样子，我喜欢看到男人为我疯狂为我付出，我这辈子用生命爱过一个人，也被别人用生命去爱过，我值了。既然我注定得不到幸福的爱，那么就让我尽情挥霍，挥霍我的美丽，挥霍我的青春，挥霍我的身体，挥霍我的生命，不求永恒，只求刺激。

我身边的男人犹如过江之鲫，我和他们纵欲行欢，尝试着最刺激的各种游戏，很多时候早上醒来却不认识身边的男人。很多时候我同时和四五个男人交往，等厌倦后再换一群人，真的很疯狂。只是他们可以轻易得到我的身体，可谁也得不到我的心，而通过他们，我也过上了非常奢靡的生活，住在最豪华的房子里，开着最昂贵的跑车，穿着最新款的名牌衣服，出入最时尚的场所，不管到哪儿都有人围绕左右，一举一动都仿佛有聚光灯在照射。我越享受就越放纵，越放纵就越贪婪，我陷入了欲望的泥沼中不能自拔，拼命挣扎却越陷越深，我彻底迷失了自我，直到有一天，我被检查出感染了HIV。

是的，HIV，我们俗称的艾滋病。我成了一名艾滋病患者，死神已经敲响了我的大门。

对于这个结果，我虽然感到恐惧却不意外，我长期混乱的生活注定不会有好的结果，只是这一天来得似乎太快了。我一直觉得我的人生注定是悲剧，却怎么也没想到最后的结局是早早死亡，在我最年轻最美丽最风光的时刻。从医院出来后我已经完全崩溃，只是我没有想去积极治疗，没有对自己的放纵感到后悔，反而想去报复，既然我的病毒来自某一个或几个男人的身体，那么我就将这病毒传给更多的男人，既然老天要我不幸福，我就让更多的人痛苦。

我开始我的报复行为，我变得更加疯狂，更加放纵，我放弃了学业，出入于各种娱乐场所，开始肆无忌惮地和男人上床。每次看到他们从我的身体上离开，我都有一种强烈的快感，可是快感过后又是深深的痛苦，我不快乐，我一点都不快乐，我的人生怎么会堕落至此？我还有什么面目去见我的爸爸？我究竟还有多少时日可活？我还能不能回到中国回到家乡？还能不能见你一面？还是只能孤独地客死异乡？

我性格大变，开始厌食，身体暴瘦，多次自杀未遂，多次袭人被抓，被诊断患上了很严重的忧郁症，开始依赖大量药物才能貌似正常地活着。警方更是将我列为重点监控对象，级别堪比恐怖分子。就这样，我的人生之路越来越窄，越来越黑暗，就在一切行将崩溃之际，一位名叫德莉莎的中年女士找到了我，并将我从黑暗中拯救出来。

德莉莎是当地一所慈善救助机构的创造人，她不但将我送到医院进行全方面的医治，还亲自对我进行心理疏导，我想当然认为她必然是有所图，这个世上又怎么会有无缘无故的爱？可是我错了，德莉莎真的是全心全意对我好，根本不求任何回报，而且她不光对我这样，对其他需要救助的人同样如此，在她眼中没有人是坏的，是罪不可恕的，在她眼中，只有爱，只有需要帮助的人，在她眼中，我们都是孩子。也就是从她和她的同事身上，我第一次感受到了伟大的、无私的爱，这种犹如阳光一般的爱彻底冲散了我内心的阴郁和雾霾。

我整整住了小半年的院，出院后我哪儿都没去，而是自愿跟随着德莉莎，成了一名义工。我要像她一样，全身心投入慈善事业，去帮助那些需要关爱的人。我尝试用爱去面对每个进入我生命的人，努力感受着他们带来的友好，并且将之传播给更多的人，我的内心越来越平和，身体也逐渐康复。虽然我知道体内依然隐藏着致命的病毒，但是我已经不害怕，更不会去敌视它，因为我也爱它，一如爱我身体的每一分每一寸，爱我眼前的每一棵树、每一朵花，爱我生命中的每一道风景每一个人。

所以，我决定回国，回到我的家乡，还有很多的孩子过着贫穷的生活，他们没有条件接受好的教育，他们需要有人去关爱。我将会在那里创建一所慈善学校，资助那些想读书却没有条件的孩子，同时救济已经丧失生活能力的孤寡老人，我会亲自当老师，也会做义工，我想这将会是我人生中做过的最有意义的事情。

苏扬，感谢德莉莎，让我宛如重生；感谢老天，让我看到你写的书，找到你的踪迹，让我可以将自己的经历最后一次向你倾诉，此刻我已经没有丝毫仇恨，却依然对你心存愧疚。而我给你写下这封信，不是为了求得你的原谅，也不是为了奢望和你重新开始，我只是想对你说，如果当初那个伤害过我的人在我身上种下了一个毒苹果，我将它转移到了你身上；如果你又伤害了更多的人，那么现在我愿意把这个毒苹果收回。如果这个世界因为我们的努力少了一丝仇恨而多了一份爱，那就是我们对这个世界做过最好的事。

下个月，我将起程回国，如果你愿意，我在那里等你。

如果你没有能够看见这封邮件，我亦无怨无悔，总有一天，你我会在天堂相见。

谢谢！

诗诗

5

我曾经认真思考过，究竟还有什么力量可以让我放弃现在安稳的生活，重新选择一种人生？

没想到，一封邮件就足够。

虽然我还无法强烈感受到何诗诗邮件中口口声声所谓的爱，但我尊重她的选择，也尊重这份爱。

我认为凡事皆有因果，此时此刻她再次出现在我的生命里，并且给予如此邀约，于我而言或许真的是一场解脱。

就像她说的那样，她给了我毒苹果，我又转给了李楚楚，就像一场接力赛，一个又一个无辜的人接二连三受到伤害。

而现在，就是一切都收场的时刻，从她开始，至我而止。

感恩生命可以给我这样的机会，写下这个故事，写下那些发生在青春里炽热的、浑蛋的、真挚的、痛苦的、鲜活的、残忍的、历历在目的、不堪回首的所有。

从此以后，我依然会爱着何诗诗，也爱着李楚楚，甚至，叶子。

从此以后，我将不再是我，我将是所有人，而你们每个人，也都成了我。

2012 年初稿

2017 年终稿

后记：
一切都是最好的安排

2017 年我做了四件值得纪念的事：戒烟、减肥、创业，以及"年少三部曲"的全面修订。

相比之下，戒烟最易，耗时不过两个星期；其次是减肥，用了小半年；"年少三部曲"的修订则延续了两年多；至于创业，自然永远在路上，拼的是心态，不是时间。

修订"年少三部曲"事出偶然，因为上一版本的实体书版权到期，再版前我习惯性整体再审阅一遍，结果看完后"全身汗毛都竖了起来，全是问题，真不知道当初怎么会这么去写"。

其实不难理解，很多作品都需要隔着时间去看，对创作者尤为如此。写作好比恋爱，刚写完那会儿正值热恋，哪儿哪儿都觉得特好，简直完美没毛病，可过个十年八载再看，就看出事了，因为激情退去，人变得理性客观，更因为岁月度我，从思想到审美，都更为成熟，而作品还停留在原地，所以需要修订，方能与时俱进。

正所谓我手写我心，不是说作品原来的状态就不对，它至少表达了我彼时的心境和笔力，虽然青涩，甚至充满缺陷，但也有着真实的味道。简单说，年少时容易愤世嫉俗，总觉得时代、生活，以及我们的成长很值得批判，所以笔下太多冷嘲热讽，少见温暖，现在则觉得没什么不能被理解，更没有什么不值得原谅。所以作品能够被修订，是机缘，保持原样，也挺好。但既然决定修订了，就要拿出诚意，投入时间，充分展示自己当下的观点和才情，方才对得住读者的欣赏及支持，这是修改前我便充分想清楚的事。

所以，即便修订"年少三部曲"耗费的时间和精力大大超出了我的计划，整个过程甚至比重新创作更为揪心，但我始终甘之如饴，特别是最后大功告成，终于成为我想要的模样，那种快感，真是无与伦比，能够陪伴我生命中最重要的几本书长达多年的时光，真的很幸福。

简单概述，这次的主要修改如下：

1. 对三部作品的全文进行了大量删减，特别是那些情绪性的文字，过去我实在太容易感慨了，这些文字严重破坏了故事的结构和叙事的节奏。

2.《那时年少》中加入了后来发生的故事，这个很有意思，就是"我"和女主角童小语多年后再相逢，我大胆想象了这个情景，算是满足了自己的"私欲"。

3.《毕业了，我们一无所有》，修改了白晶晶的人设和故事结局，这是三本里改动最大的，也是我最满意的，我觉得现在的内容终于衬得上这个书名了。

4.《致年少回不去的爱》，微调了书名，并且补充了叶子和李楚楚的故事，同时删除了一些女孩，让情节更集中、纯粹、合理。

另外，这次"年少三部曲"的新版里，我还将上版请他人作的序、写的推荐语，以及哗众取宠的文案全部摒弃，只留下最简单、最真实的正文文字。在我眼中，这三本书的内容虽然青春，但书本身已经不再年轻，所以不能再穿着花花绿绿的衣裳嘻嘻哈哈招摇过市。喜欢你的人自然会喜欢你，不喜欢你的人也千万不要去忽悠和强求，否则只会弄巧成拙。

感谢这次出版过程中遇见的新编辑朋友们，感谢和前东家博集天卷再续前缘，虽然再版因我拖了好几年，但一切真的都是最好的安排。

我想，这应该是这三本书的最终状态了，好比少年已经长大成人，后面就是他自己去面对这个纷繁精彩的世界。而我，也会继续创作新的内容，抚养新的孩子。

最后，感谢十几年来读过这三本书、喜欢这三本书的朋友，我们下本书，再见。

一草

2017 年 12 月 12 日

图书在版编目（CIP）数据

致年少回不去的爱 / 一草著 . —长沙：湖南文艺出版社，2018.3
ISBN 978-7-5404-8503-0

Ⅰ . ①致… Ⅱ . ①一… Ⅲ . ①长篇小说—中国—当代 Ⅳ . ① I247.5

中国版本图书馆 CIP 数据核字（2018）第 005917 号

上架建议：青春文学 | 长篇小说

ZHI NIANSHAO HUI BU QU DE AI
致年少回不去的爱

作　　者：一　草
出 版 人：曾赛丰
责任编辑：薛　健　刘诗哲
监　　制：毛闽峰　赵　萌　李　娜
选题策划：优阅优剧
特约策划：李　颖　谢晓梅　赵中媛
特约编辑：孙　鹤
营销编辑：杨　帆　周怡文
装帧设计：梁秋晨
封面摄影：一甲摄影工作室
封面模特：于秋璠　陶志强
出版发行：湖南文艺出版社
　　　　　（长沙市雨花区东二环一段 508 号　邮编：410014）
网　　址：www.hnwy.net
印　　刷：北京鹏润伟业印刷有限公司
经　　销：新华书店
开　　本：700mm×995mm　1/16
字　　数：230 千字
印　　张：20
版　　次：2018 年 3 月第 1 版
印　　次：2018 年 3 月第 1 次印刷
书　　号：ISBN 978-7-5404-8503-0
定　　价：39.80 元

若有质量问题，请致电质量监督电话：010-59096394
团购电话：010-59320018